劍來

第一部 三 忽為遠行客

烽火戲諸侯 著

高寶書版集團

◆目錄◆

第一章　占山為王

暮色中，鐵匠鋪子來了一個陌生的客人，男子約莫而立之年的歲數，身材高大，雙眉修長，肌膚白皙，秀氣陰柔的容貌配合魁梧陽剛的體魄，有一股別樣的風采。

阮邛得知此人身分後，沒有像上次接待觀湖書院崔明皇那麼隨意，只是在鑄劍室門口聊了幾句，而是讓阮秀搬了兩張竹椅到廊中，還拿出來兩壺好酒，一人一壺。

那男人也不扭捏，拿過酒壺解開泥封就灌了一口酒，笑道：「阮師，你此次出手，朝野震動，朝廷那邊具體如何應對，我暫時不知，但是作為新任窯務督造官兼首任龍泉縣衙主官，我倒是省去許多口水。照理說，該我拎著好酒登門拜訪才是，只是當時在半路聽聞變故後，快馬加鞭，實在是來得匆忙，騎龍巷壓歲鋪子的兩大罈子杏花釀，就當我先欠著阮師。」

阮邛揮揮手：「這些客套話就不用多說了，如果今天你我談妥，以後有的是機會喝酒聊天，如果談崩了，你我更不用費勁聯絡感情。」

那男人爽朗大笑，不像身兼雙職的大驪朝廷官員，更像是一位行走江湖的任俠之士。他擦了擦嘴角，將酒壺放在膝蓋上，沒有了邊喝酒邊談事的意思：「在大驪春徽年間封禁的甲六山……當然，這是朝廷戶部機密檔案的官方說法，依照地方縣誌記載，應該是龍脊山，它的半山腰處有一座天然生就的大型斬龍臺。在我來此赴任之前，有過一場君臣奏對，皇帝陛下明言，此物交由阮師所在的風雪廟以及真武山，你們雙方共同占有，至於你們兩大兵家勢力，具體如何對斬龍臺進行挖掘、切割、劃分，是留下不動，作為祖宗產業，還是搬回各自宗門，我大驪朝廷絕不插手，悉聽尊便。甚至如果需要大驪出人出力，例如驅使大驪麾下的那兩頭年幼搬山猿打裂甲六山，使得裸露出斬龍臺，諸如此類小事，阮師無須客氣。」

阮邛笑咪咪道：「你們大驪誠意不小。」

新任督造官正要順勢說一些場面話，阮邛又說道：「那處斬龍臺，在我來這裡之前，我們風雪廟和那真武山早就談妥，我阮邛、風雪廟、真武山，各占其一。你應該從你們皇帝那裡聽到了一些小道消息，我是打算在這裡開山立派的，所以父女身分都已從風雪廟那邊遷出。接下來六十年之內，我肯定不方便正式開山，但是你們大驪只要讓我看得順眼，六十年之期一結束，我就會在此選擇一座過得去的山峰，作為將來山門宗派的發軔之地。」

年輕督造官兼此地縣令，毫不遮掩自己的滿臉喜氣，好像就在等阮邛開這個口，立即順杆子說道：「阮師，你大可以放心，除去披雲山，如今驪珠洞天境內大致劃分出六十一座山，阮師可以任意選取三座，作為將來開山立派的根基。若是阮師不願意急著下決心，本官可以先給阮師看過驪珠洞天的新舊兩幅山川形勢圖，本官再陪著阮師親自去勘探、巡視過，阮師再做定奪，如何？」

任何一個王朝，能夠擁有阮邛這樣的大修士幫忙坐鎮山河，都是莫大的幸事。阮邛的言下之意，是他選擇在此扎根，而不僅僅是以類似客卿、供奉、國師這樣的身分依附大驪，因此不是那種合則聚、不合則散的形勢。阮邛如果真正在大驪國土上開枝散葉，無形中與王朝氣運戚戚相關，別說是小小督造官，就是大驪皇帝坐在這裡，也會心生欣喜。

大驪武人輩出，以藩王宋長鏡領銜，五境之上的高手數量，冠絕東寶瓶洲。但是山上神仙實在少得可憐，與大驪強盛國力完全不符，這一直是大驪皇帝的心病。

阮邛笑道：「占山為王一事，不用著急，說句難聽的，除去你們不願拿出來的披雲山，也沒哪座山入得了我眼。」

年輕督造官神色有些尷尬。事實上來這裡之前，不光是他，就連大驪皇帝和自己的恩師也覺得阮邛在大驪開山的可能性，有，但絕對不大，因為大驪其實拿不出足夠分量的誠意。斬龍臺？如果不是阮邛自己有本事去與風雪廟、真武山談攏，硬生生拿到手一份，大驪豈敢為了拉攏阮邛一人而與風雪廟、真武山交惡，代價實在太大，哪怕是氣吞萬里如虎的大驪王朝，也承受不起。

阮邛突然說道：「雖然風雪廟和真武山從無提議，但是我個人希望你們大驪，能夠拿出兩件足夠鋒利的神兵利器，劍也好，刀也罷，都無所謂，只要夠用就行，到時候我可以幫你們轉交給來此的兩位兵家修士，用來分開那座斬龍臺。你可以先稟報給朝廷，等待大驪皇帝的答覆，此事一樣不著急。」

年輕督造官略作思量，沉聲道：「此事我就能夠一言決之，先行答應阮師！」

阮邛點點頭，喝了口酒，比較滿意此人的姿態和魄力。畢竟之後很長一段時間，自己都需要跟這個名叫吳鳶的男人直接打交道，如果是個蠢人，會很累；如果是個小氣、膽小的傢伙，就更累了。

吳鳶猶豫了一下，喝了口酒，有點像是給自己壯膽的意味，道：「阮師，首先，小鎮外大小三十餘口龍窯，會重新開窯燒瓷，只不過從今往後，只是燒製普通的朝廷御用禮器而已。其次，新建於小鎮東邊的縣衙，建成之後，就會張榜貼出大驪律法，也會讓略通文采的戶房、衙役在小鎮各處宣講解釋，為的是讓小鎮普通百姓真正曉得自己的身分，是大驪子民。」

阮邛神色冷峻，瞥了眼名義上的龍泉縣令吳鳶，後者笑著解釋道：「這只是針對凡俗夫子的表面功夫罷了。小鎮六十年內，仍是以阮師的規矩最大，四姓十族的規矩，緊隨其後，大驪律法最低，若有衝突，一律以這個排序為準繩。阮師在小鎮方圓千里之內，一切所作所為，大驪不但不干涉，還會毫無懸念地站在阮師這一邊。就像阮師先前打爛紫煙河修士的肉身，那人死不悔改，竟然疏通京城關係，試圖向皇帝陛下告御狀，我恩師得知消息後，二話不說，便派人鎮殺了這個修士的元神。」

阮邛微微皺眉，有些不耐煩：「告訴你家先生，以後這種畫蛇添足的爛事少做，面子不面子的，算得了什麼。我就是個打鐵的粗胚，不習慣彎彎腸子，你們大驪真有心，給我實打實的好處就夠了，至於到時候我收不收，另說。紫煙河修士這種廢物，我當時要是真想殺他，他跑得了？再給他一百條腿也不行。要是真想殺人，你們大驪有幾個人攔得住？哪怕攔得住，他們願意攔嗎？」

吳鳶臉色微白，嗓音微澀道：「阮師，本官知道了。」

阮邛也不願鬧得太僵，畢竟兩人是初次交往，不能奢望別人處處順遂自己的心意，那是強人所難，於是主動開口問道：「世俗王朝，建造文昌閣和武聖廟，敕封山水正神和禁絕地方淫祠，都是一個朝廷的應有之義，在小鎮這邊，你們是怎麼打算的？」

剛剛才吃過虧的吳鳶小心措辭地回答道：「關於文昌閣和武聖廟，目前我們大驪欽天監地師相中的兩處，分別是小鎮北邊的瓷山和東南方位的神仙墳，祭祀之人，分別是當年從小鎮走出去的那兩位，剛好一文一武，對我大驪也是功莫大焉，阮師意下如何？」

阮邛語氣並不輕鬆：「享受文武香火的兩人，挺合適，但是選址就這麼敲定了？你們有沒有問過楊老先生的意思？」

吳鳶愣在當場，小心翼翼問道：「阮師，敢問楊老先生是誰？」

阮邛也愣了一下，打趣道：「你那位繡虎先生，連這個也沒告訴你？就讓你來當督造官和父母官？吳鳶，你老老實實告訴我，你是不是跟齊靜春差不多，官場失意，淪為棄子，被貶謫至此？如果這樣的話，之前談妥的事情，我可就要反悔了。」

吳鳶百口莫辯，不知道如何解釋，自己更是一頭霧水。

遠處一口水井旁邊，三個同齡人蹲在地上，阮秀在教陳平安那些竅穴的名稱、作用和修行意義，多餘的那個少年，是自己死皮賴臉湊上去的。一開始阮秀和陳平安就抹去了字跡，不說話，兩個人一起盯著少年。

少年長得眉清目秀，眉心處還有一顆畫龍點睛似的紅痣，挺招人喜歡的喜慶模樣，可是陳平安和阮秀都低估了他的耐心和臉皮。少年笑呵呵左看看陳平安，右看看阮秀，三人熬了半炷香後，少年彷彿覺得自己同樣低估了身邊兩人的毅力，終於主動開口說話，用流暢圓潤的小鎮方言，說他是從京城來的，跟隨督造官大人來這裡看看風景，尤其想要去看看那座瓷山。

「你們繼續聊你們的竅穴氣府啊，你們別這麼小氣，我聽一聽又如何？難道我聽過之後就能一下子變成陸地神仙？」

之後陳平安和阮秀忙自己的，不去管這個奇怪傢伙的搭訕。

「你這個字寫得不咋的啊，一看就是沒下過苦功夫的，飄得很，跟浮在水面上的油渣差不多。

姑娘，妳這裡解釋得不夠完整，所謂的半邊鍋裡煮江山，還有那畫圖不知竅、惹得鬼神笑，其實是這樣的……啊，你們這就跳過這個氣府不聊啦？

呵呵呵，姑娘妳怎麼不給他解釋膻中穴在哪裡呢，是不是很難指點給他看啊。唉，姑娘妳要是不好意思的話，我可以幫忙……姑娘妳眼神裡有殺氣啊，姑娘妳肯定是誤會了，我的意思是說我來指給他看，我身上的膻中穴在哪裡，姑娘妳身上的那膻中穴，神仙也難尋啊，我何必自找麻煩……唉？姑娘妳怎麼打人呢？還來？姑娘，我錯了！

姑娘，尾閭、夾脊、玉枕這後背三關，妳咋也漏掉了呢。古人說後關通、一半功，縮艮開乾是正功，可見是很重要的……」

到最後，是督造官吳鳶的出現，幫助陳平安和阮秀脫離了困境，眉心有痣的話癆少年和沉默寡言的年輕大驪官員吳鳶，並肩離開了鐵匠鋪子。

陳平安和阮秀坐在水井口子上，阮秀瞥了眼那兩人的背影，輕聲道：「年紀大的，是個當官的，剛才在我們身邊的這個不清楚，我也感覺不到異樣，可能是年輕人的書童吧，外邊很多大家族都有這樣的伴讀。」

陳平安點點頭。

阮邛板著臉走到水井附近，撂下一句話就轉身走了：「陳平安，你跟我來。」

陳平安茫然起身，阮秀之前說她爹答應借錢給自己，不過得等一旬左右，難道是反悔了？

阮秀有些心虛，跟在陳平安身後。

阮邛坐在竹椅上，讓陳平安坐在之前吳鳶坐的椅子上。

阮秀咳嗽一聲，笑道：「爹，這兩張椅子是陳平安做的，還不錯吧？」

阮邛黑著臉道：「我跟陳平安談正事，秀秀妳別打岔。」

陳平安趕緊坐端正：「阮師傅你說。」

阮邛從袖子裡摸出一把碎銀子，大概有三、四兩的樣子：「去小鎮騎龍巷那邊，給爹買一壺上好的桃花春燒，剩下的零錢妳自己買些糕點。」

阮秀有些不願意。

阮邛佯裝收起銀子：「那妳去鑄劍室盯著爐子火候吧，一個時辰後結束。」

阮秀搶過錢就跑。

等到自家閨女跑遠，阮邛開門見山問道：「陳平安，你是不是有三袋子金精銅錢？」

陳平安臉色如常，點頭道：「是。」

阮邛似乎比較滿意陳平安的誠實，臉色好轉幾分：「像你這樣手頭有三袋子金精銅錢的小鎮百姓，找不出第二個。哪怕是福祿街、桃葉巷的四姓十族，最多的宋氏也不過兩袋子，更多是只有一袋子，除此之外，小鎮的小戶人家，有八戶用自家的寶貝各自換來一袋子金精銅錢。基本上，小鎮上的值錢老物件，都流失出去了，如今差不多還能剩下個七、八件，品相還可以。

　　接下來小鎮會有越來越多的外鄉人，當然，你肯定性命無憂，我之所以跟你打開天窗說亮話，是希望你好好利用手上三袋子金精銅錢，既別捣在手裡爛掉也別隨隨便便用掉。在我之前，小鎮每六十年，會開門一次，大概放二、三十數量不等的人進來，任由他們尋找機緣。從今往後，就沒有這樣的規矩了，會越來越像是普普通通的犬驪小鎮，所以你的三袋子金精銅錢就格外扎眼，終究會給你惹來很多不必要的麻煩。我這個人，又很怕麻煩，到時候難免要為你出頭，但是讓我阮邛三天兩頭跟一群小屁孩過招，我嫌丟人，所以我就給你提一個建議，聽不聽，聽完之後，你自己決定。

　　在說建議前，跟你事先說清楚一點，當下是金精銅錢最值錢的時候，卻不是誰都能花出去的，四大姓外，恐怕十大族也不例外，因為大驪皇帝打算要將披雲山之外的六十一座封禁大山，全部解禁開山，賣給與大驪交好的各大勢力門派。這六十一座山的價格高低，因大小而異。外界之所以趨之若鶩，在於如今驪珠洞天大陣破碎，降為人間福地一樣的存在，靈氣雖然驟減，但是比起尋常大山，仍要高出一大截，絲毫不比有正統山神坐鎮的山脈遜色，況且大驪皇帝許諾此地將來會敕封一尊山嶽大神、三位山神和一位河神，如此密集的山河正神坐鎮，使得六十年之後方圓千里，依然風生水起，靈氣充沛，所以現在『買下山頭』這筆買賣，穩賺不賠。」

陳平安問道：「如果我今天買下山頭，然後我明天死了，怎麼辦？」

這個問題，一針見血。

阮邛破天荒露出一絲笑容：「首先，只要你在小鎮老老實實做事，本本分分做人，肯定不會莫名其妙就暴斃，例如再有搬山猿那樣的貨色找你麻煩。如今小鎮已經沒有破碎、不破碎的忌憚，需要齊靜春擔心的，我不用；齊靜春想要遵守的，我也不用，所以我大可以出手幫你擺平，因為到了這會兒，這就是合情合理的事情。

其次，大驪朝廷此次賤賣山頭，是為了賺取大驪境外的香火情，屬於虧本賺吆喝，答應買下任何一座山之後，三百年之內，哪怕買山之人死了，甚至沒有子嗣繼承，大驪一樣在三百年之期內，絕不擅自收回山頭，會任其荒廢。

最後，就是我這次會率先拿到三座山，風水肯定最好，如果你之後也能拿到幾座，我們可以接壤毗鄰。假設你無力開山獲利，哪怕只是借我租用山峰三百年，你也能年年分紅，坐享其成，子孫後代，亦是如此。」

這是細水長流的富貴，多少世族豪閥夢寐以求。阮邛不屑自誇，便沒有說破。

陳平安好奇問道：「阮師傅，那些山頭大致價格如何？」

阮邛隨口說道：「最小的那座山頭，就孤零零一座山峰而已，被大驪朝廷命名為真珠山，叫價是一枚金精銅錢，不過必須是迎春錢。」

陳平安驚訝道：「只需要一枚？」

阮邛笑道：「屁大點地方，美其名曰山，其實連峰字也不沾邊，一座小山包而已，一枚迎春錢，不划算，這是因為大驪實在沒辦法喊價半枚金精銅錢。」

陳平安嘀咕道：「一枚銅錢而已，再小的山頭，三百年，整整三百年都歸自己了，怎麼想都划算啊。」

阮邛繼續說道：「中等山頭如玄李山、大雁山、蓮燈峰等，大驪那邊估價在十到十五枚金精銅錢。最大的一條小山脈和其他兩座山，枯泉山脈和香火山、神秀山，都要二十五到三十枚金精銅錢。這還是因為無人競價一說，歸根結底，大驪想要留下的，不是那一袋袋金精，而是四姓十族，以及他們在東寶瓶洲的各條人脈，希望他們背後的真正靠山財主能夠浮水出面，主動與大驪接觸。」

陳平安皺眉道：「阮師傅，那我這個時候占這麼大便宜，不是很出風頭嗎？不會被人記恨在心？」

阮邛哈哈笑道：「你也有靠山啊，遠在天邊，近在眼前。」

陳平安撓撓頭，沒有立即答應。

阮邛沒有惱火陳平安的不識好歹，反而欣慰道：「沒有得意忘形，還不錯，回去泥瓶巷之後，好好想一想，爭取明天給我答覆，久則生變，這可不是我詐唬你，事實如此。」

陳平安離開鐵匠鋪子後，一直走到石拱橋那邊，都還沒從震驚中清醒過來。

陳平安以前也想像過以後自己有錢的日子，比如說能夠隔三岔五吃上肉包子、糖葫蘆，自家院門有春聯、門神和「福」字，把祖宅修補得跟屋子似的，給爹娘上墳的時候能捎一壺好酒、一包糕點等等。

陳平安打死都沒有想過自己有一天，能夠擁有一座甚至幾座大山。

臨近石拱橋，陳平安咽了咽口水，不太敢繼續前行，一番天人交戰之後，便沿著溪水繼續往上，到了溪水束腰最為狹窄地帶，助跑飛奔，一躍而過，這才走向青牛背。

陳平安並不知道，自己因為繞遠路，剛好和阮秀錯過，青衣少女拎著一壺桃花春燒飛奔過橋。這次在小鎮買酒，阮秀經過壓歲鋪子的時候，低頭快步走過，生怕被那些眼花繚亂的糕點勾走魂魄，因為她要開始積攢私房錢了。

陳平安先去了趟劉羨陽家的宅子，點燃油燈，提著燈盞，走了一遍屋內、屋外，確定並無缺少大小物件、家當之後，才熄燈鎖門，返回泥瓶巷。經過那棟塌陷出一個窟窿的老宅子，陳平安鬆了一口氣，肩上的擔子還在，但是比起之前離開泥瓶巷那會兒，已經輕了太多。陳平安忍不住偷著樂呵，兜裡有錢的感覺，不壞！

陳平安這輩子只見過碎銀子，沉甸甸的銀錠，還沒瞧見過一眼，更別說跟神仙一樣稀罕的金子。

陳平安回到自家祖宅，打開屋門後，又跑去確定是否真的閂好了院門，回到屋子，小心翼翼點燃油燈，昏暗黃暈的燈火映照著冰冷的黃泥牆壁。

陳平安從牆根陶罐裡掏出三個錢袋子——迎春錢、供養錢、壓勝錢，分別裝有二十五枚、二十六枚、二十八枚，總計七十九枚銅錢。

關於這些來歷不俗的銅錢，寧姚粗略解釋過，它們是世俗花錢的延伸，之所以價值連城是物以稀為貴，當然最主要的原因，還是外鄉人進入小鎮需要銅錢作為信物。至於這個不成文規矩的由來，年代久遠，寧姚又不是東寶瓶洲人氏，自然說不出個子丑寅卯。

三種銅錢，陳平安分別拿出一枚放在桌上，迎春錢鑄有「新年大吉」四字吉語，鏤空透雕，祥雲飛流，有一尊披甲神人在擂鼓；壓勝錢正面雕刻有五毒——蛇、蠍、蜈蚣、壁虎和蟾蜍，背面除了鑄有「天中辟邪」四個字，還有龜蛇纏劍的圖案；供養錢正面是「心誠則靈」四字，背面是「神仙在上」，並無精美圖案，樣式最為樸素。

陳平安拿起一枚迎春錢，反復觀看，他實在很難想像這麼一枚小小的銅錢，就能夠買下整座真珠山。陳平安知道阮師傅嘴裡所謂的這個小山包，姚老頭第一次帶他進山找土，就到過真珠山的山頂。土性可分輕重、肥瘠在內諸多種類，更複雜的是需要辨認某種泥土天生親近水、火、金、木中的哪一種，講究門道很多，陳平安只學到姚老頭一身「吃土」學問的七七八八。

在那座不起眼的真珠山，姚老頭當時跺了跺腳，然後低頭對在那兒扒土的陳平安說了一句話：這兒土味最全，可惜就是地方太小，跟人縮在角落裡頭差不多，伸頭就碰頭，伸腿也磕腳，俗話把這種地方稱為「螺螄殼」。

陳平安輕輕放下迎春錢，又拿起壓勝錢，只是很快就放下了，他臉色有些黯然。

五月初五，五毒並出，陳平安卻剛好是這一天生日。隔壁宋集薪甚至說過外邊許多地方把這一天生下來的孩子視為不祥，有把孩子直接溺死於河中的習俗。

陳平安搖搖頭，拿起最後一枚供養錢，簡簡單單的正反八個字。

陳平安突然想起一件事，當初第一次見到寧姑娘和苻南華、蔡金簡，記得他們進入小鎮大門的時候，每人都需要交給看門人一袋子銅錢，那麼這些銅錢最後落入誰手中了？是進了大驪朝皇帝陛下的私人口袋？

陳平安嘆了口氣，不去想自己打破腦袋也想不明白的問題，開始在心裡劈裡啪啦打起了小算盤。阮師傅說真珠山這座小山頭，只需要一枚迎春錢，玄李山和蓮燈峰這樣的中等山頭，大概是十到十五枚銅錢，枯泉山脈和香火山在內的大山頭，則需要二十五到三十枚。

陳平安其實稍稍琢磨，就領會了阮師傅的言下之意。

首先，大驪王朝對阮師傅很尊重，所以白白送給他三座山。其次，阮師傅既然要什麼開山立派，顯然三座山最好連在一起，扎堆毗鄰，否則東一塊、西一座的肯定不像話，這恐怕也是朝廷聰明的地方，知道阮師傅根本不可能挑出三座最值錢的山頭，所以假裝大度得很。最後，他陳平安當然需要跟著阮師傅選取山頭。當然，陳平安覺得自己也不是不可以在別處選一、兩座規模不大的中小山頭，比如真珠山這樣的，就很合適。雖是無人理會的小山包，可是陳平安就特別在乎，山頭再小那也是一整座啊，何況才一枚銅錢而已。陳平安覺得一定要把這座小山包收入囊中，落袋為安！

陳平安對阮師傅言語中提及的枯泉山脈、神秀山和香火山這一撥最昂貴的山頭不是不感興趣，但他打算在此之外，買下一座比它們差卻差得不多的大山頭，預計最多耗費一袋金精銅錢，然後買下一些類似真珠山的小山頭，爭取花個十枚銅錢左右，其餘全部都用來跟隨阮師傅下注，阮師傅在哪裡挑中三座大山之後，陳平安就在附近買，再買，使勁買！

至於那座擁有斬龍臺的不知名大山，陳平安已經澈底死心，告誡自己絕對不可以去沾碰，哪怕現今依舊無人知曉，眼前擺著這麼個大好機會，陳平安也絕不去買。如今小鎮八方來客，再也不是當初那個對外封禁的什麼驪珠小洞天，幾百里山路，連陳平安自己都能走下來，以後又能擋住誰的腳步，更何況是天上那些踩著長劍飛來飛去的神仙？

不過在掏錢買山之前，陳平安打算再親自進山一趟。一下子花出去這麼多錢，結果事先不知道自己買了什麼，哪怕明知道是一本萬利的穩賺生意，陳平安仍會覺得渾身不得勁，這其實就是吃苦吃慣了。

陳平安如今有八顆並未絲毫褪色的蛇膽石，其餘分別藏在自家和劉羨陽家的蛇膽石數量不少，不知是不是從小溪裡早早脫困「逃過一劫」的緣故，雖然顏色、潤度都有不同程度的減退，瞧著不如出水時候那麼亮眼、舒服，但是或多或少還帶著點「靈氣」，這種說不清、道不明的感覺，就像陳平安第一眼看到泥瓶巷的顧璨，或是福祿街的李寶瓶，就覺得肯定是聰明伶俐的孩子。

陳平安收起三袋子金精銅錢，放回陶罐。一想到又要跟阮邛請假入山，陳平安就有點頭大。姚老頭是這樣，阮邛也是，陳平安懷疑自己是不是沒啥長輩緣，尤其是沒有什麼師父緣。

陳平安去角落蹲在籮筐旁邊，盯著裡邊的那塊斬龍臺，伸手撫摸黑色石塊的細膩肌理，入手微涼。他很好奇這麼一塊不起眼的石頭，怎麼就跟寧姑娘那樣踩在劍上的神仙有關係，更想不出斬龍臺到底能夠把一柄劍磨到什麼程度的鋒利。

陳平安突然想起一事，掏出那五片槐葉。當時李寶瓶從老槐樹那邊撿了八片，陳平安送給她三片當酬勞。陳平安仔細翻看槐葉，看似纖薄，實則頗為堅韌，只可惜失去了那種沿著葉脈靈動流走的幽綠瑩光。陳平安猜測，那大概就是所謂的祖宗福蔭吧，只在一些節點會有點點綠瑩殘留停滯。

陳平安把五片槐葉小心翼翼夾入《撼山譜》當中，做完這一切後，他出門在院子裡開始走樁。

左右兩邊的鄰居都已先後搬走。

陳平安很快便沉浸於拳樁之中，渾然忘我。一身拳意如溪水流淌。

寧姚姑娘說過，練拳一百萬次，才是習武的起步而已，陳平安哪裡願意偷懶。

陳平安無意間想起那個木人身上的朱點墨字，那些傳說中以便氣流出入的一個個竅穴氣府。他通體舒坦，滾滾發熱，體內像是有一條火龍在快速遊走，從頭往下游去，磕磕碰碰，並不順暢。那些竅穴就像是破敗不堪的粗糙關隘，關隘之間的道路，更是絕對稱不上陽關大道，有些寬大卻崎嶇不平，有些狹窄且陡峭，火龍經過的時候，晃晃悠悠，如行人走過鐵索橋。最後這條火龍在下丹田附近的幾座氣府間來回穿梭，似乎在尋找最適合它盤踞的窩點，作為龍宮。

寧姚曾言武道鍊體三境界，第一境泥坯境，巔峰圓滿之時，自身生出一股氣，如泥菩薩高坐神龕，氣沉於丹田，不動如山，身體便有了一股新氣象，開始反哺血肉筋骨，使得整個人彷彿枯木逢春，許多雜質和淤積物，都會被一點點排出體外。陳平安現在就走在這條路上。

沒有名師指點，也不能算誤打誤撞。靠的是勤能補拙，整整八年的上山下水，翻山越嶺，以及雖然粗劣卻得其法門的一種呼吸吐納，八年尚未破開武道第一境。

世俗王朝和天下江湖，除了寧姚家鄉，講究一個窮學文、富學武，好在武道一途，沒有比拚境界攀升速度的陋習，越是登堂入室之輩，越是造詣高深的宗師，越是看每一步的腳踏實地和每一層武道臺階的夯實程度。不過像陳平安這麼慢的，如何丟人現眼算不上，畢竟世間無數豪橫門第的年輕人，確實就被擋在第一個門檻之外，終其一生也找不到那股氣的存在，但目前來看，陳平安肯定是跟武學天才無法掛鉤了。

陳平安猛然「清醒」過來，輕輕呼出一口濁氣。

他在院子裡緩緩行走，逐漸放鬆身體四肢。

陳平安低頭看到牆根斜放著的那根槐枝，突然異想天開，想給自己削一把木劍。

小時候爹娘走後，陳平安每次在神仙墳那邊遠遠看著同齡人玩耍，女孩子大都是放飛紙鳶，男孩子則是用他們父親幫忙做出來的木劍、竹劍，劈裡啪啦過招，打得不亦樂乎，陳平安那時候一直想要一把，只是後來成為燒瓷的窯工學徒，一年到頭疲於奔波勞碌，便斷了念想。

陳平安蹲在槐枝前，覺得做一把木劍肯定沒問題，兩把的話就比較懸。

陳平安先把槐枝搬到屋門外，再去拿了那把進山開路的柴刀，準備動手給自己做一把木劍。只是當他提著柴刀坐在門檻上時，又有些猶豫，想了想又把刀放回去，覺得老槐樹不能單純視為一棵老樹而已，畢竟齊先生和老槐樹之間還有過一場對話，於是眼前這一截槐枝，讓陳平安感到有些彆扭。

陳平安重新把槐枝放回牆根，發現自己實在沒有睡意，便離開院子，鎖好門後，一路走出泥瓶巷。他鬼使神差地來到石拱橋附近，想到以後總不能次次跳河過岸，一咬牙走上石拱橋，再次坐在中間石板上，雙腳懸在溪面上。

陳平安有些緊張，低頭望著幽幽水面，喃喃道：「不管你是神仙，還是妖怪，我們應該無冤無仇，如果你真的有話要跟我說，就別再托夢了啊，我現在就在這裡，你跟我說就是了。」

一炷香，一刻鐘，一個時辰。除了有點冷，陳平安沒有察覺到任何異樣。

陳平安雙手撐在石板上，搖晃雙腳，眺望遠方。

在很小的時候，他就很好奇，小溪的盡頭會在哪裡。

陳平安怔怔出神。

劉羨陽、顧璨、寧姑娘、齊先生、姚老頭，都走了。

陳平安從來沒有這麼富裕闊綽過，但是他也從來沒有這麼孤單過。

陳平安背對著的石拱橋那邊，一個衣衫雪白絢爛的高大身形，似仙人、似鬼魅，亦是雙手撐著石板，雙腳懸空搖晃，仰頭望天。

只是這一幕，別說是開始自說自話的陳平安，就連楊老頭和阮邛也無法察覺。

阮秀跑回鐵匠鋪子後，發現簷下只有父親一人坐在竹椅上，她將那壺酒遞過去，然後自己坐在另外一張椅子上：「爹，你們談完事情啦？」

阮邛打開酒壺，不用喝，只是嗅了嗅，就有些頭疼。是桃花春燒不假，可這哪裡是需要二兩銀子的上等桃花春燒，分明是只需要八錢銀子一壺的最廉價春燒。阮邛眼角餘光瞥見做賊心虛的自家閨女，正雙手擰著衣角，視線游移不定，分明在害怕自己揭穿她。

阮邛在心中嘆了口氣，只得假裝什麼都沒有發現，仰頭灌了一口酒，真是一肚子鬱悶憋屈，他緩緩道：「談完了，談得還行，回頭我讓人去窯務督造官衙署，找到那個叫吳鳶的大驪官員，拿新舊兩份山川形勢圖，估計陳平安回過神後，會來跟我討要。」

阮秀如釋重負，笑著「哦」了一聲，雙腿併攏直直伸出，舒舒服服伸了個大懶腰，靠在那張小竹椅光滑清涼的椅背上。

阮邛想到自己就要在這裡打開局面，萬事開頭難，兆頭不錯，心情也就好了幾分，難得說了陳平安一句好話：「泥瓶巷那小子，性子簡單歸簡單，其實不蠢的。」

阮秀開心笑道：「爹，那叫大智若愚，曉得不？」

阮邛呵呵一笑，沒說什麼。他只是在心裡腹誹，我曉得個錘子的大智若愚。

阮邛望著遠方的小溪，雙指握住酒壺壺頸，輕輕搖晃：「有些話，爹不方便跟他直說，免得他想多、想岔，反而弄巧成拙，明兒妳見著他，妳來說。」

阮秀好奇問道：「啥事？」

阮邛沉默片刻，拎起酒壺，喝了一小口烈酒，這才說道：「妳就跟他說，龍脊山別奢望了，哪怕一些個沒有根腳的上五境之人，也未必敢開這個口，那麼大一塊斬龍臺，風雪廟和真武山花了不小力氣，加上爹如今的身分，才勉強吃了下來，這還有不少人暗中眼紅，躲在幕後偷偷咬牙切齒呢。當然，妳不用跟陳平安解釋這些彎彎道道，直截了當跟他說明白，龍脊山不用多想。

再就是此次大驪朝廷低價販賣山峰，畢竟總共才六十多座，他陳平安最多只能買下五座山頭，再多，我也很難護得了他和他的山頭周全。第三，爹也是剛剛下定決心，要跟大驪索要以神秀山為主的三座山，你讓陳平安查看山川形勢圖的時候，留心一下神秀山、挑燈山和橫槊峰周邊的大小山頭，爹不是不講道理的人，不會讓他全部砸錢買在附近，只需要他拿出半數金精銅錢就夠了。

話說回來，如果他真的聰明，多買一些山頭圍繞妳爹的兩山一峰，才是正途。最後呢，妳還可以告訴他，如果能留下幾枚銅錢，就在小鎮買幾間鋪子，估計接下來會有很多不錯的鋪子要轉手，因為很多在外邊有關係的小鎮門戶，多半要遷出去，所以價格肯定不貴，撐死了就一枚銅錢。」

阮秀試探性問道：「爹，要不你把壓歲鋪子給買下來唄？我那兩袋子銅錢，不是你給收起來了嘛，你先還給我一枚，就一枚，如何？」

阮邛皮笑肉不笑道：「爹這邊攢著的銅錢，妳就別想了，勸妳趕緊死心。對了，妳可以讓陳平安掏腰包嘛，現在他才是我們小鎮的大財主。」

阮秀毫不猶豫道：「那怎麼行，他可窮了，十幾兩銀子都要跟人借。」

阮邛嘴角抽搐，實在忍不住了，轉頭問道：「哦，爹的錢不是錢，就他陳平安是啊？」

阮秀嘿嘿笑道：「我跟他不是不熟嘛。」

阮邛差點一口老血噴出來，這還不熟？不熟妳能昧著良心讓自己爹喝這種爛酒，然後中飽私囊，就為了借錢給那王八蛋？閨女妳覺得到底多熟才算熟？

阮邛狠狠灌了口滋味平平的燒酒，站起身：「反正該說的爹都說了，妳自己揀選一些話頭，明天跟陳平安說去。」

阮邛大步離去，其實用屁股想也知道，該說的，不該說的，閨女明天都會說的。阮邛越想越憋屈，閨女罵不得，那個扛著小鋤頭刨牆腳的兔崽子，打不得，他只好低聲罵了句娘，散步到了四下無人的空地，扔掉那只再難喝也喝光了的酒壺，身形拔地而起，轉瞬之間便落在了小鎮賣桃花春燒的鋪子門口。

此時鋪子當然已經打烊歇業，他使勁敲門，很快就有一個婦人睡眼惺忪地從後院起床開門，嘴上罵罵咧咧，什麼「急著找死投胎」「大半夜喝酒，你怎麼不喝尿啊，還不花錢」「敢晚上敲寡婦門，不怕老娘打斷你三條腿」，一點不客氣。

阮邛站在門口，臉色陰沉，一言不發。

看到是鐵匠鋪子的阮師傅後，婦人藉著月色，瞥了一眼阮邛肌肉緊繃的手臂，頓時變了一張臉龐，媚眼如絲，無比熱情地拉住阮邛的胳膊，真是堅硬如鐵。久旱逢甘霖的婦人笑意越發殷切，領路的時候，一個踉蹌就要摔倒在阮邛的懷中，只可惜打鐵的漢子不解風情，輕輕扶住她的肩頭，最後丟下銀子，拿了兩壺酒就大步離去了。

婦人站在門口，滿臉譏諷，大聲調笑道：「好好一個健壯漢子，結果跟姓氏一個鳥樣！軟師傅，哦，不，阮師傅，以後再來我家鋪子買酒，可要收你雙倍價錢嘍！如果阮師傅哪天腰杆硬了，我說不定就一文錢也不收了，酒白喝，人白睡。」

阮邛一路漠然走到街道盡頭，身形一閃，沒有返回小鎮南邊鋪子，而是去了北面，來到一座小山之前——盡是碎瓷，堆積成山。

阮邛在距離這座小山三十步外的地方，隨便找了個地方盤腿而坐。

一個嗓音在不遠處響起：「這麼巧，你也在。」

阮邛點點頭，丟過去一壺酒。

老人接過酒，掂量了一下，嘖嘖道：「這會兒去劉寡婦鋪子裡買酒，是個男人都得吃點虧。」

阮邛當然不願意聊這個，而是問道：「楊老先生，新任督造官吳鳶身邊的少年，到底是何方神聖，我看不出深淺，表面上倒是與常人無異。」

老人正是楊家鋪子的楊老頭，他喝了口酒：「身分未知，但老話說得好，來者不善、善者不來，對不對啊？」楊老頭說完這句話後，便笑著仰頭望去。

瓷山之巔，有一個青衫少年，雙手攏袖而立，眉心有痣，滿面春風。

少年從袖子裡抽出一隻手，搖了搖：「進門先喊人，入廟先拜神。我是懂規矩的，先見過了阮師，又來見楊老，禮數上挑不出毛病。」

楊老頭沒繼續喝酒，不知從哪裡找了根繩子，把酒壺繫在腰間，抽了口旱煙，笑道：「進山入澤，畫符震懾。只是不知道你畫的是鬼畫符，還是神仙符啊？」

少年收起手，身體微微前傾，笑咪咪道：「不管楊老和阮師如何誤會，總之，我此次登門，保證跟兩位打過招呼之後，就不再有交集了。嗯，如果說真有，恐怕就只是城隍廟的建立，暫時是我負責，會稍稍跟兩位沾邊，至於什麼文昌閣、武聖廟，我可管不著，我就只管得著一座芝麻綠豆大小的城隍廟。」

按照市井坊間的說法，一縣地界之內，縣令全權管轄所有陽間事務，至於那尊高高在上的泥塑城隍爺，其實會負責盯著治下夜間和陰物。

阮邛皺緊眉頭，這人是大驪朝廷的禮部供奉，還是欽天監的鍊氣士？不過無論根腳是在禮部、欽天監還是在大驪皇宮的某處，既然能夠這麼膽大包天地站在瓷山之巔，肯定至少也是一個站在中五境最高處的十境修士，所以這個少年肯定不是少年。

眉心好似一點朱砂的清秀修士，看著楊老頭說道：「老先生，有言在先，小心駛得萬年船啊。」

楊老頭使勁抽了一口旱煙，最後卻只吐出一縷極其纖細的煙霧，並且煙霧很快無聲無息消散於天地間。

貌似清秀少年的修士雙手依舊攏在袖中，只是袖口微動，他像是在十指掐訣。

阮邛重重嘆了口氣：「看在我的面子上，兩位就此作罷，要不然我們三人混戰，難不成真要打爛這方圓千里？」

少年立即雙手離開袖子，高高舉起，很有見風轉舵的嫌疑，笑嘻嘻道：「我沒問題。」

楊老頭鼻子一吸，兩縷不易察覺的青紫煙氣迅速飛入老人鼻子。

楊老頭冷笑道：「你知道不少啊。」

少年伸手捏了捏鼻子：「不多不少剛剛好，比如，我只知道該稱呼你為青……大先生，而不是什麼楊老先生。」少年故意漏掉了一個字。不是玩笑或是有趣，而是在那個字即將脫口而出的那一刻，他真切感受到了老人的殺意，堅決而果斷，所以他選擇暫時退讓一步。

少年身體後仰倒去，笑道：「就此別過，希望不會有什麼再見，陽關道，獨木橋，還是鬼門關，各走各的，各顯神通嘛。」

向後倒去的青衫少年瞬間不見蹤跡。

阮邛沉聲道：「有可能是上五境！」

楊老頭嗤笑道：「大驚小怪，你阮邛不也是上五境。東寶瓶洲再小，那也是九洲之一，莫說是十一、十二境，十三境錬氣士，也不是沒機會冒頭。」

阮邛心情並不輕鬆，搖頭道：「我畢竟只是初登十一境，境界尚未穩固，雖然是兵家出身，還算擅長攻伐之道、廝殺之術，可……」

楊老頭搖頭晃腦，轉身離去，手持煙杆，吞雲吐霧：「你就知足吧，世間修士何止千萬，十境修士就已是鳳毛麟角，何況是上五境。說到底，其實你忌憚那人，那人何嘗不在忌憚你。瓷器撞玉器，你們兩個其實都心虛的。」

阮邛想想也是，本就不是鑽牛角尖的性子，乾脆不再計較那個奇怪少年的來歷，雙方能夠井水不犯河水最好，和氣生財。

轟然一聲，阮邛身形沖天而起，到了雲海之後，迅猛墜向溪畔。

慢慢悠悠晃蕩回小鎮的楊老頭笑了笑：「年輕氣盛啊。」

一個青衫少年郎走在小鎮巷弄之中，嘀嘀咕咕道：「夜禁得有，更夫得有，坊市也得有，百廢待興，咱們縣令大人有的忙了。」

眉心有痣的清秀少年手指輕輕旋轉著一串老舊鑰匙，走入一條名叫二郎巷的巷弄。巷弄緊挨著杏花巷，相傳祖上出過兩位了不得的厲害人物，不過到底是誰，做了什麼，沒人說得出來，久而久之，就又成了昔年老槐樹底下，老人們故弄玄虛的談資。

如今老槐樹一倒，小鎮人氣好像一下子就清減了許多。孩子們感觸不深，年輕人反而覺得視野開闊，白白多出一大片空地來，挺好，只有懷舊的老人偶爾會長吁短嘆。

二郎巷和杏花巷沒住著大富大貴的有錢人家，只是比上不足，比下綽綽有餘，比如泥瓶巷附近的百姓，見到這兩條巷弄的人，大多抬不起頭來，馬婆婆和孫子馬苦玄就住在杏花巷，在小鎮算是家境很不錯的了。

少年在一棟宅子門口停下，大門上貼上了兩張嶄新的彩繪門神。少年抬頭看著其中一個手持短戟的銀甲門神，威風凜凜，一腳蹺起，金雞獨立，做金剛怒目狀。

少年笑道：「衣錦還鄉，不過如此了。」

少年開門而入，是一座不大卻精緻的宅子，頭頂開有一口方方正正的天井，地上鑿有一座水池，通風極好，二樓設有美人靠，適合夜觀星斗冬賞雪。少年很滿意，念叨著「不錯不錯，是個修身養氣的好地方」。

少年搬了一張雕花木椅，坐在水池旁邊，抖了抖衣袖，嘩啦啦，滑落出一大堆破碎瓷器，大如拳頭、小如米粒，不計其數，最後滿滿當當，估計一籮筐也裝不下，全部懸浮在天井下的水池上空。這一手，是名副其實的袖有乾坤。

少年左右張望，揉了揉眉心，自言自語道：「從哪裡開始呢？」

「就你了。」最後他相中最有眼緣的一粒棗紅色碎瓷，心意微動，它便從碎瓷堆裡飛掠而出，安靜地停在少年身前一尺外的空中。之後，不斷有碎瓷從那座小山飛出，來到少年身前，然後被他輕輕放置在某處，像是在拼湊一件瓷器。

第二天，在鐵匠鋪子，阮秀交給陳平安兩幅地圖，一舊，紙張泛黃，地圖上山巒起伏，只是山頭名字皆是甲一、乙三等等，而猶然泛著清馨墨香的新地圖上，除此之外還多出了龍脊山、真珠山、神秀山這些沒那麼枯燥乏味的名稱，最後還多了一個：「大驪龍泉縣」。

阮秀指著那些地名、山名，一一給陳平安解釋和介紹過去，最後提醒道：「雖然兩幅地圖上看著只是指甲蓋大小的位置偏移，但是等到你進山，就會發現可能是好幾里山路的差距。驪珠洞天落在大驪地面後，地表震動很大，甚至有一些山根不牢的山峰就在那個時候直接倒塌、崩碎了，這同時會讓你的前行道路上出現很多意外，你一定要自己小心啊。」

陳平安小心收起兩幅地圖，最後背起一只背簍，跟上次帶著陳對他們進山差不多，對阮秀歉然道：「這次我爭取走到地圖上的挑燈山、橫槊峰一帶，估計最少半個月，最多一個月後返回這裡。」

阮秀輕聲道：「這麼久啊，那你帶的東西怎麼夠吃？」

陳平安忍住笑：「我是山裡待慣了的，野味、山果都能吃，也都找得到，我保證餓不著自己。」

阮秀點頭笑道：「我爹答應借你的十幾兩銀子，你出山之後，我肯定能給你。」

陳平安想了想，還是實話實說：「阮姑娘，妳就別委屈自己了，錢我自己能想辦法，妳總不能真的堅持十天半個月，都不吃壓歲鋪子的點心吧？」

阮秀臉色漲紅，想不明白他是怎麼知道真相的。

陳平安有些無奈，笑著不說話。心想就阮師傅那臭脾氣，肯借給自己銀子才是怪事，所以不是我目光如炬，而是阮姑娘妳的掩飾實在不高明啊。

陳平安看阮秀有些失落，連忙安慰道：「阮姑娘，妳的好意我心領了，謝謝啊。」

阮秀抿嘴一笑。她突然說道：「我送送你。」

陳平安已經大踏步離去，轉頭擺手道：「不用，路我熟得很，閉著眼睛都能走。」

阮秀輕輕「哦」了一聲，然後跟陳平安揮手告別。

陳平安走出阮家鋪子後，一路沿著溪水往上游飛奔。臨近小鎮的幾座山頭，陳平安並不感興趣，雖然不大，價格不貴，但是他不希望買在這裡，距離小鎮實在太近，這種風頭出不得，而且阮師傅之前說過幾句暗示言語，地真山、遠幕峰幾座山峰在內的這一帶，山頭的底子原先其實都不錯，只可惜這麼多年差不多給掏空了，所以就是幾個繡花枕頭，要一直往西走，到了那座真珠山才有所好轉。

陳平安走了足足一天一夜，其間只休息了不到兩個時辰，才終於爬上一座小山包的山頂，深吸一口氣，心肺之間滿是山野草木清香。

他挺起胸膛，重重跺腳，豪氣干雲道：「這是我的！」

已經五天過去了，夕陽西下，陳平安終於登上了那張官府嶄新地圖上的鼇頭峰。此峰在方圓數十里之內，一枝獨秀，格外高聳入雲。陳平安啃著一張生硬的乾餅，坐在峰頂一棵老松橫出懸崖外的枝幹上，清風陣陣，吹拂得他鬢角髮絲肆意飛揚。

籮筐被放在樹底下，陳平安膽子還沒有大到背著籮筐爬樹的地步。以前對於爬山一事，他不過是當作一門並不輕鬆的差事、活計，總是想著跟緊姚老頭的腳步，不像現在，累了就停下腳步，好好看看遠處的青山綠水。而且，許多讓陳平安嘆為觀止的風景，以前都屬於大驪朝廷封禁的大山，他只能跟著沉默寡言的姚老頭繞道而行，鼇頭峰就在此列。

這一路走過山、走過水，陳平安見識到很多陌生的壯麗畫面，有層層疊疊的瀑布群在雨後掛起小小的彩虹，他好像伸手一摟，就能帶回家珍藏起來。有千萬飛鳥聚集的陡峭山崖，一粒粒串在一起，像是掛在牆壁上的雪白簾子。有只有一條險峻小徑可以登頂的險峰，最後驀然步入一座大石坪，視野豁然開朗，讓人忍不住屏住呼吸。夜間他披上一件衣衫，背靠籮筐昏昏睡去，彷彿可以聽到天上仙人的喃喃低語。

又跋山涉水，三天後，陳平安終於來到了阮師傅所說的神秀山，西北兩個方向，隔著約莫十里路，各有挑燈山和橫槊峰，與神秀山呈現犄角之勢，如同三尊巨人各立一方。

按照地圖顯示，在這一峰兩山周圍百里之內，矗立著大大小小五座山頭，小的有彩雲峰和仙草山，其餘分別是較大的燈芯臺、黃湖山和寶籙山。陳平安來到神秀山前，去過其中的仙草山和黃湖山，仙草山只比真珠山大上一籌，雖然山勢矮小，但是草木格外茂盛，參天大樹頗多，至於黃湖山，應該是因為半山腰有一座小湖泊的緣故，遠觀湖水泛黃，近看又極為清澈，只不過除了這個小湖外，陳平安覺得比起腳下的神秀山，黃湖山要差很多。

接下來，陳平安花了整整四天的時間，在神秀山、橫槊峰周圍晃悠，最終選定了三座山峰——仙草山、寶籙山和彩雲峰，仙草山小，寶籙山大，彩雲峰高。其中寶籙山讓陳平安耗時最多，真可謂雲深、山高、水長，在陳平安走過的諸多山頭當中，規模僅次於披雲山和神秀山。不過陳平安有些納悶，寶籙山這麼大一塊地盤，又臨近橫槊峰，況且就連修行門外漢的陳平安也能感受到這座山頭的山清水秀，阮師傅為何不捨棄挑燈山，選擇寶籙山呢？

陳平安估算了一下，自己選中的三座山頭，大概會花費四十五枚金精銅錢，剩下三十四枚銅錢，真珠山必然會用掉一枚迎春錢，還剩下三十三枚，足夠讓自己出手闊綽地買下一座真正意義上的大山頭！畢竟阮師傅說過，就連枯泉山脈、香火山和神秀山這樣一等一的大山，也不過需二十五到三十枚金精銅錢。

阮師傅還洩露天機，說將來在這方圓千里以內，大驪朝廷會敕封一尊山嶽大神、三位山神和一位河神。對此，阮秀第二天也曾詳細解釋過。所謂山神，就是朝廷禮部衙門選出一位合適人選，可以是地方上著名的歷史人物，也可以是戰死殉國的功勳武將，然後大驪皇帝認可欽點為山神，以一支特殊朱筆正式寫入山河譜牒，一番焚香祭奠禮畢，寓示著作為代天巡狩人間的天子，已經告知上神，一般而言就算完事了。之後不過是欽天監製造出金券玉牒，交由國師親筆書寫敕文，派人埋於山腳，最後才是讓官府請人塑造一尊金身泥像，供奉於山神廟。那位山神有資格光明正大地享受百姓香火，庇護一山地界的生靈，鎮壓、降伏或是驅逐各路越境的鬼魅陰物。

陳平安不奢望自己選定的神秀山附近的三座山頭，能夠出現一位山神坐鎮，幫忙看家護院，而是把希望放在那座花錢最多的大山頭上，如此一來，主要家業在三百年內得到阮師傅的庇護，遠離此地的那座孤零零大山，若是能請來一位山神，無疑會讓陳平安放心許多。至於只值一枚迎春錢的小土包真珠山，估計除了陳平安，沒有誰看得上。

陳平安此時坐在彩雲峰之巔的大石崖上，身前攤放著嶄新的大驪龍泉山川形勢圖，他已經將那些大山名稱和地理位置記得爛熟，仍是無法下定決心最後購買哪一座山頭。

陳平安雙手托住腮幫，眉頭緊皺，身體輕輕前後搖晃。陳平安思緒神遊萬里，買了山又能做什麼，他其實心裡沒底，但只要一想到三百年裡，自己始終是那五座山名義上的主人，這本身就已經是一件很幸福的事情。

可以先娶個媳婦，成家立業，以後傳給子女，子女將來再傳給他們的子女。原來娶媳婦一事，雖然不是當務之急，但也需要考慮考慮了啊。一想到這裡，呵呵傻笑的陳平安猛然回神，有些難為情。

陳平安向後倒去，有些犯睏，就想要瞇一會兒。

不知道過了多久，睜眼後，陳平安頓時頭大如斗。

自己如今在大白天也能做夢？原來這是自己第三次撞見那個白衣人了。一次在廊橋上，一次在石拱橋底，加上這次在山巔。

沐浴在雪白光芒之中的高大白衣人，這一次盤腿而坐，距離陳平安不過兩丈距離，可是陳平安偏偏無法看清對方的容貌。陳平安覺得總這麼擔驚受怕也不是個事，壯起膽子，小心翼翼開口道：「老前輩……」

啪！陳平安下一刻感覺就像是少年時被牛尾巴甩在臉上，一陣火辣辣的疼。如夢驚醒一般的陳平安猛然坐起身，發現自己就坐在原先位置上，環顧四周，並無異樣，但是摸了摸一邊臉頰，卻是真的還在疼。他打破腦袋也想不出原因，只得茫然撓頭。

陳平安還沒有出山，就已經感受到了小鎮翻天覆地的變化，除了在地真山山頂眺望小鎮，發現四處塵土飛揚之外，還在遠幕峰一帶看到了近百名青壯年，多是窯工出身，臂力出眾，吃苦耐勞，正在熱火朝天地砍伐巨木。

陳平安湊過去，找到一個原來在同一座窯口燒瓷的熟人，一問才知道原來小鎮要一口氣打造縣衙、文昌閣、武聖廟和城隍廟四座大建築，領頭人是一位年紀輕輕的新任督造官，姓吳名鳶，至於另外那個縣令頭銜，到底是個什麼官身，縣府大衙又到底是怎麼個地方，小鎮百姓弄不明白，也不關心，只知道現在暫時多出一個鐵飯碗，工錢很誘人，比起以往在龍窯燒瓷，盈餘更豐。

之前窯務斷絕、窯火盡熄，青壯年窯工一年到頭面朝黃土背朝天，只能跟莊稼地打交道，養家糊口本就已經不容易，更掙不來幾枚銅錢，所以現如今小鎮上上下下人心振奮，把吳鳶吳大人當作了財神爺。再者，四姓十族那些深居簡出的富貴老爺們，對比他們年輕一輩甚至是兩輩的小吳大人，行為舉止尤為尊敬之餘，言語中還透著股官民魚水的親近，至於更加微妙的眼神視線，藏掖著討好之意。小鎮百姓眼睛可不瞎，哪怕是井底之蛙，見識粗淺，可察言觀色的本事並不差。

現在縣令吳鳶讓四姓十族的家主出面，雇用了五、六百名小鎮青壯年進山伐木，搬運出山，為此遠幕峰還專門鑿出了一條滑道，因為許多作為大梁廊柱的巨木，僅靠人力肩扛下山，太過耗時耗力，放入那條滑道，一根大木就會自行滑到山腳。不過如此一來，遠幕峰就像臉面上被人為割出了一條疤痕。

除了入山，還有下水，小鎮許多男苦力，都從小溪那邊挑沙運石。小鎮城東門那邊作為縣衙選址，推倒了鄭大風的那座黃泥小屋，重新夯實地基，就連那道不知道挨了多少場風雨的柵欄木門，也全部拆卸。

陳平安出山的時候沒有選擇彎彎曲曲的山間小路，而是直接踩在溪澗的石頭上，往下游蹦蹦跳跳，這能省去很多時間。一些小鎮百姓見到背著籮筐的陳平安的身影，也不會大驚小怪，大多知道泥瓶巷有個孤兒，從小就擅長採藥和燒炭，進了山就跟猴子似的，誰也追不上。

陳平安在兩條溪澗匯合處停下身形，原來再往下走兩丈多，一片坑坑窪窪的石崖聚集著一群人，岸上和石崖附近一塊突出水面的青石上，各自站著一名身材魁梧的青年男子，腰間皆懸佩有金色纏絲刀鞘的佩刀，身穿一襲乾淨俐落的黑色長袍，外罩一層青色薄紗，束髮別簪，兩人渾身散發出凌厲的氣息。

在陳平安出現的瞬間，兩人不約而同地猛然轉移視線，死死盯住橫空出世的陳平安，手已經按住刀柄。背著一籮筐草藥的陳平安站住不動，臉色如常。

陳平安先後經歷過與蔡金簡、苻南華的兩場小巷搏命，在正陽山搬山猿的追殺下四處流竄，最後還要加上跟同齡人馬苦玄在神仙墳的捉對廝殺，對手不是高高在上的神仙中人，就是身經百戰的大荒異種，要麼就是天命所歸的幸運兒，可陳平安到最後仍是活了下來。所以說那兩名佩刀男子的陰沉視線，能夠讓市井百姓戰戰兢兢，卻無法讓陳平安生出太多情緒起伏。

陳平安不願橫生枝節，剛打算往岸上走，然後沿著溪畔山路返回小鎮，就發現一名被眾星拱月的年輕男子，笑著對小溪裡站著的佩刀扈從說了句話，後者立即鬆開按住刀柄的手。

本來盤腿而坐的年輕男子緩緩起身，竟然比兩名佩刀扈從還要高出半個腦袋，肌膚白皙似女子，面容略顯陰柔。他朝陳平安招招手，換上了小鎮這邊的方言，神色溫和地笑道：「別怕，你繼續按照原先的路線走就是了，我們不是壞人。」小鎮方言說得略微晦澀凝滯，不過陳平安聽得一清二楚。

猶豫了一下，陳平安對那個高大男子露出一個笑容，然後伸手指了指岸上，示意自己很快就上岸，不會打攪他們聊天。不等那男人說什麼，陳平安身形矯健的幾個跳躍，毫不拖泥帶水地上了岸，消瘦身影很快就消失於綠蔭漸濃的林間小路。

有些女相的男子悻悻然收回手，身邊佐吏扈從們忍住笑，男子尷尬道：「那採藥少年身手不俗嘛。看吧，我就說這裡人傑地靈，所以啊，你們別抱怨這裡比不得京城繁華，小地方有小地方的鍾靈毓秀，別有一番滋味。」不說還好，這位父母官的此地無銀三百兩，頓時惹來一陣肆無忌憚的哄然大笑。

高大男子正是小鎮百姓眼中的財神爺吳鳶，窯務督造官，兼任龍泉縣首任縣令，面對下屬們的嘲笑，他也不惱火，坐下後繼續先前的話題：「龍泉縣衙、文昌閣、武聖廟、城隍廟四處建築，光是匾額，零零散散就需要至少十五、六塊，對於這次驪珠洞天安穩下墜，與大驪版圖順利接壤，維持住了七、八分地理全貌，竟然沒有出現一次大的地牛翻身，陛下龍顏大悅，御賜一塊『溫故知新』匾額給了文昌閣……」

吳鳶說到這裡的時候，一個風雅清逸的年輕人微笑道：「吳大人，你就沒幫著咱們縣衙跟陛下求一份墨寶？」

吳鳶嘆氣道：「求啊，怎麼不求，可是陛下不答應，我有什麼辦法。這倒也怨不得陛下，畢竟小小一座縣衙，若是得了陛下金筆御賜，讓那麼多當郡守、做刺史的封疆大吏怎麼活？我以後還想不想混官場了？」

所有人會心一笑。

吳鳶安慰眾人：「好在劉先生和國子監齊大祭酒分別答應了，到時候會讓人送來兩套匾額，分別懸掛在縣衙和武聖廟，現在問題就在於文昌閣還差三塊，城隍廟也缺兩塊，要不然在座各位，想想法子？難不成真要我自己提筆不成？我那一手蚯蚓爬爬的字，可是連我家先生也感到絕望的。你們不嫌丟人的話，我當然無所謂，這輩子唯一一次將自己墨寶製成榜書匾額的機會，總算到來了！」

那個氣質不俗的年輕人想了想：「那我給祖父寫一封信去，我家祖父與那位隱世不出的白虯先生關係不錯，看能不能想辦法給咱們吳大人臉面爭光。」

吳鳶拍了拍他的肩膀：「那本官的臉面就交給你了，要是萬一匾額不夠，縣令大人的臉面就等於丟在地上撿不起來了，到時候唯你是問。」

年輕人臉色一僵，感覺自己給自己挖了一個坑。其餘幾個歲數相差不大的同僚，紛紛流露出同情神色。咱們這位吳大人，那是出了名的順杆子往上爬，稍微給點顏色就敢開京城最大的染坊，你敢跟他比拚誰的臉皮更厚？

這些個官氣不重的年輕人，身上都有一個在東寶瓶洲北部王朝盛行的官職——祕書郎。這個官職分文、武兩種，文祕書郎像是幕僚謀士，為謀主出謀劃策，排憂解難，武祕書郎就是那兩名腰間懸佩金絲佩刀的健碩青年，擔任貼身扈從，護衛主官的安全。不過祕書郎一職，屬於胥吏階層，不納入朝廷的清流正官，世家豪閥子弟出仕，往往由家族聘請或是雇用清客、供奉擔任文武祕書郎，當然朝廷也有配發名額，人數從兩人到二十人不等，一律可以領取大驪俸祿。

吳鳶是寒族出身，私自請不起祕書郎，這些文祕書郎皆是朝廷配給。龍泉縣在大驪版圖上不過是一個大縣，連郡都不是，原本只能配給文武祕書郎各一人，但是那兩名金絲纏繞刀鞘的武祕書郎，分明是獲得過卓越功勳的大驪軍方高手，否則根本沒有資格懸佩此刀。其實吳鳶能夠出任大驪龍泉縣的第一任父母官，就已經能夠說明很多問題——年輕縣令的授業恩師，是綽號「繡虎」的大驪國師；他的未來老丈人，是在大驪邊境沙場戎馬半生的某位上柱國。

玩笑之後，吳鳶正色道：「這四座建築，工程已經很大，況且神仙墳和老瓷山的選址，小鎮這邊，從聖人阮師到四姓十族扎堆的福祿街、桃葉巷，很默契地敷衍應付，顯然接下來不會順利，有得磨。但是真正的大事和麻煩事，還是接下來朝廷禮部、欽天監和書院三方將齊聚於此，進行敕封山神、河神之事。如果不是山嶽正神一事，受到的阻力實在太大，讓陛下都有些猶豫，否則連陛下也會御駕親臨我們龍泉縣。」

吳鳶看到他們臉色一個比一個凝重，掏出乾餅使勁咬了一口，輕鬆打趣道：「山嶽大神這座大廟，最後能不能建在咱們轄境內的那座披雲山上，能不能成為新的大驪北嶽，真不是咱們可以摻和的。我們啊，就是縣衙裡的小魚小蝦，所以別啃著乾餅操著中樞大臣的心了，隨那些身著黃紫的官老爺們折騰去。」

周圍人的心情稍稍好轉。

吳鳶默默啃著乾餅，猶豫了一下，含糊不清道：「有個消息，既是好消息也是壞消息。盧氏王朝覆滅後，如何安置那些亡國遺民，一直是個大問題，我們龍泉縣接下來會接收五千到一萬人的刑徒，魚龍混雜，三教九流都會有，所以大驪軍方會一路嚴密監督，負責將這撥戴罪之身的刑徒遷徙至此。此舉對我們而言，有利有弊，好處是龍泉縣終於有點大縣的雛形了，壞處嘛，就是烏煙瘴氣，讓本來就人生地不熟的我們更加無從下手，不得不賣力拉攏那些選擇留在小鎮的地頭蛇。」

世家子出身卻當了祕書郎的年輕人問道：「能不能將那些大族分而治之？」

吳鳶毫不猶豫地搖頭道：「難。初來乍到，誰願意相信我們？」

吳鳶沉聲道：「與其弄巧成拙，打草驚蛇，還不如慢慢來，來到這個歷史淵源極其複雜的地方，諸位自然是想跟隨我吳鳶一起博取錦繡前程，但我們必須清楚一件事情，大困境下的大磨礪，才能換取大富貴，所以你們誰要是想一、兩年就升官發財，我覺得現在就可以掉頭走人了，路費我吳鳶幫忙出。」

六個文武祕書郎神色堅毅，無一人有畏難退縮的心思。

吳鳶輕聲道：「切記、切記，不可急躁行事。」

這絕非是吳鳶說大話、空話，而是在進入小鎮沒多久，他就吃了一個悶虧。當時出動大驪官方勢力鎮壓那個紫煙河鍊氣士，是他吳鳶一意孤行冒著被朝廷問責的風險，果斷地先斬後奏，試圖以此打破僵局，先贏得阮師的好感，繼而借聖人之勢壓一壓小鎮四姓十族。事實證明皇帝陛下那邊並未追責，可是當時聖人阮師的反應，卻讓吳鳶汗流浹背，恨不得使勁搧自己一耳光。

有人好奇問道：「那些遺民刑徒，是用來給鍊氣士們當苦力，幫著開闢荒山的？」

吳鳶點頭道：「除此之外，朝廷官方還會讓鍊氣士驅使兩頭年幼搬山猿過來，加上道家符籙派打造的卸嶺甲士和墨家鉅子打造的開山傀儡，爭取在十年之內，將那六十多座山頭全部開闢出來，道觀寺廟，亭臺樓閣，應有盡有。」

吳鳶身邊那些年輕人，全部流露出神往之色——小鎮那邊，處處平地起高樓，深山之中多出一座座神仙府邸，所有人相視一笑，盡在不言中。

他們作為大驪龍泉縣歷史上第一撥官吏，註定會被載入青史，豈敢不勠力同心，不為註定前程遠大的主心骨吳鳶效忠、效命？

披雲山之巔，眉心有痣的清秀少年隨手一揮袖，半山腰的雲海被左右撥開，竭力遠望，視線盡頭，出現了一輛牛車和一輛馬車。

他快意笑道：「開賭嘍開賭嘍。齊靜春，我要是這一把賭贏了，那麼你苦心孤詣留下的兩炷香火，就要澈底斷絕了啊。可憐可憐。」

少年兩根手指拈住一枚印章，篆文為「天下迎春」四個字。笑咪咪的少年雙指驟然發力，印章崩裂，化作齏粉，迅速消散在天地間。之所以如此輕而易舉捏碎印章，源於其中四字真意，如人之心灰意冷，失望至極，故而早已自動消散。

少年迅速收回視線，最後看到一個背著籮筐的少年，獨自走向小鎮。

陳平安出山之後，先去了鐵匠鋪子，走過那座石拱橋的時候，他雙手合十，低頭快步而行，神色無比莊重誠懇，碎碎念道：「老神仙有話好好說，千萬別打人啊。如果有什麼請求，可以晚上托夢給我，最好別大白天的，我是真的有點怕啊。」所幸走到石拱橋那一頭，陳平安仍安然無恙，頓時眉開眼笑，屁顛屁顛去找阮師傅和阮秀。

少年不知愁滋味。

阮邛依然是在簷下招待陳平安，一人一張小竹椅，阮秀站在她爹身後，滿臉遮掩不住的喜悅。

阮邛看著滿身塵土的陳平安，小心翼翼地將籮筐放在身前，又動作輕柔地從大半籮筐草藥底下掏出包裹兩幅山川形勢圖的布囊，遞給他的時候，愧疚道：「爬挑燈山的時候，山路被一條大瀑布攔住了，我就在瀑布下的深潭附近，找了個地方藏起籮筐，還搭建了一個小樹架子遮風擋雨，沒想到爬到瀑布頂沒多久，就下起了大雨，雨水實在是太大了，等我趕緊下去，樹架子果然已經被壓塌了，籮筐和棉布行囊被雨水浸透，好在兩張地圖用黃油紙包裹得比較嚴實，等到太陽出來後，我拿出來看了一下，只是地圖邊角有些濕，曬乾之後還是有明顯的痕跡……」

阮邛打開布囊和黃油紙，發現兩幅地圖幾乎完好無缺，那點折損，根本可以忽略不計。再說了，兩幅摹本地圖而已，所以窯務督造官衙署和龍泉縣衙那邊，根本就沒有要拿回去的意圖，但是阮邛可不願意拿這個真相來安慰陳平安。

阮邛瞥了眼站在自己身前侷促不安的陳平安，問道：「暴雨時分，在挑燈山的那條龍湫瀑爬上爬下，你找死啊？」

陳平安笑著不說話。

阮邛揮揮手，示意陳平安坐回去，別站在自己身前礙眼。陳平安坐回那張翠綠可愛的小竹椅上，當他把兩幅地圖送還給阮師傅後，整個人終於如釋重負。這一路上，如果不是害怕糟踐了這兩幅珍貴地圖，他這趟入山、出山至少可以省下三、四天時間。而且，這麼多天相依為命，一向念舊的他其實內心深處，對兩幅地圖有些不捨。每逢天氣晴朗、登高望遠的時分，陳平安就喜歡揀選一個視野最開闊的地方，然後攤開那兩幅地圖，舉目遠眺看一下山河，收回視線再低頭看一下地圖。大半個月來，陳平安覺得自己從來沒有如此充實過。

阮邛突然將兩幅地圖輕輕拋給陳平安：「椅子還不錯，回頭再做兩張，地圖就當是報酬了，送給你。」

雖然阮邛還是不喜歡這個泥瓶巷少年，但是他還不至於因此而全盤否定陳平安。阮邛完全能夠想像那幅場景，一場滂沱大雨裡，心急如焚的陳平安沿著瀑布往下，只為了看一眼地圖才能安心。當然，在阮邛眼中，這種行為一點都沒有英雄氣概，相反還很刻板迂腐。

說實話，相比這個苦兮兮的陳平安，阮邛更欣賞小小年紀就懂得審時度勢的大驪皇子宋集薪，或是生性開朗、萬事不愁的劉羨陽，哪怕是鋒芒畢露的馬苦玄，也有很多可取之處，就算是自幼跟隨在齊靜春身邊的讀書種子趙繇，也沒有陳平安這麼死板不開竅。之所以臨時改變主意，將地圖找個由頭送給陳平安，其實是下定決心要跟這個少年劃清界限。

鐵匠鋪子可以收他作為鑄劍學徒，但他絕對不會成為自己的開山弟子，以後自己按照承諾，庇護他買下的山頭，但是這小子絕對不要想著跟自己閨女有任何牽連。其實說到底，阮邛並非是因為出身看輕陳平安，而是道不同，不相為謀。阮邛的徒弟，必須是他的同道中人，雙方亦師亦友，能夠聯手為宗門打造千年盛世，所以性情相合，極為重要。

陳平安自然不知道阮師傅的思緒繞了那麼一大圈，他只是接住地圖，抱在懷裡，問道：「衙署那邊督造官大人不會有想法？」

阮邛冷笑道：「至少六十年之內，我都是這龍泉縣的太上皇，所以我的規矩最大。」

阮秀嘀咕道：「爹，哪有你這麼往自己臉上貼金的人。」

對於女兒的拆臺，阮邛置若罔聞，對陳平安沉聲道：「說正事，你最後選中了哪五座山？」

陳平安下意識坐直身體：「在神秀山周圍，我選中了三座，寶籙山、彩雲峰、仙草山。」

阮邛點了點頭：「眼光還算不錯，寶籙山占地很大，在六十多座山頭裡名列前茅，而且不是什麼空架子。我如果不是為了今後的那座護山大陣考慮，會捨棄橫槊峰選擇寶籙山，畢竟在這千里山河當中，除非是有山神坐鎮或是藏有祕寶，否則誰占據的地盤更大，誰擁有的靈氣就更多，肯定就更占便宜。

仙草山是唯一一座有望誕生草木精魅的風水寶地，只可惜地方實在太小，哪怕出現一個，根腳和品相應該也不會太好，道理很簡單，小小池塘如何養得出一條大蛟龍。至於彩雲峰，比較一般，除了地勢高、風景秀美之外，對於修行一事，並無多少裨益，除非你有本事從雲霞山弄來雲根石，安置在彩雲峰幾處山脈竅穴，才有可能是一樁好買賣。你沒有去看過黃湖山的那個湖泊？」

阮邛的最後一個問題，讓陳平安愣了愣：「看過。」

「你繼續，還有兩座山頭是什麼？」

阮邛點到即止，沒有繼續之前的話題，已算仁至義盡，不再繼續洩露玄機。

因為黃湖山的那個小湖，與仙草山有異曲同工之妙，不同之處，在於仙草山有希望出現草木精魅，黃湖山則盤踞著一條井口粗細的蟒蛇，是名副其實的「地頭蛇」，只是在與某條小泥鰍的「爭水之戰」中遺憾落敗，失去了近在咫尺的大道機緣。

但是大道之妙就在於並無絕人之路，如今驪珠洞天破碎下墜，被龍王簍抓去大隋的金色鯉魚、化作阮秀手腕上那只鐲子的火龍、截江真君劉志茂身邊的那條泥鰍、被趙繇畫龍點睛的木龍，再加上拚了命也要死死跟隨王朱的土黃色四腳蛇，這五個小玩意兒，便是驪珠小洞天歷經三千年即將壽終正寢之際，真正積澱下來的五份大機緣，至於那些養劍葫、照妖鏡之類的法寶靈器，當然肯定不差，可是比起那五份活生生的福緣氣運，仍遜色許多。

黃湖山的那條大蟒，如今反而因禍得福，方圓千里，已經沒有對手能夠跟牠掰手腕，因而牠一舉成為雄踞一方的霸主。以後山神、河神一旦入駐其中，這條大蟒只要識趣一些，能夠被其中一位招安至麾下，獲得大驪朝廷的官府護身符後，說不定從此就是一片坦途，真正走上修行之路。

陳平安說道：「我打算買下真珠山和落魄山。」

阮邛愣了愣，好奇問道：「真珠山也就罷了，一枚迎春錢而已，可以說是千金難買心頭好。可那落魄山你是如何看上眼的？照理說此山位於大驪龍泉縣的西南邊境，按照你的行程，肯定沒有去過，以前更是大驪的封禁之山，你憑一個名字就選中了它？」

陳平安有些汗顏，不願意說出原因。

當時，陳平安攤放著地圖，猶豫不決到底選取要哪一座大山，結果有一隻飛鳥從頭頂掠過，竟然拉了坨屎在山川形勢圖上，陳平安趕緊擦拭乾淨，發現之前那坨屎的位置，剛好就在「落魄山」三個字上。陳平安不再多想什麼，就毅然決然選中了落魄山，也不管這個山名晦氣不晦氣。姚老頭曾經說過，山水之間皆有神靈，所以陳平安就當作是山神老爺的一次暗示。

阮邛想了想，道：「選中落魄山，不是不行。那就這麼說定了，落魄山、寶籙山、仙草山、彩雲峰、真珠山。五座山頭，三百年期限，在此期間，你就算把一座山峰全部挖空搬走，也沒有人攔阻。山上一切出產，無論草木靈藥，還是飛禽走獸，甚至是偶然所得的祕寶，都屬於在大驪山河譜牒契約上畫押的那個人名。」

陳平安點頭道：「明白了。」

阮邛耐心道：「需要注意的事項，一個是你死之前，必須透過龍泉縣衙向大驪朝廷告知消息，你需要更換繼承五座山頭的某個或者某些個人名。當然，大驪戶部那邊會存放一份祕密檔案，你可以在名下五座山頭，分別寫下一個遺產受惠人，為的是怕你某天暴斃，死前來不及交代後事，立下遺囑。再一個是在三百年內，你如果想要賣出山頭，並不是隨時隨地就能夠決定的，必須大驪官府那邊至少三方勢力點頭答應，交易才能實現，而且我不建議你賣出這幾座山頭，因為你不管賣出什麼樣的高價，最後你都會發現自己賣虧了。」

阮邛雖是坐鎮一方的兵家聖人，卻與一個驟然富貴而已的陋巷少年，平起平坐地討論事務，看似荒誕不經，實則再合情合理不過。涉及開山立派的千秋大業，還有自家閨女的證道契機，容不得阮邛他不苦口婆心，恨不得把道理、情況一點點掰碎了解釋給眼前的陳平安聽。

阮邛問道：「陳平安，有什麼想問的嗎？」

陳平安搖頭笑道：「沒了。」

阮邛點頭道：「那就先這樣，我估計你還剩下些銅錢，回頭我幫你留心一下小鎮那邊的鋪子交易，你同樣可以趁機入手，但是貪多嚼不爛，以後小鎮八方勢力，魚龍混雜，你買下一、兩間底子相對厚實的老字號鋪子，就可以了。」

陳平安臉色微微漲紅：「謝謝阮師傅。」

阮邛自嘲笑道：「君子懷德，小人懷土。」

陳平安有些疑惑，因為不懂這句話是什麼意思。

阮邛揮揮手趕人道：「忙你的，不用管這些無病呻吟，何況你小小年紀，本就沒有到可以談心胸、談境界的地步。」

陳平安站起身，背起籮筐，突然聽到阮邛說了一句沒頭沒腦的題外話：「齊先生走了之後，偶爾懷念一下齊先生，當然沒有問題，人之常情，但是別讓自己陷進去，更別想著刨根問底。等到買下五座山頭和一、兩間鋪子，你就舒舒服服躺著收錢，娶妻生子，開枝散葉，也算光宗耀祖了。我阮邛也好，大驪朝廷也罷，都會看護著你和你的家業。就像你的名字，平平安安，比什麼都重要，說不得以後哪天時來運轉，走上修行路，也不是沒有機會。」

陳平安默然離去。

陳平安離開鋪子後，阮秀坐到竹椅上，問道：「爹，你那句話是什麼意思？」

阮邛淡然道：「意思是說，思想境界不如君子的小人，只會一門心思想著獲得一塊安逸之地。」

阮秀奇怪道：「這有什麼錯，安土重遷，擱哪兒也挑不出毛病來，怎麼就小人了？這句話誰說的，我覺得不講道理。」

阮邛臉色晦暗，輕聲道：「所以儒家聖人又說了，吾心安處即吾鄉。」

阮秀氣呼呼道：「讀書人真可惱，天底下的道理全給他們說光了！」

阮邛語重心長道：「秀秀啊，這也不是妳不愛讀書的理由啊。」

阮秀故作驚訝，「咦」了一聲，連忙起身道：「爹，我怎麼突然多出一大把力氣，那我打鐵去了啊。」

陳平安趕往楊家鋪子，將大半籮筐的各色草藥送到一名店夥計手裡，稱完斤兩，陳平安拿到手二兩銀子。許多稀罕草藥都算是陳平安半賣半送給鋪子，那名年輕店夥計根本認不出不識貨的草藥，其實是楊老頭頗為看重的重要藥材，這些花花草草才是真正值錢的好東西。但是陳平安這趟進山，採摘草藥本就是順手而為，根本沒想著賺錢。事實上陳平安學會進山燒炭之後，除了賣給店鋪裡那個名叫李二的憨厚漢子，其餘數十次賣藥給楊家鋪子其他店夥計，幾乎次次都是虧的。

楊老頭從不會收取陳平安的藥材，如果陳平安敢白送給鋪子，就會被楊老頭扔到大街上，可如果賣給店裡夥計或是坐館郎中，那麼不管什麼離譜的價格，性情古怪的楊老頭都會不聞不問。

這次陳平安沒有見到楊老頭。

走出鋪子後，陳平安發現路上很多人都在議論紛紛，說是那座十二隻腳的螃蟹牌坊那邊出了大事情。說是老督造官大人，卸任之前出錢建造廊橋的那個宋大人，風風光光地回到小鎮了，而且這次是以一個禮部郎中的了不得身分。

宋大人帶著一批文縐縐、威風八面的官老爺，看上了螃蟹坊那四塊匾額的字，畢竟都是讀書人嘛，可以理解，但是不知為何，督造官衙署那邊得到消息後，立即就火燒屁股地入山，通知那位原本打算去遠幕峰查看伐木事宜的小吳大人，然後這位財神爺就帶著幕僚佐吏，更加火急火燎地一起出山，攔住了官場老前輩宋大人那一行人。

無事一身輕的陳平安順著人流往牌坊樓走去，遠遠站在人群外邊。

看到牌坊四方匾額下，架起了八架梯子，一塊匾額左右兩邊各有梯子。但是當下只有「當仁不讓」匾額左右，站著兩個年齡懸殊的儒士，其中年長一人，正低著頭，似乎對著腳下某人疾言厲色，用外邊的大驪官方雅言訓斥著什麼。

有人拍了一下陳平安的肩膀，笑呵呵道：「陳平安，這麼巧啊，你也看熱鬧呢？」

陳平安轉頭一看，是那個眉心一顆朱紅小痣的話癆少年，實在是有些怕他的絮絮叨叨，就說道：「隨便看看，好像也聽不懂他們講什麼，馬上就回家。」

模樣清雅秀氣的少年笑道：「別啊，你聽不懂，我可以解釋給你聽嘛。這件事情可有意思了，你要是錯過了，以後肯定後悔！你們小鎮的父母官吳鳶大人，這會兒是跟品秩更高的禮部老爺們起了衝突，站在梯子上那個是禮部右侍郎，算是正兒八經的大驪重臣。一邊呢，估計是老資歷的前前任督造官宋大人，拿那匾額的事情跟人拍胸脯邀功，說保管把匾額給你老人家留著，送回你老家裡不敢說，送到禮部衙門肯定板上釘釘的，於是這才當上了正五品的郎中，所以這次禮部老爺們趁著敕封山神、河神一事，名正言順過來收取東西了。另一邊呢，是把小鎮所有寶貝視為自己禁臠的小吳大人，一聽有人要拿走小鎮僅剩不多的珍貴老物件，如何能答應？退一步說，哪怕心裡願意捏著鼻子受這窩囊氣，可要知道四姓十族那麼多老狐狸，正在旁邊憋著壞看笑話呢，如果他這個時候裝了孫子，估計以後就很難當上那些大族門戶的爺爺嘍。本來就不順的文武兩廟選址，肯定要黃了。」

陳平安認真聽完少年眉飛色舞的講解，問道：「你到底是誰？怎麼知道這麼多？」

少年伸出一根手指，指著自己，笑道：「我？哈哈，我可不是大驪朝廷命官。我姓崔名瀺，瀺字比較生僻難寫，麻煩得很，你不用管。」

陳平安看著崔瀺的眼睛。

崔瀺神色自若，嬉笑道：「我年紀比你大，所以你可以喊我崔師伯。」

陳平安笑了笑，崔瀺也跟著笑起來，雙手輕輕搓著臉頰：「沒關係，我還有個綽號，喊起來應該比較順口，叫繡虎。」

看著笑咪咪的崔瀺，陳平安感到緊張，身體緊繃，完全不由自主。

當初與蔡金簡、苻南華生死相搏，陳平安其實越是接近他們，就越是心如止水。哪怕後邊跟正陽山搬山猿糾纏，然後被追殺，陳平安大概是一開始就存有必死之心，雖然事後想起會有些後怕，但交手期間，不管如何命懸一線，他其實沒有緊張，當然也可能是根本顧不上。唯一一次記憶深刻的緊張，是與杏花巷的同齡人馬苦玄，在神仙墳那場勢均力敵的交手，陳平安當時手心裡其實滿是汗水。

緊張源自陳平安近乎本能的敏銳直覺，崔瀺彷彿對此絲毫不感到意外。崔瀺既然膽敢在老瓷山，出言挑釁深不可測的楊老頭，當然不是故弄玄虛的伎倆，否則也不至於讓躋身十一境的兵家聖人阮邛心生忌憚。

崔瀺對陳平安掩飾不住的那點緊張故意視而不見，轉移視線，面朝那座跟大驪京城極有淵源的大學士坊，伸出一根手指，神色熱絡殷勤地解釋道：「儒教的『當仁不讓』、道教的『希言自然』、佛教的『莫向外求』、兵家的『氣沖斗牛』四塊匾額，十六個字，蘊含著書寫之人磅礴充沛的神意，還有當初在這裡訂立規矩的三教一家四位聖人，他們故意留在此地的一部分氣數。

你瞧見那位侍郎大人手裡的物件沒，是專門用來拓碑的，目的是要把那些字裡的精氣神一層層剝下來。第一道拓碑，肯定與真跡最相似，形似且神似，越到後面，距離真跡原貌就會越遠，價值當然就越小。我覺得除了『莫向外求』四個字能夠勉強撐住六次，其餘三塊匾額恐怕都撐不過四次，尤其是兵家的『氣沖斗牛』，好像有兩個字不久之前死了，所以兩次過後就可以收工了。」

陳平安有些震驚，原來這裡頭還有這麼多門道，字不僅僅排列在書籍裡，或是寫春聯掛在牆上，或是在墓碑上刻下已故之人的名字。陳平安沒來由想起齊先生贈送的印章，以及年輕陸道長的藥方。

崔瀺繼續說道：「作為拓碑的那些紙張，極其名貴，每一張都厚如木片，是別洲道教真誥宗獨有的寶貝，名叫風雷箋。寫字的時候，筆尖與紙張摩擦，帶起一陣陣風雷之聲。咱們皇帝陛下也庫藏不多，平時根本捨不得用，偶爾會拿出來犒賞功勳大臣，或是年末賞賜給六部裡某個衙門。所以這次禮部對那些字是志在必得，咱們這位前程遠大的小吳大人，心思太重，方方面面都想抓住、抓穩，估計以後在小鎮會處處碰壁，別處的滅門太守、破家縣令，到了他這裡，就當得殊為不易啊。」

陳平安彷彿聽天書一般。

雖然身邊的崔瀺口氣很大，但是陳平安沒覺得他是在胡說八道。

眉心一點朱砂的崔瀺說自己不是大驪官員，不似作偽，但當時出現在鐵匠鋪子，卻跟隨在督造官吳鳶身邊，阮秀說有可能是吳大人的伴讀書童。所謂書童，就是自家公子負笈遊學時，那個在旁邊背著書箱的傢伙，可陳平安現在可以確定，眼前這個自稱綽號繡虎的清秀少年，絕對不簡單。談吐見識也好，風雅氣度也罷，比起龍尾郡嫡長孫陳松風和老龍城少城主苻南華，只好不差。

在陳平安的印象裡，他所認識的所有人當中，其中一小撮人很特別，比如窯頭姚老頭常年沉默寡言，偶爾說話多半是在罵人，但是每次進山後，姚老頭整個人的精氣神就格外好，會給人一種比青壯男子還體魄雄健的錯覺。又比如楊家藥鋪的楊老頭很公道，跟你關係再差也不會對你如何，但是跟你關係再好也不會故意多給你什麼。還有剛認識沒多久的寧姚寧姑娘，身上帶著一股英氣；流露出真面目的杏花巷馬苦玄，就是滿身銳氣和戾氣，這個綽號繡虎的崔瀺，也是如此，就像是比苻南華、蔡金簡這撥神仙子弟更高高在上的存在。陳平安甚至覺得哪怕截江真君劉志茂在他面前，崔瀺的眼神、臉色也一樣是這麼漫不經心。當然，崔瀺的話癆，只有風雷園的劉灞橋能夠與之媲美。

崔瀺突然笑問道：「陳平安，你能不能帶我去一趟宋集薪家的院子？」

陳平安心弦一緊，貌似隨意地問道：「可是牌坊這邊還沒散呢？」

崔瀺笑得瞇起眼的時候，像個人畜無害的俊美狐仙：「我知道你在擔心我意圖不軌。實話告訴你好了，我跟宋集薪的弟弟很熟悉，他很好奇自己哥哥在小鎮這十多年到底是如何生活的，就託付我一定去親眼看一看，回到京城後好跟他說道說道。」

陳平安問道：「他既然跟宋集薪是親兄弟，就不能自己問嗎？」

崔瀺打了個響指，讚賞道：「陳平安你挺聰明啊，這麼快就找出漏洞了。」

陳平安有點跟不上這個傢伙的思緒。

崔瀺揉了揉眉心，無奈道：「因為父母的緣故，他跟那個素未謀面的哥哥宋集薪，還沒見面就關係很差了。富貴門庭裡的齷齪事，就跟泥瓶巷、杏花巷的雞毛蒜皮事一樣多，所以你要體諒一下。」

陳平安笑問道：「如果我不答應，你是不是就會找我的麻煩？」

崔瀺一臉疑惑，然後指著自己鼻子，委屈道：「我像是窮凶極惡之輩？你看看我，瞪大眼睛仔細看看，我像是那種一言不合就要殺人全家的人嗎？」

陳平安老實回答：「看著是不像。」

崔瀺倒抽一口冷氣：「這話怎麼聽著不像好話啊。」他雙手環胸，冷哼道：「你不願意帶我去，那我自己問路去。」

陳平安問道：「你又沒鑰匙，連院子也進不去，去了看什麼？」

崔瀺臉上浮現出「你陳平安太年輕了」的欠揍表情，微笑不語。

陳平安對這種笑容再熟悉不過了，劉羨陽和顧璨經常有。

陳平安嘆了口氣：「那我帶你去泥瓶巷，院子你就別翻牆進去了，只能帶你到門口。」

崔瀺一巴掌重重拍在陳平安肩膀上：「早幹嘛去了！」

崔瀺轉身大步離去，遠離人頭攢動的牌坊樓。他突然停下腳步，轉頭一看，背著籮筐的陳平安走在方向相反的街道上，有些狼狽的他趕緊小跑跟上。

進了泥瓶巷之後，崔瀺左右張望，嘖嘖道：「原來這就是傳說中的泥瓶巷啊，藏龍臥虎，出人才，出人才啊，以後百年，除去杏花巷，估計福祿街和桃葉巷加在一起，也比不過這裡了。」崔瀺說起這些神神道道的言語，竟然一點也不讓人覺得突兀。

一路行去，崔瀺時不時會蹦跳幾下，觀望一些矮牆後頭院子裡的景象。

陳平安帶著他來到宋集薪家門口：「就是這裡。」

崔瀺站在巷子裡，很快就看到了那副宋集薪自己書寫的春聯，眼前一亮，感慨道：

「這就是宋集薪和那個婢女稚圭居住的宅子？嗯，字真不錯，比他弟弟要有悟性多了，越看越喜歡。」說著說著他走上前，踮起腳尖，就要動手去撕下春聯。

陳平安急了，趕緊攔下崔瀺：「你要做什麼？」

崔瀺一臉天真無辜：「宋集薪這輩子都不會回到這裡了，留著這副春聯風吹日曬，漸漸消失，還不如我留著拿去京城呢。」

陳平安堅持己見，搖頭道：「不行，在除夕自己更換春聯之前，貼著的春聯是不能撕掉的，否則容易家門晦氣。」

崔瀺「哦」了一聲，失落道：「小鎮還有這個講究啊。」

陳平安問道：「要不要去我院子坐坐？」

崔瀺擺擺手：「算了算了，那麼大點地方，估計連杯茶都喝不上，走了走了。對了，這條巷子不是斷頭巷吧，這麼一直向前走，能走出去？」

陳平安笑道：「能走出去的。」

崔瀺大步離去，不忘背對陳平安抬起手，晃了晃。

陳平安目送崔瀺離去，然後回到自己院子，看到牆根的槐枝還在，放下籮筐，從屋內搬出一條板凳坐下。

陳平安猛然起身，飛快跑到泥瓶巷巷子裡，果不其然，一個鬼鬼祟祟的傢伙跑得飛快。

陳平安來到宋集薪家門口一看，春聯被偷了。陳平安站在原地，看著院門兩邊光溜溜的牆壁，有些說不出話來，苦笑道：「這什麼人啊，太不厚道了。」

陳平安唉聲嘆氣地走回自家院子，卻發現楊老頭不知何時坐在了那條板凳上，大口吐著煙霧。

楊老頭緩緩道：「年紀輕輕，唉聲嘆氣做什麼，好不容易積攢下來一點元氣，也要外泄，練拳之人尤其不能如此。」

陳平安悚然，沉聲道：「記住了。」

楊老頭問道：「姓寧的那個小閨女，怎麼突然就走了？害我少賺了一袋子迎春錢。」

陳平安蹲在楊老頭身邊，搖頭道：「我也不清楚。只知道寧姑娘跟一個叫倒懸山的地方有些關係。」

楊老頭點頭笑道：「倒懸山啊，鳥不拉屎的破爛地方，是兩個地方的交界口，為了防止雙方胡亂流竄，道祖三位弟子之一的一個大掌教，就使用了乾坤顛倒的神通，用來威懾外族。說到底，倒懸山其實就是一方世間天字號的山字印，手段霸氣得很哪。」楊老頭言語之中，既有譏諷也有悵然，陳平安當然不知其中緣故。

楊老頭問道：「你打算買山頭？」

陳平安在這個老人面前從不打馬虎眼，老實回答道：「打算買五座山，寶籙山、彩雲峰和仙草山，在阮師傅的三座山頭附近，還有落魄山和真珠山兩座……」

楊老頭打斷了陳平安的話語，皺眉道：「你為何會買下落魄山？是誰暗示你了？阮邛？不應該啊，他明擺著不想跟你牽扯太深。」

陳平安疑惑道：「落魄山很奇怪嗎？」

楊老頭猶豫了一下，重重吐出一個煙圈，點點頭：「除了披雲山和香火山，就屬這座落魄山最有嚼頭，不過到目前為止，恐怕連大驪欽天監地師也看不出來，所以標價不會太高，你算是占到天大的便宜了。」楊老頭眼神凌厲，無形中加重了語氣：「你還沒有說為什麼會買下它！」

陳平安尷尬道：「看地圖的時候，頭頂掉下一坨鳥糞，剛好落在『落魄山』三個字上。以前姚師傅總說山水之間有看不見的神靈，我覺得挺有緣分，而且當時實在不知道該買什麼山頭，就胡亂決定買下它了。」

楊老頭聽到「姚師傅」三個字之後，白茫茫煙霧之後的眼神有些複雜，點點頭：「如果是這樣，倒也勉強說得通。」

陳平安笑問道：「阮師傅已經答應，幫我去買下那五座山，那麼我是買賺了？」

楊老頭「嗯」了一聲，輕聲道：「賺到了。」

楊老頭有些疑惑。

當真是因為沒了驪珠洞天的規矩、限制，陳平安開始否極泰來了？

陳平安突然記起一件事：「那個眉心有痣的少年，說自己姓崔，綽號繡虎，還說我可以喊他師伯。」

楊老頭沒有說話。

果然如此。

大驪國師崔瀺，雖然沒有官身，卻是大驪王朝所有鍊氣士名義上的領袖，聽說還是東寶瓶洲屈指可數的圍棋國手。但是師伯一事，從何說起？

楊老頭站起身，提醒道：「好好留著齊先生送給你的那四方印章，尤其是帶有『靜』字的那一方，小心藏好。這個崔瀺也好，之後遇到的任何人也罷，你都不用怕，當然也別輕易挑釁。只需要記住一點，你在成功買下五座山頭之後，宜靜不宜動，哪怕是夾著尾巴做人都不會錯。」

陳平安仔細思量一番，使勁點頭道：「記下了！」

第二章 夢想

離開了狹窄陰暗的泥瓶巷，走在寬闊明亮的二郎巷，眉眼靈動的崔瀺腳步輕盈，大袖晃蕩，手裡拿著那副從泥瓶巷牆頭偷來的對聯。

一個本該出現在督造官衙署的高大男子，此時站在門外，已經等候良久。他始終閉眼屏氣凝神，聽到腳步聲後，睜眼看到那個熟悉又陌生的少年後，趕緊側過身，束手而立，恭聲道：「先生。」

崔瀺「嗯」了一聲，隨手把對聯交給吳鳶，摸出鑰匙打開門，剛要跨過門檻，突然後退一步，重新拉上兩扇院門。

吳鳶差點撞上自家先生的後背，這位龍泉縣的父母官連忙後退數步，有些奇怪先生的舉動。

名叫崔瀺的少年雙手攏袖，朝兩個彩繪門神努了努嘴：「你那位老丈人的先祖，就掛在這兒呢，威風吧？」

這個彆扭至極的說法，讓吳鳶一陣頭大。

他雖然跟頂著上柱國頭銜的老丈人不對付，可跟那位尚未娶過門的媳婦，那真是情投意合，兩人是京城出了名的一雙良人美眷。尤其是一個英俊瀟灑的寒族書生，飽讀詩書，赴京趕考，科舉落第，卻贏得美人心，在不被所有人看好這段姻緣的形勢下，一舉成為大驪國師的親傳弟子，名動朝野，瞬間傳為美談，以至於驚動了皇帝陛下，下旨在養正齋召見。在那之後，未來老丈人就對吳鳶睜一隻眼、閉一隻眼，不再對女兒揚言要打斷吳鳶三條腿了。

崔瀺跨過門檻，隨口道：「我一直在思考一個問題，咱們儒家信誓旦旦的『惇信明義，崇德報功，垂拱而天下治』，到底有沒有機會實現？」

吳鳶輕聲問道：「先生想出答案了嗎？」

崔瀺撇撇嘴：「很難。」

吳鳶啞然。

崔瀺笑問道：「是不是覺得問了句廢話？」

吳鳶誠實回答：「有一些。」

大概是師生之間的對話，一貫如此坦誠相見，崔瀺並未惱火，只是斜眼瞥了一下吳鳶，惋惜道：「世間很多事情，珍貴之處不在結果，而在過程。」

吳鳶鼓起勇氣問道：「先生能否舉例？」

崔瀺一邊領著吳鳶走向正堂匾額下的朱漆大方桌，一邊說道：「比如你跟袁上柱國家的千金小姐，如今恩恩愛愛，纏纏綿綿，牽個小手都能開心好幾天，可是等到哪天總算把她給明媒正娶了，上了床一番神仙打架之後，你很快就會感到失落，原來不過如此啊。」

吳鳶齜牙咧嘴，這話沒法接。

崔瀺示意吳鳶自己找位置坐下，自己繼續站著仰頭望向那塊匾額，說道：「可是你會因為這個無趣的結果，而放棄跟袁家大小姐滾被窩的機會嗎？顯然不會吧。」崔瀺自己也覺得這說法不太入流，「那我就換個說法，比如修行，尋常鍊氣士，目標肯定是中五境，天才一些的，會選擇上五境。又比如為官，野心小的，是入流品就行，志向大的，是做黃紫公卿。在漫長的登山途中，很多人會一直抬著頭盯著山頂的風光，身邊的樹木蔥蘢，腳下的春花爛漫，都是看不到的，就算看到了，也不會駐足欣賞，枉費了聖人的諄諄教導，天地有大美而不言啊。」

吳鳶陷入沉思。

崔瀺突然哈哈大笑起來：「你連這種狗屁道理也相信？天底下最沒有意思的東西，就是道理了。」

吳鳶無奈道：「要是以前，我肯定不會在這種問題上深思，可是先生此次出關，先是換了這身『行頭』，又莫名其妙要來這個小鎮見故人，學生實在是吃不准了。」

崔瀺笑過之後，懶洋洋地癱靠在寬大的椅子上：「話說回來，這番大道理也不全是廢話，我雖然重事功而輕學問，但這並不意味著學問一事就不需要用心對待。說句最實在的話，凡夫俗子不下苦功夫、死力氣去努力做成一件事，根本就沒資格去談什麼天賦、不天賦。」

崔瀺一根手指輕輕敲擊椅子把手，臉色平淡從容，微笑道：「只有真正努力後的人，才會對真正有天賦的人生出絕望的念頭。那個時候，會幡然醒悟，流著眼淚告訴自己，原來我是真的比不上那個天才。」

吳鳶笑道：「圍棋一道，整個東寶瓶洲的國手和棋待詔，想必都是以這種心態面對先生的。」

崔瀺扯了扯嘴角：「可是對有些事情，天縱奇才如先生我，也一樣用這種眼光看待某些人。」

吳鳶搖頭道：「學生不信！」

崔瀺伸出手指，點了點滿身正氣的督造官大人，笑嘻嘻道：「小吳大人，這激將法用得拙劣了啊。」

吳鳶哈哈大笑，抱拳作揖討饒道：「先生慧眼如炬。」

吳鳶眼角餘光時不時掠過一個肌膚晶瑩的木訥少年。少年呆呆癡癡，眼神空洞，就坐在不遠處天井旁邊的小板凳上，雙手輕輕放在膝蓋上，微微仰起頭，姿勢如坐井觀天。其實吳鳶剛才一進屋子就看到了他，便覺得渾身不舒服，但既然先生不願主動開口，他就不好問什麼。

吳鳶望向桌上那副春聯，拿起一張仔細觀摩，抬頭問道：「先生，這副對聯是誰寫的？這個人很有意思啊。」

崔瀺打了個哈欠，換了個更慵懶舒服的姿勢縮在椅子裡：「暫時還是名叫宋集薪吧，不過估計過幾年，會改回宗人府檔案上那個被劃掉的老名字，宋睦。」

吳鳶立即覺得這張輕飄飄的春聯很燙手。

他忍不住問道：「先生要這春聯做什麼？」

崔瀺笑道：「給你那位寶貝師兄長長見識，省得經常說我是仗著年紀大，才能字寫得比他好。現在好了，這副春聯是他的同胞兄弟寫的，我不信他還能找到什麼藉口。」

吳鳶想了想，忍住笑意，輕聲道：「比如宋集薪在鄉野之地，整天沒事做，光顧著練字，勤能補拙，所以寫出來的字就好一些？」

崔瀺一臉驚訝：「這也行？」

吳鳶笑著點頭：「小師兄做得出來。」

崔瀺搖頭道：「說一千、道一萬，還是打得少了，規矩從來棍棒出啊。」

吳鳶把那張春聯放回桌上，隨意說道：「先生，你的先生一定規矩很重。」

吳鳶一直不知道自家先生師承何處，甚至連大致文脈流傳都不清楚，恐怕整個大驪曉得此事的人物，屈指可數。

崔瀺突然微微坐直身體：「錯嘍，先生教我，就跟我教你們差不多，一樣的，所以我的先生才教出我這麼個學生，數典忘祖，做人忘本，嗯，還有欺師滅祖。」

吳鳶以為自己聽錯了。

崔瀺淡然道：「你沒有聽錯。」

崔瀺伸了個懶腰：「我求學之時，還沒有現在這般激進，只敢提出『學問事功，兩者兼備』之議，先生就賞了我『世風日下、罪魁禍首』八個大字。」

崔瀺身體越來越正，直視著自己學生的眼睛：「你知道最可氣的地方，是什麼嗎？是這位先生，不等我說完，就打斷了我，一向以治學嚴謹著稱於世的先生，甚至不願意為這個問題多想一天，一個時辰、一炷香，都沒有，就直接丟給我那八個大字。我有個師弟，每次跟先生詢問經典疑難，先生必然次次如長考一般，悉心教導，唯恐出現絲毫偏差，其中一次，你知道我家先生想了多久，才給出他的答案嗎？」

崔瀺伸出一根手指。

吳鳶盡可能往多了去想，試探性說道：「一個月？」

這一刻，以清秀少年面貌現世的大驪國師，臉色古怪至極，似笑非笑，似哭非哭：「十年。」

吳鳶咽了咽口水，再也不敢多說一個字。

崔瀺重重呼出一口氣，自嘲道：「故人故事故紙堆，都無所謂了。何況不無所謂，又能如何呢？」

崔瀺站起身，收起那股罕見的複雜情緒，對吳鳶說道：「今天讓你來這裡，是要你見一個人，我先忙點事情，你去門口等著。」

吳鳶如獲大赦，起身離開。

崔瀺走到那個容貌精緻的癡呆少年身邊，蹲下身後，揉著下巴，像是在尋找瑕疵。

暮色中，吳鳶帶著一名戴著斗笠的男子走入大堂，崔瀺這才站起身，對他們兩人說道：「自己人，隨便坐。」

那人落座後，輕輕摘下斗笠，露出一張英俊卻病態蒼白的臉龐，整個人精氣神極其糟糕，像是身負重傷，咳嗽不斷，散發出淡淡的血腥味。

吳鳶臉色凝重：「觀湖書院崔明皇？」然後吳鳶迅速望向自家先生。

崔瀺、崔明皇，大驪國師、觀湖書院，難道？

吳鳶頭皮發麻，心頭震動，開始擔心自己能否活著離開這座宅子了。

先生殺人，口頭禪是「按規矩辦事」，但問題是大驪王朝的鍊氣士，幾乎沒有誰能夠理解先生的規矩。就算是吳鳶這種嫡傳弟子，也從來不敢認為自己真正瞭解先生的心思。

崔瀺搬了張椅子到木訥少年身邊，背對著吳鳶和崔明皇，笑道：「不用緊張，一個是我難得欣賞的家族子弟，一個是有望繼承我衣缽的得意門生，所以，你們兩個不用猜來猜去，可以把事情往好處想。」

吳鳶壯起膽子，問道：「先生出自崔氏？」

崔瀺沒理睬。

崔明皇苦笑道：「師伯祖早就被崔家逐出宗族，還下令生不同祖堂，死不共墳山。」

吳鳶臉色陰晴不定。

始終沒有回頭的崔瀺笑著說道：「放心，這些腌臢往事，咱們英明神武的皇帝陛下一開始就知道的。對了，崔明皇，吳鳶接下來有任何問題，你知無不言，言無不盡。」

吳鳶靈犀一動，直接問了一個最大的問題：「齊靜春之死，是先生的手筆？」

崔瀺不願意開口說話。

崔明皇臉色如常，回答道：「齊靜春之前得到過一封密信，來自山崖書院，寫信之人告訴齊靜春，他們那位自囚於某座學宮功德林的先生，真的死了。」

吳鳶皺了皺眉頭，這是他不曾聽聞的一樁天大祕事，估計是只有儒家三大學宮和七十二書院的當家人物才有資格知曉的內幕。但是其他一些風言風語，吳鳶和許多出身世族的讀書種子一樣，大多有所耳聞。

不過短短百年，昔年被尊奉於儒教文廟第四位的神像，先是從文聖之位撤下，挪到了陪祭的七十二聖賢之列，然後從陪祭首賢的位置上不斷後移，直到墊底，今年開春時分，更是被澈底搬出了文廟。不但如此，有人試圖偷偷將其供奉在一座道觀內，卻被發現，最終被一群所謂的無知百姓推倒打爛。朝野上下，這位聖人的畢生心血，所撰寫的經典文章一律禁絕銷毀，所推行的律法政策，被各大王朝全部推翻，名諱從正史中刪除。先是江河日下，然後日薄西山，搖搖欲墜，最後一夜之間泥牛入海，悄無聲息。

崔明皇將一樁驚天陰謀娓娓道來：「山崖書院如今已經被撤掉了七十二書院之一的身分，你們大驪對此心有不甘，畢竟齊靜春和書院對於教化百姓一事，以及幫助大驪擺脫北方蠻夷的身分，居功至偉。再者，沒了書院吸引東寶瓶洲北方門閥士子，大驪的文官體系必然遭受巨大衝擊。但是大勢所趨，大驪終究不能螳臂當車，大驪皇帝也不會愚蠢到為了一個齊靜春，一口氣招惹那麼多豪橫至極的山上、山下勢力。

既然外援已經不可靠，那麼如何憑藉一己之力，保住山崖書院不被撤銷，這個天大的難題，就跟隨那封密信一起擺在了齊靜春的書案上。但是他心知肚明，甲子之期一過，他走出驪珠洞天，那麼他在此處的蟄伏隱忍，境界不跌反升的駭人真相，必然會惹來儒家內部某些大人物的更大打壓。當然，不只是儒家、道家，還有其他一些諸子百家裡的大人物也會蠢蠢欲動，畢竟好不容易打壓下一個老的，再來一個新的，實在太可笑了。

崔明皇露出一絲笑容，下意識望向那個依舊在凝視少年的家族前輩——崔瀺。

崔明皇眼神當中滿是欽佩道：「這個時候，阮邛的提前出現，就成了一招勝負手，澈底斷絕了齊靜春原先最有可能會走的一條退路。」

崔瀺不知何時已經站起身，正在用手指輕輕撐開少年的眼簾，聽到崔明皇的言語之後，喃喃道：「酒呢？方才路過酒肆的時候，應該買幾壺的。」

崔明皇眼見吳鳶有些疑惑，解釋道：「阮邛早早來到驪珠洞天，雖然這位兵家宗師並不插手小鎮事務，保持絕對中立，但是阮邛存在本身，就已意味深長。這意味著齊靜春再沒有辦法開口討價還價，跟三教一家的四方聖人提議自己繼續留在小鎮，再畫地為牢六十年，以此換取山崖書院又一個六十年的苟延殘喘。」

崔明皇微笑道：「自家先生死了，先生的道德文章沒人讀了，政策主張也無人推行，而齊靜春來到東寶瓶洲後，辛辛苦苦在蠻夷之地建立起來的山崖書院，也沒了。俗世的立身之處已無，支撐他走到今天這一步的安心之地，好像也沒了。不死何為？只有他齊靜春死了，才能讓那些人覺得澈底沒了威脅，對於支離破碎的山崖書院，自然懶得再看一眼。

事實上如果不是有齊靜春，別說成為名副其實的七十二書院之一，大驪境內的山崖書院恐怕連我們觀湖書院的一半底蘊都沒有。」

崔瀺評價道：「觀湖書院底蘊有餘，朝氣不足，如果不是山崖書院的存在，迫使觀湖書院不得不跟著做出諸多改變，恐怕更加不堪。在接下來的大爭變局當中，只會一步慢、步步慢，逐漸消亡。」

崔明皇發自肺腑地讚美道：「師伯祖真知灼見，一針見血！」

崔瀺總算不再折騰那個沒有半點「人氣」的少年，站在並無積水的水池旁邊，跟隨少年一起仰頭望向蔚藍天空，收回視線後，說了一句很奇怪的定論：「所以我精心安排了一場大考，考生只有一人，就是那個泥瓶巷名叫陳平安的孤兒。他只是很普通的出身背景，但是有著很有趣的成長經歷。」

吳鳶越發丈二和尚摸不著頭腦。這是什麼意思？

崔瀺開始繞著水池慢慢繞圈踱步，雙手負後，低著頭自言自語道：「照理說，齊靜春在必死無疑的情況下，會垂死掙扎一番，那麼有三個人就不得不注意：一起在驪珠洞天陪他吃苦的師弟馬瞻、手把手傳授學問的書童趙繇、看似關係一般的宋集薪，因為這三個人，最有可能讓齊靜春寄託希望。

想著讓馬瞻延續山崖書院的香火，哪怕只有一名弟子，也無所謂。想著讓趙繇將師門學問發揚光大，至於是不是在大驪王朝，甚至是不是在東寶瓶洲，也無所謂。我一開始，得知齊靜春將所有書本留給宋集薪後，以為宋集薪會是他的香火傳承之一，但是很快，我就發現這是個障眼法。」

崔瀺說到這裡的時候，開始長久沉默，似乎在一步步逆向推演，確定並無紕漏。

吳鳶小心翼翼插嘴道：「障眼法之後，藏著那個叫陳平安的人？」

被打斷思緒的崔瀺停下腳步，猛然抬起頭，冷冷看著吳鳶。

吳鳶立即站起身，冷汗滲出額頭，作揖低頭道：「還望先生恕罪。」

崔瀺繼續散步：「馬瞻，算是那人的半個弟子吧，只不過比起齊靜春，差太遠了。心比天高、命比紙薄，說的就是此人。我讓崔明皇去騙馬瞻，騙他可以頂替齊靜春擔任山崖書院下一任山主。雖然七十二書院之一的名頭沒了，但書院本身還在，書院在，就需要山主。如此一來，對齊靜春這一支文脈，對咱們大驪的皇帝陛下，其實面子上都說得過去，這也是一開始各方勢力默認的一個結局。

但我不喜歡啊，這麼團團圓圓的結局，太無趣了。反正儒家內部本來就有一些聲音，要求文聖、齊靜春和山崖書院，三者一起消失，省得人心反復，死灰復燃。所以我提議在披雲山新起一座書院，而儒教三座學宮也答應在五十年內，會提拔這座書院為七十二書院之一。咱們皇帝陛下一聽，好像不錯嘛，比起齊靜春這麼個雞肋，換上一個能夠完全聽從大驪的傀儡，當然更適合大驪的南下霸業。

於是崔明皇再騙馬瞻，告訴他既然事已至此，不如退而求其次，乾脆改換門庭，跟山崖書院撇清關係，回到小鎮後就能夠擔任新書院的山主，而且是新書院的第一位山主，比起在山崖書院拾人牙慧，仰人鼻息，不是更好？」

崔瀺繼續行走，不過望向默默呼吸吐納的崔明皇：「是不是，在這個時候出現了問題？」

崔明皇點頭道：「應該就是在這個時候起了疑心，開始與我虛與委蛇。當時馬瞻不露聲色，我雖然小心提防，但是沒有想到馬瞻這麼個廢物，發起狠來，是如此不遺餘力，拚得經脈寸斷，竅穴炸碎，也要殺我。」

崔瀺點點頭：「馬瞻雖然遠不如齊靜春，可到底是在那人門下待了十多年，不能純粹以蠢人視之。」

崔明皇用手摀住嘴巴，吐出一口瘀血，握緊拳頭之後，臉色反而輕鬆幾分，多了幾絲紅潤，問道：「師伯祖，為何要允許山崖書院那個僅剩的老夫子帶領學生離開大驪，去往敵國大隋，還繼續使用山崖書院的名號？大驪皇帝是如何答應的？這件事，晚輩一直想不通。」

崔瀺緩緩而行：「一來山崖書院就算保留下來，也名存實亡。沒了七十二書院之一的金字招牌，就是個空殼子，再也無法跟蒸蒸日上的觀湖書院爭搶東寶瓶洲最出彩的讀書人。二來披雲山一旦設立新書院，觀湖書院的副山主會來此坐鎮，當然，第二任山主，肯定是你這位觀湖君子。三來，大隋接納了山崖書院的喪家之犬，就等於接過了燙手山芋，我們大驪隨時可以找個由頭向大隋宣戰。到時候，山崖書院不一樣還是在大驪版圖之上？

誰都知道山崖書院等同於大驪王朝的國子監，可是哪個王朝的皇帝君主，敢說觀湖書院是自己的私塾？所以大驪哪天能夠完完整整掌握一座書院，是陛下從小就夢寐以求的事情。當然了，皇帝陛下心裡未嘗沒有補償齊靜春的意思。哪怕齊靜春擔任山主那些年，不願對陛下卑躬屈膝，但是陛下對齊靜春是真的很欣賞，甚至可能還有一點敬畏。」

崔瀺突然笑起來：「當然，最主要的原因，是我需要，我需要有這麼一局棋。我除了需要齊靜春必須死在驪珠洞天，我還需要他按照我的棋路，選定我希望他選中的棋子，最後由我來一一毀掉。齊靜春死前，就像手裡還攥著幾粒種子，或者是還捧著幾炷香，只能交到身邊人的手上。

文脈一事，講究薪火相傳，甚至信奉一種學說的門生弟子可以死絕，但是香火未必就會斷絕，所以香火和文運到底是什麼，說不清、道不明。齊靜春估計已經抓住了端倪，我仍是有些琢磨不透，不敢太過確定，我需要用事實來證明自己的想法，所以設置這次大考，擺下這盤棋局，既是用來斷掉那人的文脈香火，更是我的證道契機。」

崔瀺走到坐在板凳上的少年身後，伸手輕輕拍了拍他的腦袋，笑道：「曾有詩云，仙人撫我頂，結髮受長生。寫得真是……仙氣十足。」

少年身體的各個關節咯吱作響，最終動作凝滯地緩緩站起身，他一雙眼眸漸漸煥發出奪目光彩，等到站直身體後，轉身面對親手拼湊出自己這副身軀的崔瀺。

少年尚且口不能言，如嬰兒牙牙學語，手舞足蹈，歡天喜地，但是同時對崔瀺又帶著一股先天的敬畏。

別說算不得修行人的吳鳶，就連崔明皇看到這一幕後，也是目瞪口呆。

不知為何，今天聽到先生一席話後，吳鳶只覺得自己遍體發涼，有氣無力，嗓音沙啞問道：「先生，就不能殺人了事嗎？需要如此大費周章？」

崔瀺哈哈大笑，好像等了半天，終於等到了一個真正有趣的問題，嘖嘖道：「大道之爭可不是俗世間抄家滅族、滅人滿門那麼簡單的事情，想要真真正正斬草除根，很難很難，很多時候殺人，反而會讓簡單的事情變成一團亂麻，所以要誅心啊。為何修行之人，能有十五境那麼高？因為修心嘛，而修力的武夫呢，只有這麼高，九境就是頂點，想要躋身十境，比登天還難。」

崔瀺一下子跳進天井正對著的水池當中，踩了踩鑲嵌在底部的五彩鵝卵石，隨心所欲走在水池裡，只是相比地面，下邊顯然更加侷促。

他想了想，說道：「那我就給你們這兩隻井底之蛙講一講兩樁原本祕不外傳的公案，聽完之後，就會發現我這些手段，不過爾爾，不過爾爾啊。

有位當初差點幫助兵家立教的天縱奇才，雖然功虧一簣，但畢竟是身負大氣運的傢伙，無人膽敢對此人痛下殺手，最後你們知道那些真正的聖人們，是如何對付此人的嗎？將其丟入一塊福地中去，生生世世都安排棋子待在他身邊，不斷消磨其兵家意氣，這一世，讓其淪為村野的教書先生，卻衣食無憂；下一世，讓他成為性情軟弱的粗鄙屠子，卻有佳人相伴；又一世，變成了玩世不恭的紈褲子弟，千金散盡還復來；再一世，成了太平盛世裡的文人皇帝……總之，生生世世，就這麼始終被人玩弄於股掌之中。如今還是一樣。兵家後輩們，不是不想出手，但是只敢暗中動手，試圖喚醒那位兵家老祖的神志，可是希望何其渺茫，去跟那些老傢伙比拚修為、謀略還有耐心？怎麼贏？

又有一位兵家梟雄，戰力之強，驚世駭俗，最後一著不慎，滿盤皆輸，為了個傀儡女子魂飛魄散，然後立即被聖人們抓住機會，三魂六魄，全部被瓜分殆盡，然後讓其成為各大福地的頭等謫仙人，每一道魂魄，竟然皆從福地升到我們這方天地，而且大道順遂，人人都成了一方霸主。這九人，最低修為也是第十境或是武道第七境，你覺得他們都願意捨棄自己的獨立意志，成為『一個人』？聽上去，好像也不算太複雜，但是真正實施起來，將是一段極其漫長的歲月。」

崔瀺說到這裡的時候，感慨道：「大道之爭，何其殘酷。」

崔瀺伸了個大大的懶腰，雙手揉著脖子，笑道：「馬瞻愧疚、憤懣而死，趙繇已經失去了『春』字印主人的身分，那麼接下來就只有那個壞了大規矩的『靜』字了。一個貧賤至極的陋巷孤兒，吃盡苦頭，內心深處無比希望有一份安穩，如今真的夢想成真，一下子成為小鎮最闊綽的有錢人，又突然迎來了千載難逢的發財機會，福地之上的五座山頭全部被他收入囊中，三百年，整整三百年細水長流的富貴，都屬於他了。

除了這些雪中送炭，我又幫他錦上添花了兩次。第一次是幫他選中那座落魄山，而這座山頭，我會讓大驪敕封一位山神坐鎮，你說這個少年會不會覺得很驚喜？第二次則是草頭鋪子和壓歲鋪子，很快都會以低價出售，然後不出意外，就會由他陳平安『順理成章』地買下來。試想一下，小鎮之外日入斗金的五座山頭，小鎮之內兩座老字號鋪子，以後山下有縣令吳鳶與之一見如故，山上會有書院副山主崔先生，對其青眼相加。你們覺得這個少年，是不是已經幾乎沒有什麼追求了？」

「但是，」崔瀺說到這兩個字的時候，笑容格外玩味，自言自語道，「世間事，真是最怕這兩個字了。」他繼續說道：「但是呢，就在這個時候，出去的時候是兩輛馬車、一輛牛車，回來的時候，只有一輛馬車、一輛牛車，而且少了個溫文爾雅的觀湖書院崔先生，還死了一個學塾馬先生。然後那個車夫就會找到陳平安，告訴這個少年，學塾齊先生和馬先生，生前都希望他能夠帶著那……五個蒙童趕赴大驪王朝的死敵大隋，去那座遷往大隋的山崖書院繼續求學。此次出行，路途艱辛，虎狼環伺，最後那個車夫還會善解人意地勸解少年，如果齊先生還活著，一定不希望你涉險去往大隋山崖書院。」

吳鳶小心翼翼問道：「那些已經擔驚受怕的孩子，如果想要留在小鎮家中，豈不是讓陳平安名正言順地不用走出去？先生這次謀劃不是……」

崔明皇笑道：「在這些孩子離開小鎮沒多久，他們的家族就已經被強行遷往大驪京城了，大驪當然不會缺了他們的富貴榮華。但是每個家族都會留下來幾個人，會告訴那些孩子進入山崖書院是何等機會難得，以及家中父母長輩又是如何殷切希望他們能夠去書院學成歸來。」

崔瀺站在天井正下方，面無表情。

吳鳶越發小心謹慎，問道：「先生，是如何肯定這場大考，能夠讓齊靜春這一支文脈澈底斷絕香火。」

崔瀺挑了一下眉頭，轉頭望向吳鳶，笑道：「難道你沒有聽出來，我和齊靜春是同門師兄弟嗎？作為他的師兄，我曾經代替外出遊學的先生為他解惑儒家經典，整整三年之久，所以他的大道為何，我崔瀺會不清楚？」

崔瀺走出水池，小聲呢喃道：「正人君子，赤子之心……不過如此了，只是齊靜春這傢伙命太好，竟然擁有兩個本命字。如果不是死在這裡，指不定就是前無古人、後無來者的三字本命了，他不死，誰死？」

崔瀺走向大門：「我興師動眾布下這麼大的一個局，為的就是這麼小一件事。這麼小。」崔瀺舉起手，拇指抵住食指，嘖嘖道：「這要是還輸了的話……」

最後崔瀺所說的那幾個字，細不可聞。

崔瀺剛打開門，一步跨過門檻，突然停下身形，原本想要去買酒喝的大驪國師，突然覺得好像喝酒也沒啥意思，於是他最後乾脆就坐在門檻上。

吳鳶和崔明皇望著那個略顯纖細的少年背影，面面相覷，不知道發生了什麼。

崔瀺雙手攏在袖中，彎著腰，望向街對面的宅子，廉價的黑白雙色門神，內容寓意粗俗的春聯，倒著張貼的醜陋「福」字。

崔瀺自言自語道：「齊靜春，你最後還是會失望的。」

不知何處，輕輕響起一個略帶笑意的溫醇嗓音：『這樣啊。』

崔瀺對此無動於衷，依然直直望著遠方，點頭道：「到了那個時候，我再喝酒。」

當陳平安背著一籮筐泥土爬出井口的時候，有點懵。

井口外邊站著一群高冠博帶的讀書人，為首一人，正是當時站在牌坊匾額下的一架梯子上，對督造官大人大聲訓斥的禮部老先生，身邊站著離任前建造了廊橋的前前任督造官、相傳是宋集薪父親的那位宋大人。他的皮膚比起在小鎮那會兒稍稍白了一些，其餘五、六人多是三、四十歲的樣子，人人氣度不凡，看著比宋大人更像是當大官的。

其實不光是陳平安一臉呆滯，這群在大驪六部衙門之中，身分最清貴的禮部官員，看到小鎮唯一一位擁有三袋子金精銅錢的大財主也很震驚——就是眼前這個滿身灰土的窮酸少年，手裡握著等同於大驪皇帝半座錢庫的財富？然後一擲千金，一口氣買下落魄山在內的整整五座山頭？

阮邛沒有露面，而是青衣少女阮秀與龍泉縣令吳鳶並肩而立，後者眼觀鼻、鼻觀心，臉色漠然，視線微微低斂，讓人覺得靠山大到嚇人的小吳大人是在跟那幫禮部老爺嘔氣，畢竟在自己地盤上，給一幫外人剮去那麼大一塊肥肉，誰心裡都不會痛快。

那場發生在牌坊樓下的風波，最後是吳鳶出人意料地一退到底，讓禮部右侍郎董湖將十六個字全部拓碑而走，哪怕一個擔任祕密扈從的七境鍊氣士確定那些匾額上的字已經全無精神了，無須再拿出珍貴的風雷箋，董侍郎仍是一副恨不得把匾額都拆掉、搬走的蠻橫架勢，堅持己見，將帶來的風雷箋全部拓碑完畢，這才心滿意足地帶著禮部下屬，下榻於桃葉巷一棟大戶人家的宅院。

吳鳶好不容易利用小鎮大興土木一事，在普通百姓當中贏得的口碑聲望，一下子就被打回原形。福祿街和桃葉巷對此樂見其成，成了茶餘飯後的談資，大多幸災樂禍，覺得吳鳶就是個繡花枕頭，不頂事兒。有人就說他吳鳶要是敢硬著脖子，跟禮部那幫人強到底，還會佩服這小子的骨氣，現在嘛，就怕在禮部那邊當縮頭烏龜，以後正式穿上那身縣令官服後，就要窩裡橫了。

陳平安背著一籮筐泥土輕輕跳下井口，站在這些大驪官員身前。

侍郎董湖滿臉笑意，撫鬚笑道：「你是叫陳平安吧，老夫姓董，在我們大驪禮部任職，這次找你，並非公事，只是老夫一時興起，想要看看五座山頭的主人長什麼樣子，現在得償所願，不虛此行啊。」

說到最後，老侍郎左右看了一下，同時爽朗笑著。除了窯務督造官出身的宋大人沒有動靜，其餘禮部官員都跟著大笑起來，好像董侍郎說了一個天大的笑話。

陳平安有些尷尬。老先生你說的大驪雅言官話，我根本聽不懂啊。

吳鳶嘴角扯起一個微妙弧度。精通小鎮方言的宋大人，則完全沒有要幫這位衙門上官解圍的意思。因為兩人分屬於不同的山頭，而且前不久雙方已經徹底撕破臉皮，如果不是皇帝陛下欽點他宋煜章必須隨行南下，這趟美差絕對沒有他的份。

禮部衙門嘛，都是讀書人，還是千軍萬馬從獨木橋廝殺出來的讀書種子，所以這座衙門裡頭的唇槍舌劍，那真是高妙文雅，精彩紛呈。好在宋煜章本就是一個在小鎮都能待習慣的怪人，回到京城後，悶不吭聲做事便是，倒是沒覺得有什麼憋屈憤懣。

董侍郎公門修行了大半輩子，幾乎全在禮部衙門攀爬，作為大驪朝廷唯一一個能夠與兵部抗衡的衙門，董湖在禮部做到了三把手，顯然是心思敏銳的老狐狸，一下子就意識到自己的失策，想著給自己找個臺階下，便轉頭笑望向那位阮師的獨女，希望她能夠幫自己傳話，只是董湖幾乎一瞬間就打消了念頭。

一個連皇帝陛下都要奉為座上賓的風雪廟兵家聖人，自己一個禮部侍郎，就敢勞駕阮師的女兒做這做那？若是那少女是個不懂禮數的難纏角色，覺得自己怠慢了她，回頭去她爹那邊告自己一個刁狀，然後聖人阮師只需要輕飄飄往京城遞個一句、半句話，估摸著自己這個從三品官，當還能當，但絕對會當得不舒坦。

他心思急轉不定，其實就是一瞬間的事情，侍郎大人決定改變初衷，微笑著望向阮秀，剛要問一句「阮小姐在這邊住著適應不適應，需不需要禮部幫著在小鎮福祿街或是桃葉巷那邊弄一棟素雅潔淨的宅子」，但是下一刻讓人瞠目結舌的事情發生了——在所有禮部官員心目中高不可攀的阮師之女，趕緊走到那泥腿子少年身邊，估計是把董侍郎的話給他說了一遍，而那少年滿臉平常神色地聽著阮秀的話語，真是讓這些禮部官員震撼得不行。

陳平安哪裡知道這麼點小事就能夠讓這些身分尊貴的京城大人物，彷彿心思百轉到了千萬里之外。

認真聽完阮秀的傳話後，陳平安笑著跟她說道：「秀秀，麻煩妳跟這位老先生說，我就是個龍窯窯工，如今在鐵匠鋪子打雜，之所以能夠買下那些山頭，要感謝阮師傅。」

阮秀一聽到「秀秀」這個稱呼，笑得一雙秋水長眸瞇成了一雙月牙兒，最後她語氣歡快地用東寶瓶洲正統雅言，跟那位大驪老侍郎說了一遍。

董湖在內的所有禮部官員，當然精通一洲大雅之言，要不然豈不是坐實了大驪王朝就是北方蠻夷的謬論？甚至在大驪京城，能否流利嫻熟地說上一口大雅之言，已成為區分高門寒庶的一個重要標準。

董湖神色越發和藹可親，笑咪咪地輕輕點著頭，聽完阮秀的解釋後，就說不打擾陳平安做事了，勞煩阮小姐幫他們跟阮師告辭一聲，既然阮師忙於鑄劍，更是叨擾不得，否則對阮師仰慕已久的陛下，一定會問罪的。

阮秀對於這些客套話沒什麼興致，「哦」了一聲就沒了下文，早已成精的老侍郎不敢有任何不滿，與阮秀介紹了大驪京城的幾處景色之後，便神色自若地帶隊離去了。宋煜章走在隊伍最後，吳鳶又走在宋煜章之後。

阮秀陪著陳平安去倒掉籮筐裡的泥土，她一邊走一邊說道：「我爹說買山一事，很快就有定論了，除了這撥大驪禮部官員，還需要欽天監的地師出面，加上你，三方一起畫押簽字，才算一錘定音。只是那些由兩位青烏先生領頭的地師，暫時還在仔細勘察所有山頭的地勢風水，估計還有幾天才能出山。」

陳平安想了想，放下籮筐，看著四周忙碌的身影，問道：「咱們去小溪那邊，邊走邊聊？」

阮秀笑道：「好啊。」

阮秀有意放低嗓音，輕聲說道：「欽天監這次除了出動青烏先生和普通地師，許多百家、旁門的鍊氣士也來了，還帶了兩隻年幼的搬山猿，一隻是銀背猿，一隻是通臂猿，平時放養在深山大林之中，只有需要的時候才會驅使其出力，打裂山峰或是搬動山丘。

還有道家符籙派打造的卸嶺甲士，很神奇的東西，一張薄薄的符紙，被錬氣士灌輸真氣之後，就能夠變成身高七、八丈的高大甲士，力大無窮，雖然不如搬山猿，但是好在聽話，絕對不會出現意外。

搬山猿性情暴戾，特別是年幼的搬山猿，尤其難以馴服，一旦失控，肯定會死亡慘重，哪怕鎮壓打殺了也是一筆很大的損失。聽說還有墨家鉅子親手打造的開山傀儡，我以前也沒見過，有機會的話，以後我一定要去親眼瞧瞧。

我爹幫你挑了兩間鋪子，一間壓歲鋪子，一間草頭鋪子，剛好緊挨著，你也很熟悉。要是沒有意見的話，我爹馬上就可以幫你去敲定買賣，因為這種小交易，不涉及一個王朝的風水盈虧和山河氣運，不用像買山那麼麻煩。」

陳平安想了想，笑道：「當然沒問題。」

阮秀猛然記起一事，神祕兮兮道：「我爹私下說過一個消息，那個大驪皇帝親自發話，說既然如今小鎮已經歸屬大驪疆土，那麼那些遺留在市井民間的法寶器物，一律高價收回國庫。最後在小鎮收繳了二十來件不錯的老物件，福祿街、桃葉巷和普通百姓交出去的東西，一半一半吧，只是賣出去的價格，可一點都不高。最後大驪皇帝又私人掏出七、八件物品，湊足了三十件，作為其中三十座山頭的彩頭，等於是白送給買家了。一般人當然不知道到底哪些山頭有彩頭，哪些沒有，但是我爹得知神秀山和落魄山肯定會有，而且品相極好，是數一數二的。除此之外，我家挑燈山和你的落魄山，大驪朝廷都有可能分別敕封一位山神坐鎮其中。」

陳平安深吸一口氣，蹲在溪邊，眉頭緊皺。

好像有些不真實。

陳平安做夢都沒有想過自己能有這麼一天。他的夢想，最多只跟喜慶的春聯、威風凜凜的門神、香噴噴的肉包子和滿滿一袋子嘩啦啦作響的銅錢有關。

阮秀跟著他一起蹲下身，好奇地問道：「怎麼了？」

陳平安欲言又止，但好像又說不出個所以然來，只好搖搖頭，隨手拔起一根甘草，熟門熟路地放在嘴裡嚼。

沉默片刻後，陳平安轉頭笑道：「阮姑娘，剛才在外人面前喊妳秀秀，妳別生氣，我看到那麼多當大官的，緊張得很，就想著跟妳假裝很熟的樣子。」

阮秀眨了眨眼睛，問了一個不沾邊的問題：「嗯，你那個朋友最近有沒有消息啊，就是佩刀又佩劍的那位。」

陳平安一頭霧水道：「妳說寧姑娘啊，她走了之後，我可不知道她的消息。」

阮秀笑了。

陳平安突然抬起頭轉向石拱橋那邊，一抹熟悉的大紅色飛奔而來，兩條腿跟車軲轆似的。陳平安有一種不好的預感，趕緊站起身。

那個身穿又髒又皺大紅棉襖的李寶瓶來到他身前，仰著小腦袋望向他。

李寶瓶竟然滿臉淚水，傷心欲絕地皺著那張被曬黑了許多的小臉，哽咽道：「學塾馬先生死了，他死前讓我來找你。」

陳平安第一時間環顧四周，並沒有察覺到異樣，這才牽起李寶瓶的手，輕聲道：「我們去別處說話。」

陳平安想了想，溪邊安靜，容易躲藏起來避人耳目，但是自從那次察覺到溪水裡有髒東西之後，他就不再輕易下水了。

李寶瓶心急之下說出那句話之後，立即有些後悔，因為陳平安身邊就站著一個外人——青衣馬尾辮的阮姐姐。雖然之前那次在青牛背，李寶瓶已經跟阮秀見過一面，但當時還有道家的那雙金童玉女在場，他們一個豢養青、紅兩尾大魚，一個牽著雪白麋鹿，與李寶瓶所在的家族有淵源。

此時此刻的阮秀看著當然不像是壞人，但是李寶瓶現在最怕的，恰恰就是這類人，半生不熟的關係，瞧著很善良，最後不見遞出刀子，身邊親近的人就已經被捅死了。

一開始馬先生和那個姓崔的，兩人一路同行，引經據典，高談闊論，詩詞唱和，對酒當歌，用李槐的話說，這姓崔的要麼是馬老頭的私生子，要麼就是嫡孫，否則關係不至於這麼好，誰都沒有想到，意氣風發的馬先生就死在了那個名動天下的正人君子手中。

按照馬先生最早的說法，東寶瓶洲的所有儒家君子賢人當中，有兩個人格外出類拔萃，被譽為「大小君」，崔先生即是大名鼎鼎的「觀湖小君」。而在變故橫生之前，幾乎所有人對崔明皇的印象都極好——溫文爾雅，而且學問極大，好像無所不知，問他什麼他都能回答上來。

唯獨林守一一開始就不喜歡崔明皇，不過出身桃葉巷大門大戶的林守一，好像天生就是那副你欠我幾百萬兩銀子的冷峻表情。因為跟其餘四個蒙童關係疏離，所以一開始雖然林守一對崔明皇有過多次冷嘲熱諷，但沒有人心領神會，只當是林守一嫉妒崔明皇比他更堪稱翩翩佳公子罷了。

阮秀雖然不明白為何李寶瓶看自己的眼神不太友善，但仍是提議道：「不然去我們那間剛剛打造好的新鑄劍室？」

已是風聲鶴唳的李寶瓶死死抓緊陳平安的手，使勁搖頭，眼神充滿乞求：「陳平安，我們不去陌生人多的地方，好不好？」

陳平安輕輕握了握李寶瓶的小手，柔聲道：「相信我，鐵匠鋪子的鑄劍室，是最安全的地方。」

李寶瓶抬頭看著陳平安那雙眼睛，像是她年幼時，第一次獨自走到水邊時見到的溪水，清澈見底，水流動得那麼慢，當時就讓她覺得自己是不是永遠也長不大了。

此時遭逢生死險境的李寶瓶，一肚子委屈莫名其妙就湧上了心頭，又哭了，抽泣道：「陳平安你不許騙我！」

陳平安眼神堅定道：「不騙妳！」

阮秀帶著他們一大一小到了鑄劍室，掏出鑰匙打開門，她站在原地，柔聲笑道：「我就不進去了，給你們在外邊望風，哪怕我爹來了，也不許他進。」

陳平安有些尷尬，小聲解釋道：「能不能給她帶點吃的、喝的，我估計等下她沒那麼緊張後，精氣神會一下子垮掉的，到時候填飽肚子比什麼都強，我小的時候就經常這樣。」

阮秀使勁點頭，微微側身，只見她手腕一翻，不知道從哪裡變出了一個小綢袋，遞給陳平安：「壓歲鋪子新製的五塊桃花糕，先拿去吧。我再去拿壺水過來，讓她別吃太快，別噎著。」

陳平安和李寶瓶各自坐在小板凳上，相對而坐。

李寶瓶雖然接下了桃花糕，但是沒有要吃的模樣。

陳平安輕聲道：「到底怎麼回事，說說看。」

李寶瓶說話極慢，跟她平時做什麼都火急火燎的性格，好像很矛盾。不過她說話慢，剛好能夠讓陳平安捋一捋思緒，設身處地地去換位思考問題。

在學塾那個年邁的馬先生死之前，五個蒙童遠遊求學的離鄉之路走得順風順水，牛車和兩輛馬車走出了好幾百里路，馬先生和觀湖書院的崔明皇相談甚歡，成了忘年之交。但是有一天，馬先生在檢查他們功課的時候，突然說要去跟崔先生談談行程，有可能雙方會分道揚鑣，從此別過，畢竟天下無不散之筵席。孩子們等了很久，也沒見到馬先生和崔明皇返回，於是李寶瓶和李槐就跑去找人，結果李槐率先找到倒在血泊中的馬先生，別說是手腳，老人傷勢重到連眼眶、耳朵都在淌血，感覺老人的身軀，就像一只從溪水裡提起的竹簍，水全部漏了。

奄奄一息的馬先生讓李槐只許把李寶瓶一個人帶到身邊，李寶瓶到了他身邊之後，老人只是抓著她的手，可能是迴光返照，可能是拚盡力氣竭力一搏，原本已經一個字都說不出口的老先生，終於斷斷續續跟李寶瓶簡單交代了後事。

說到這裡的時候，李寶瓶已經泣不成聲，哭成一個淚人兒了。

陳平安不是那種會安慰人的性格，只好默默搬凳子，靠近李寶瓶一些，伸手幫她擦眼淚，反復念叨道：「不哭不哭……」

李寶瓶使勁抽了抽鼻子，繼續說道：「馬先生抓住我的手，告訴我一定要單獨找到你，要你小心觀湖書院和大驪京城這兩個地方的人，誰都不要相信！」

陳平安臉色凝重，問道：「石春嘉他們人呢？」

滿臉淚痕的李寶瓶驀然咧嘴一笑，說道：「他們正帶著那個外鄉人車夫，在泥瓶巷附近兜圈子呢。林守一覺得那個車夫不是好人，說不定跟姓崔的是一路人，合夥害死了馬先生。我們把馬先生找了個地方下葬後，車夫就說山崖書院去不得了，因為馬先生和崔先生剛剛得到消息，齊先生擔任山主的書院，已經從大驪搬去了敵國大隋，如今沒有馬先生帶路，不等到了大隋，我們所有人到了大驪邊境，就會被邊軍用通敵叛國的名頭殺掉。我們當時也沒什麼主意，馬先生到最後也沒告訴我們該怎麼辦，是回小鎮學塾等待下一位先生，還是到大隋繼續去山崖書院求學，所以只好跟著那個車夫回到這裡。但是車夫又說我們所有人的家族長輩都搬遷去了大驪京城，如果不信的話，可以到了小鎮家裡問人，一問就知道他說的是不是真話，因為大驪官府讓每個家族都留了人在小鎮。」

阮秀拿了一壺水，敲門後走進鑄劍室，李寶瓶立即閉口不言。

阮秀走後不忘關上門。

李寶瓶等到房門關閉，這才繼續說道：「那個車夫很奇怪，故意問了我們一句，誰認識一個叫陳平安的少年，住在一個叫泥瓶巷的地方，說他要幫馬先生捎話給你，我當時沒說話。」

陳平安點了點頭：「做得對。先填一下肚子。」

李寶瓶狼吞虎嚥地接連吃掉三塊糕點，狠狠灌了一口水，用手背胡亂擦了一把臉，快速說道：「後來我們五個找機會一合計，總覺得束手待斃絕對不行，就想出了一個法子。在快回到小鎮的前一天，石春嘉開始裝病，我就時時刻刻照顧她。然後我私下告訴李槐泥瓶巷那一帶的巷弄分布，要他承認自己其實早就認識你，理由是他爹李二在楊家鋪子當過夥計，曾經有個泥瓶巷的少年姓陳，經常去鋪子賣草藥，只是車夫一開始問起的時候，他根本沒想起這茬。」

陳平安有些疑惑。

李寶瓶赧顏解釋道：「我經常在小鎮溪水那邊看到你一個人上山採藥，或是下山的時候背著一大背簍草藥。」

陳平安哭笑不得，用眼神示意自己明白了。陳平安同時又有些後怕，沉聲道：「你們這麼做，其實很危險。」

李寶瓶點頭道：「知道。所以我們五個人商量這事之前，我就跟他們把話說清楚了。林守一說李寶瓶的命最值錢，她都不怕死，他不過是個惹人厭的私生子，就更無所謂了。石春嘉比較笨，說反正都聽我的。李槐說怕什麼，人死卵朝天，再說了，他如果出了事情，他爹李二雖然很孬，屁本事沒有，但是他娘親一定會幫他報仇的。董水井最乾脆俐落，說他力氣大，如果事情敗露，讓我們四個先跑，他來跟那車夫拚命。不過我覺得其實沒那麼危險，如果車夫真要殺我們，不用拖延到小鎮，他肯定是有所圖謀，我猜幕後黑手的真正目的之一，肯定跟你有關。」

李寶瓶吃掉最後兩塊桃花糕，深吸一口氣：「後來我們終於到了小鎮杏花巷那邊，我就讓董水井和李槐帶著車夫下車，說是可以抄近路走到泥瓶巷，其實李槐要帶著他繞很大一個圈子，我等他們一走，就立即跑下車，去泥瓶巷找你，結果你家院門、房門都鎖著，虧得當時有個街坊鄰居經過，我一問，才知道你在鐵匠鋪子當學徒，當時真是急死我了。」

陳平安這次是有些震驚，問道：「這一連串謀劃，都是妳想出來的？」

李寶瓶搖頭道：「林守一也出過主意，比如一開始不能隨便找個距離泥瓶巷很遠的地方，隨口說這就是泥瓶巷，那樣很容易露餡，我反而跑不遠。最好是讓車停在董水井家所在的杏花巷，離著泥瓶巷不遠也不近，有繞路的餘地，況且那車夫到了杏花巷一定會先找人詢問，確定是真的之後，我們再騙他就容易多了。」

李寶瓶沉聲道：「最後證明，確實如此。」

陳平安忍不住揉了揉李寶瓶的腦袋，讚賞道：「很厲害。」

李寶瓶笑道：「你不在家的話，李槐和董水井就更加沒事了，不用擔心被逼著當面對質，揭穿真相。」

李寶瓶好奇問道：「為什麼學塾馬先生，和那個小鎮方言都說不太清楚的車夫，都想要找你？」

陳平安搖頭道：「我也很奇怪，暫時只知道可能跟齊先生送給我的幾樣東西有關。」

齊先生曾經帶著自己去求槐葉，只是最後那片有「姚」字的槐葉，已經用掉了。

那支碧玉簪子？可是齊先生自己和寧姚都說過那支簪子材質普通，只是用來別頭髮的平常簪子。

印章？陳平安心情凝重，多半是如此了。

齊先生送過自己兩次印章，總計四方。

楊老頭不久前，才說過讓自己要格外珍藏好那枚帶「靜」字的印章，完整印文為「靜心得意」四字。除此之外，齊先生也曾隨口說過，將來如果見到覺得有意思的山水形勢圖，可以用那對山浮水印往畫上蓋。聯想到如今驪珠洞天落地後的千里山河，當真會有山河神靈坐鎮，其中自己即將買下的那座落魄山就是如此。

李寶瓶突然掏出三片枯黃的槐葉，捧在手心上給陳平安看，心疼道：「翠綠葉子變黃了。」

陳平安恍然大悟，當時肯定是這三片祖蔭槐葉，幫助學塾那個馬先生續了命，才能讓他多說了幾句話。事實上這就是真相，如果不是李寶瓶福至心靈，始終貼身收藏著這三片祖蔭槐葉，恐怕馬先生連一個字都說不出口，就會不甘心地死去。

陳平安如今已經把值錢家當全部寄存在了鐵匠鋪子這邊，阮師傅把之前寧姚居住的那棟黃泥茅屋讓給了他，不說那八顆猶然色澤如常的蛇膽石，其餘一百來顆大大小小的普通蛇膽石，也分別從泥瓶巷祖宅和劉羨陽家的院子搬出，全部堆積在這邊屋子的牆根，但是那方「靜」字印和《撼山譜》，這兩樣東西，陳平安始終隨身攜帶。

陳平安深思之後，緩緩道：「現在那車夫應該在趕來鐵匠鋪子的路上，要不然妳先藏在這裡，我去把留在牛車、馬車那邊的石春嘉，還有林守一偷偷帶過來？如果車夫問起，我可以讓這邊的人告訴他，就說我有外出散步的習慣。還有就是，你們繞遠路這件事情，等車夫到了泥瓶巷、我家宅子的時候，他應該就會有所察覺。當然，他表面上可能不會說什麼，但是在這之後，你們就真的危險了。」

陳平安看到李寶瓶還有些猶豫，沉聲道：「相信我，如果你們的家人都已經搬走了，那麼小鎮只剩下這裡安全了。」

李寶瓶想了想，問道：「你很信任在這裡打鐵的阮師傅？」

陳平安搖頭道：「我更相信齊先生曾經說過的『規矩』。」

李寶瓶燦爛一笑：「我懂了！」

李寶瓶一旦下定決心，瞬間就爆發出驚人的決斷力：「既然你相信那個阮姐姐，那我就讓她帶著我去把石春嘉和林守一帶過來，然後找地方藏起來，你就安心跟那壞蛋車夫應付著聊，先看看他葫蘆裡到底賣什麼藥再說。」

陳平安笑道：「可以。」

陳平安帶著李寶瓶走出鑄劍室，大概是為了避嫌，阮秀在門外稍遠的地方，坐在一張顏色碧綠的小竹椅子上，百無聊賴地左右搖晃身體。

等到陳平安把請求說完之後，阮秀毫不猶豫道：「沒問題。」然後阮秀蹲下身，轉頭望向李寶瓶，示意她趴在自己後背上。

李寶瓶一臉不情願：「我跑得可快了！」

阮秀笑道：「我肯定更快。」

李寶瓶惱火地轉頭望向陳平安，顯然是希望他能夠證明自己的確跑得飛快。

陳平安剛要說話，阮秀對這一大一小正色道：「我來回好幾趟，妳和陳平安都還沒有跑到小鎮上。」

李寶瓶撇撇嘴：「我知道天底下有神仙鬼怪，可是妳以為神仙那麼好當啊。」

陳平安一錘定音：「聽阮姐姐的話，快！」

李寶瓶嘆了口氣，只得乖乖趴在阮秀後背上，軟綿綿舒服得讓她直犯睏打瞌睡。

阮秀走之前對陳平安說道：「如果有事情，可以找我爹。」

陳平安點了點頭。

嗖一下，抱住阮秀脖子的李寶瓶，突然嚇得整個人汗毛倒豎，感覺到耳邊有大風呼嘯而過。她扭頭往下一看，怎麼屋子變得跟福祿街上的青石板一樣小？那條溪水則跟繩子一樣細了？

地面上，陳平安呆若木雞，眼睜睜看著阮秀背著李寶瓶拔地而起，一閃而逝。

陳平安心想，原來阮姑娘和寧姑娘一樣，都是神仙啊。

二郎巷一棟幽靜安詳的宅子裡，崔瀺站在水池旁，木訥少年安安靜靜地坐在小板凳上。

崔瀺輕聲吩咐道：「去拿一杯水來。」

少年立即站起身，雙手端來一杯涼水。

崔瀺拿過水杯，一抖手腕，一杯水隨意灑向水池，變成一道薄薄的青色水幕。

崔瀺念頭微動，水幕當中，隨之出現那輛牛車和馬車先後進入小鎮的畫面，人與物纖毫畢露。

崔瀺雙手攏袖，整個人顯得很有閒情逸致，腳尖和腳後跟分別發力，整個人就像不倒翁似的，前後晃蕩，全無半點證道契機來臨之際，一位鍊氣士該有的緊張焦躁。

崔瀺看到紅棉襖小姑娘與兩坨腮紅的同齡人告別，跳下馬車，在街道上飛奔，然後那個車夫被兩個少年騙去了杏花巷。

這個大驪國師嘖嘖道：「之前我還嘲諷宋長鏡豢養的諜子是吃屎長大的，沒想到我調教出來的諜子，也差不多嘛，是喝尿長大的。」

不過崔瀺很快就釋然了，水幕中一直出現李寶瓶奔跑的身影。

崔瀺自言自語道：「這裡的孩子本來就聰明，尤其是宋集薪、趙繇這撥人，年紀稍大，再就是這小丫頭在內的第二撥，地靈人傑嘛，早慧得很，開竅也快，真是不容小覷。」

當看到紅棉襖小姑娘跑向石拱橋的時候，崔瀺眼眸裡的光彩泛起一陣陣激盪漣漪，如大浪拍石。崔瀺稍稍轉移視線，不再盯著水幕，閉上眼睛緩了緩，等到睜眼後，小女孩已經跑過了石拱橋。

崔瀺眉頭微皺：「是因為大驪皇室的手段過於血腥殘忍，所以惹來那根老劍條的天然反感？以至於對我這個大驪扶龍之人，也順帶產生了一些憎惡情緒？可是照理說，這根劍條的真實歷史，雖然已經無據可查，只有一些虛無縹緲的小道傳聞，但既然是古劍，那麼什麼樣的廝殺場景沒經歷過，不至於如此小氣吧？」

水幕景象越來越臨近那座鐵匠鋪子，杯水造就的水幕，毫無徵兆地砰然碎裂。

那些向四面八方濺射出去的無數水珠，撞擊在院內的牆壁窗戶、大梁廊柱後，竟然炸出無數孔洞窟窿。不過激射向崔瀺和少年的珠子，像是撞在一堵無形的銅牆鐵壁之上，瞬間炸裂成更加細微的水珠。

一道阮邛的嗓音從天井處落下：「你不要得寸進尺！」

崔瀺仰起頭嬉笑道：「聖人就是小氣，不看就不看，有話好好說嘛。這裡畢竟是袁家祖宅，以後我回到京城被人秋後算帳，怎麼辦？」

崔瀺自言自語道：「盧氏王朝的遺民刑徒也該到了吧。」

崔瀺低頭斜瞥一眼少年，收回視線之後，藏在袖中的左右食指，輕輕敲擊，輕聲道：「以防萬一，以防萬一啊。」

李槐和董水井帶著車夫找到陳平安的時候，陳平安正在跟人搭建一座房子。

李槐鬼頭鬼腦，眼珠子急轉；董水井臉色如常，很有大將風度。

一身灰塵的陳平安走到三人面前，疑惑道：「你們找我？」

那車夫貌不驚人，瞧著像是憨厚老實的莊稼漢，搓著手來到陳平安身前小聲道：「能不能換個地方說？」

陳平安搖頭沉聲道：「就在這裡說！」

車夫雖然臉上流露出不悅的神色，但是心裡微微放鬆了一些，這才是一般市井少年該有的心性。

車夫猶豫了一下：「你是不是認識小鎮學塾齊先生？」

陳平安沒好氣道：「小鎮誰不認識齊先生，但齊先生認不認識我們，就不好說了。」

李槐在一旁憋著壞笑，杏花巷的董水井則深深看了眼泥瓶巷的陳平安。

屋子那邊有人急匆匆吼道：「姓陳的別偷懶啊，趕緊說完，滾回來做事！」

陳平安嘆了口氣，對車夫說道：「有話直說，行不行？」

車夫雙手揉了揉臉頰，呼出一口氣，低聲說道：「我是一名大驪朝廷的死士，負責保護這些孩子去往山崖書院求學。當然，我不否認也有監督他們不被外人拐跑的職責，比如大隋，又比如觀湖書院，這些你聽不懂也沒有關係，你不信也沒有關係。但是我不管你跟齊先生關係如何，也不管你認不認識馬瞻馬老先生，我都希望你近期小心安全，因為馬先生在送孩子們去山崖書院的路上，被人害死了。而馬先生在這之前，偶爾跟我閒聊，無意間說起過你兩次，一次是說他記得很早以前，掃地的時候，經常看到有個孩子喜歡蹲在學塾窗外，第二次是齊先生在辭去教書先生和書院山主的職務之前，說你也是讀書種子，只可惜他沒辦法帶你去山崖書院。」

車夫苦笑道：「只是可惜了這幾個孩子，現在真是無家可歸的可憐人，書院不敢去，小鎮的家也沒了。要知道齊先生創辦的山崖書院，可不是人人都能進去讀書的，我們那座大驪京城百萬人，據說這麼多年累積下來，也才十幾個山崖書院出身的弟子，如今一個個都當了大官。」

李槐低著頭，看不清表情；董水井站在原地，面無表情。

遠處阮秀輕輕咳嗽一聲，陳平安轉過頭去，阮秀笑著點點頭。

陳平安心中了然，只喊了李槐的名字：「李槐，你們兩個過來，我有話要先問你們。」

李槐「哦」了一聲，拉著董水井往前走。

當車夫意識到不對勁的時候，陳平安猛然將李槐和董水井拉到自己身後，他則一步向前，沉聲道：「謝謝你跟我打招呼，這些學塾孩子，我會替馬老先生照顧他們的。以後是去京城找他們父母，還是做什麼，我得問過他們的意見。」

車夫乾笑道：「陳平安，這不妥吧，我畢竟比你更能看護他們的安危。」

陳平安笑道：「沒事，我如今有錢，而且認識了縣令大人吳鳶，還有禮部右侍郎董湖，如果真有事情，我會找他們的。當然，是先請我們阮師傅幫忙傳話。」

這名車夫努了努嘴，眼角餘光瞥了一下，發現一個身材並不高大的男人站在屋簷下。

原本殺心已起的車夫頓時汗流浹背，對陳平安笑臉道：「行，既然馬老先生願意相信你，我當然信得過你的人品。陳平安，如果以後有事情需要我幫忙，就去小鎮北邊的三女塚巷找我，我就住在巷子最北邊頭上那棟小宅子。」

陳平安和和氣氣笑道：「一言為定。」

車夫轉身離去。

陳平安額頭滲出汗水，等到車夫徹底消失在視野，才說道：「李槐、董水井，跟我去見李寶瓶。」

李槐問道：「李寶瓶已經跟你全說了？」

陳平安點頭。

董水井則問道：「石春嘉和林守一怎麼辦？」

陳平安笑道：「已經被接過來了。」

董水井看了他一眼，不說話。

仍然是那間暫時空蕩蕩的鑄劍室內，陳平安站著，面對著排排坐在兩條長凳上的五個學塾蒙童，按照年紀來分，依次是騎龍巷的石春嘉、桃葉巷的林守一、杏花巷的董水井、福祿街的李寶瓶、小鎮最西邊的李槐。除了李槐年紀最小，跟他們懸殊比較大，其餘四人其實各自相差不過幾個月。

陳平安問道：「李槐和董水井已經把剛才的情況說了，你們覺得那個自稱大驪死士的外鄉人，到底想做什麼？」

名貴狐裘早已不見的林守一冷漠道：「連那姓崔的為何要殺馬先生，我們都不知道答案，何談其他？」

石春嘉緊緊依偎著李寶瓶的肩膀，臉色微白，仍然有些惶恐不安，但是回到小鎮後，尤其是見到相對比較熟悉的陳平安，這個紮羊角辮的小女孩心定了許多，至少不用擔心突然就變成馬先生死後的那麼個淒慘樣子。

他們幫著挖坑下葬的時候，石春嘉嚇得躲在遠處，抱頭痛哭，從頭到尾也沒能幫上忙，李槐也好不到哪裡去，躲在比她更遠的地方，牙齒打架。

這會兒李槐抱著肚子，哭喪著臉，嘀咕道：「又餓又渴，所謂饑寒交迫，不過如此了。爹娘啊，你們的兒子如今過得好苦啊。」

李寶瓶扭頭瞪眼道：「李槐！」

李槐耷拉著腦袋，偷偷扯了扯坐在最右邊的董水井的袖子：「水井，你餓不餓？」

董水井平靜道：「我可以裝著不餓。」

李槐翻了個白眼。

李寶瓶灰心喪氣，下意識伸手抓住一旁石春嘉的羊角辮，使勁搖晃了一下：「其實現在什麼事情都在雲裡霧裡，看不穿、猜不透的。林守一說得對，對方下棋的人肯定是高手，我們太嫩了，當務之急，是保住性命，確認安全無虞之後，再來談其他，比如趕緊跟遷去大驪京城的家裡人打招呼，報聲平安。」李寶瓶順嘴講出「報聲平安」這個說法後，所有人都下意識望向對面那個穿草鞋的傢伙。

陳平安沉默許久，問道：「既然想不出別人是怎麼想，那我們就先搞清楚自己是怎麼想的。」看到對面五人沒有異議後，陳平安問道：「你們是想平平安安去大驪京城，找你們爹娘長輩，還是……」

李槐痛苦哀號道：「我爹娘帶著我姐不知道去哪兒享福了，我去個屁的京城，就我舅他們家那脾氣，真有錢了，只會更欺負我啊。以前是當賊看，以後還不得當仇人？天大地大，竟然沒有我李槐的容身之處啊！」

李寶瓶繞過石春嘉就是一爆栗砸下去，打得李槐頓時沒了脾氣。

董水井想了想，悶悶道：「我想念書，如果我爹娘是留在小鎮，不讀書就不讀書，幫他們下地幹活也行，可去了京城，我能做啥？連大驪的官話也不會說，我又不像李寶瓶，是學什麼都快的人。再說了，我爺爺死的時候，要我死要也死在學塾裡，說以後當不成讀書人，就別去給他上墳，他不認我這個孫子了。要是小鎮這邊學塾繼續辦下去，我就留在鎮上。」

石春嘉紅著眼睛，怯生生道：「我想去京城找爹娘。」

坐在長凳最左邊的林守一皺眉道：「哪裡安全，我去哪兒。」

李寶瓶雙臂環胸，眼神熠熠，神采飛揚，大聲道：「我要去山崖書院！去齊先生讀書的地方！」

李寶瓶站起身，站在陳平安和四個同窗蒙童之間，她伸手指了指董水井：「別說大驪，整個東寶瓶洲，就數齊先生的山崖書院最有名氣，你爺爺要是知道你留在小鎮讀書，而不去山崖書院，我估計他老人家的棺材板都要蓋不住了。當然，怕死你別去，在這裡讀書，熬個十來年，也能算個半吊子讀書人，總比死在去求學的路上好。」

董水井被李寶瓶這番話憋得滿臉通紅。

李寶瓶指向林守一：「你不是被人瞧不起的私生子嗎？而且你不是也打心底瞧不起我這種出生在福祿街的有錢人家孩子嗎？你到了山崖書院之後，誰敢看不起你？當然，齊先生說過，君子不立危牆之下。所以你林守一願意留在這裡，我才懶得管你。」

石春嘉一看到李寶瓶伸手指向自己，「哇」一下就哭了出來。

李寶瓶一臉怒其不爭、哀其不幸的表情，坐回原位。

李槐納悶道：「李寶瓶，妳咋不說我呢？」

李寶瓶答道：「不想跟你說話。」

李槐呆了呆，之後默默仰起頭，滿臉悲憤。

陳平安不去看其餘四人，只是看向李寶瓶一人，問道：「確定要去山崖書院？」

李寶瓶點點頭道：「齊先生說過了，我們山崖書院的藏書之精，冠絕一洲！齊先生還說了，我所有的問題，哪怕他無法回答，但是全部可以從那裡的書本上找到答案！」

我們山崖書院，顯而易見，李寶瓶早就把自己當作那座書院的學生弟子了。

陳平安最後問道：「不怕吃苦？」

李寶瓶身上那股氣勢微微下降些許：「一個人，就有點怕。」

陳平安笑容燦爛道：「好的。」

李寶瓶一臉茫然：「嗯？」

陳平安一本正經道：「我陪妳去那座山崖書院。」

李寶瓶欲言又止，眼眶通紅，這個天不怕、地不怕的紅棉襖小姑娘，如果不是因為身邊坐著四個膽小鬼，她早就又要哭出聲了。就像很久很久之前，第一次去小溪「抓住」那隻螃蟹，其實在家門外她就已經偷偷哭過了，所以飛奔進家門後才能那麼驕傲。

陳平安對李寶瓶招招手，等李寶瓶走到他身前，他對長凳上其餘四人說道：「你們四個在這裡等會兒，我和李寶瓶去找人，說點事情，跟你們也會有關係。所以別急著走。」

然後陳平安牽著李寶瓶的手，一起走向鑄劍室外邊。

陳平安既像是在自言自語，又像是在對誰說話：「我說過，答應過的事情，就一定要做。」

李寶瓶一邊擦著眼淚一邊說道：「可是那會兒你也說過啊，萬一做不到的話，可以打聲招呼。」

陳平安搖了搖頭，柔聲道：「齊先生已經不在了。我打招呼，他聽不到。」

大約短短一炷香工夫而已，哪怕陳平安已經帶著李寶瓶走遠，兵家聖人阮邛依然坐在小竹椅上，有些沒回過神來。

阮秀也坐在椅子上，看著空落落的那張竹椅，心亂如麻。

陳平安讓阮邛幫忙買下五座山頭，但是他很快就要離開小鎮，如果回不來了，就把五座山頭裡的四座——落魄山、寶籙山、彩雲峰、仙草山分別送給劉羨陽、顧璨、寧姚、阮秀，他只留下那座孤零零的真珠山，留給自己三百年。

小鎮上壓歲和草頭兩間相鄰的鋪子，可以請阮邛僱人幫忙看管，如果經營不善，有天店門關閉也無所謂。不過他會留下那百來顆普通的蛇膽石，讓阮邛在那邊幫著賣，賺來的銀子，用來維持店鋪的運轉。兩間鋪子雖然不用考慮贏利掙錢，但是陳平安希望鋪子裡每個夥計，都能被告知，這裡的店主是泥瓶巷一戶姓陳的人家，店是他們家開的，再就是阮邛必須將四個學塾蒙童安全送去大驪京城。作為報酬，陳平安把半塊斬龍臺，以及買山、買鋪子之後剩餘的全部金精銅錢，交給阮邛。

阮邛沒有拒絕，不過阮邛說只能保證把他和李寶瓶送到大驪南端邊境，出境之後，生死富貴就只能聽天由命了。

陳平安點頭答應。

暮色裡，陳平安安置好五個孩子後，獨自走向小鎮。

走過石拱橋，走入小鎮，走入泥瓶巷，回到自家宅子。

夜幕降臨，陳平安神色平靜，點燃一盞燈火。

他對著燈火，守夜不睡，就像以往每年除夕的守歲一般。

燈火搖曳，映照出他沉默堅忍的眼神。

石拱橋上，有人笑問道：「千年暗室，一燈即明。前輩，如何？」

有人回答：「可。」

當陳平安「醒來」時，發現自己第四次見到了那人，懸停於空中，雪白衣袖無風飄曳。

那人腳尖輕輕落地，走向陳平安。每走一步，那人的面容就清晰一分。那人依然身材高大，卻絲毫不給人臃腫的感覺——那人竟然是一名女子。

對於陳平安而言，只能說她生得極其好看，好看到不能再好看一點點。

她站在陳平安身前，終於停下腳步。她低頭彎腰，凝視著陳平安那雙乾淨眼眸，嗓音輕柔地開口道：「我已經等了八千年了。陳平安，雖然你的修行天賦，遠遠比不上我之前的主人，但是沒有關係。」她又低頭湊近了幾分，額頭幾乎就要碰到陳平安的額頭了：「陳平安，我想請你幫我跟外邊的四座天下，說一句話，可以嗎？」

陳平安下意識地點了點頭，高大女子驀然一笑。

她突然單膝跪地，哪怕如此，她只是微微仰頭，就能與身材消瘦的陳平安對視。

「好，從今天起，陳平安，你就是我的第二位，也是最後一位主人了。」

陳平安一臉呆滯。

滿身雪白光亮、單膝跪向懵懵懂懂少年的高大女子瞇起極長的眼眸，嘴角帶著笑意。

她神采飛揚，那雙眼眸裡彷彿映著萬里山河風光。

她沉聲道：「陳平安，請你跟我念一遍那句誓言。可以嗎？」

她伸出一隻手掌，輕輕豎起在陳平安身前。

陳平安也伸出一隻手掌，輕輕合掌在一起。

她閉上眼睛，緩緩道：「天道崩塌，我陳平安，唯有一劍，可搬山、斷江、倒海，降妖、鎮魔、敕神，摘星、摧城、開天！」

陳平安跟著在她心中默念道：『天道崩塌，我陳平安，唯有一劍，可搬山、斷江、倒海，降妖、鎮魔、敕神，摘星、摧城、開天！』

第三章　大考落幕

陳平安醒過來的時候，發現桌上油燈已盡，窗外天已濛濛亮。

他只記住了那個高大女子對自己說的五段言語。

『我之前所說那麼多祕聞內幕，你夢醒之後，就會全部忘記，你也不用試圖記起，純粹是我想說話而已。

我若是現在現世，哪怕各方聖人不來鎮壓你我，以你如今的體魄、神魂，也根本承受不住，對你反而有害無益，所以我們訂立百年之期，你只要在這百年之內，成功躋身鍊氣士第十境，就可以重返小鎮石拱橋，取走鐵劍。

選中你作為我的主人，你今後不可因為此事而驕傲自滿，也絕不可妄自菲薄。八千年歲月，我見識過太多驚才絕豔的天之驕子，最近的一些，例如曹曦、謝實以及馬苦玄等人都不曾入我之眼，之所以選中你，自然不是大限將至、迫於無奈的選擇。

雖然暫時無法隨你征戰廝殺，可見面禮還是有的。三千多年前那場屠龍大戰，我閒來無事，就看著他們小孩子打架，熱鬧倒是熱鬧，東西丟了一地，我就撿了一塊品相不錯的白玉牌，看著比較素雅順眼而已，並無雕飾，小巧玲瓏，可以用來收納物件，屬於有些歲數的咫尺之物，比起如今風靡天下的方寸武庫、方寸劍塚之流，品秩更高，空間大小和你泥瓶巷祖宅差不多，而且不用懸佩示人，可以溫養在竅穴當中。我已經讓你跟它神意相通，你手觸一物，只需心意一動，就能納入那塊玉牌所在的竅穴當中，除非飛升境修士以強力破開，否則不會折損絲毫。壞消息就是唯有等你躋身中五境修士，才能駕馭使用玉佩。嗯，最後就是神仙姐姐這個稱呼，甚合我心，所以我額外在你身上放了三縷極小極小的劍氣。』

陳平安怔怔出神，恍如隔世。

自己不過是想在離開小鎮之前，能夠回到自己家裡點燈熬到天明，為的是提前補上今年大年三十那次註定無法做到的守歲。

陳平安頭大如斗。

別說鍊氣士中五境和十境，陳平安當下這副身體已經四面漏風，就像風雨飄搖中的破敗茅屋，藏風聚氣何其難，所以如何修行鍊氣當神仙？陳平安不但註定無法修行，而且想要活命，還需要靠練拳來滋養體魄才行。

寧姚曾經無意間說過，打壞一個人的根骨竅穴很容易，就像蔡金簡這樣「指點」陳平安，強行為他開竅，但想要重塑完整體魄，尤其是適合修行的身軀，比登天還難。其實道理很簡單，一扇門戶，給一個稚童拿把菜刀胡亂劈砍，不過是花些力氣，但是想要將那扇破爛大門修復如新，當然很難。

其實陳平安最怕的地方，在於自己答應李寶瓶護送她去山崖書院，此去必然路途遙遠，自己能不能活著回到家鄉還兩說，怎麼就又多出一個百年之約？

陳平安當時不是沒有坦誠相見，但是那白衣女子一句話就打發了他：「沒事，我現在已經沒有後悔的餘地了，就認準了你陳平安當主人。你要是死了，我就等死好了，等哪天那根老劍條墜入溪水，我的神魂就會徹底消散。沒事，你不用覺得虧欠我什麼，要怪就怪我自己眼瞎，怨不得別人。」

當時陳平安心想，妳都這麼說了，我良心上過得去嗎？而且什麼叫「怨不得別人」，不就妳跟我兩個人嗎？

陳平安一點都不知道什麼鍊氣士十境，也不曉得咫尺之物和方寸之物到底是什麼。除了莫名其妙多出一個天大的負擔之外，其實他內心深處，是有一些小小喜悅的。

原來從今天起，這個世界上，就多了一個需要依靠自己的人。

夢中聊天的最後，陳平安記得自己和白衣女子肩並肩，坐在一座金黃色的石拱橋上，橋極長，看不到盡頭，彷彿是在雲海之中穿梭的蛟龍。

陳平安深吸一口氣，趴在桌上，想到最後，覺得還是姚老頭的一句話最容易想通：「該是你的，就拿好別丟。不該是你的，想都別想。」

陳平安把該收拾起來的物件都放在一只小背簍裡面，彈弓、魚鉤、魚線、打火石等等，瑣碎得很，最後小心翼翼從陶罐底部拿出一個小布袋子，裡面裝著一袋子碎瓷，零零散散，加在一起的東西不少，但都不重。

出門遠行，得知道如何靠山吃山，靠水吃水，就像陳平安以前進山動輒一、兩百里山路，若是負重太多，絕對是一件鈍刀子割肉的壞事。

陳平安背著小背簍，鎖好屋門，站在院子裡，看到那根斜靠牆根的槐枝後，想了想，還是重新打開門，把它放到屋內，以免風吹日曬，早早腐朽。

陳平安身上揣著上次進山採藥掙來的二兩銀子，先後去了趟杏花巷和騎龍巷那邊。天色還早，陳平安就蹲在關門的鋪子外頭耐心等著，等到店鋪老闆打著哈欠開門後，他買了香燭、紙錢，還從酒肆買了一壺名叫桃花春燒的酒，最後想要從壓歲鋪子買一包苦節糕。

記得小時候娘親吃過一次，說很好吃，還說等陳平安五歲生日的時候，再買一次，所以陳平安記得特別清楚。只是到了壓歲鋪子，結果夥計說鋪子早就不做這種糕點了，倒是有老師傅會做，但是鋪子都快要倒閉了，老師傅也早就跟著掌櫃他們去京城享福了。陳平安只好買了一包昨天阮秀送給李寶瓶的桃花糕。

走出小鎮，過了當時和寧姚一起躲避搬山猿的那座小廟，再往南邊，一直來到一處小山嶺前，陳平安這才開始往上走。半山腰的地方，是一處多年不種莊稼的荒蕪田地，地裡有兩個小土包，田地裡和土包上都沒有雜草。

陳平安站在兩個小土包前，緩緩蹲下身，摘下背簍，將那些祭祀的東西一一放好。

小鎮千年又千年，不知道一開始就是如此還是後來民風有變，百姓無論富貴貧賤，上墳祭祖之時，都不興下跪磕頭那一套，只需要點燃三炷香拜三拜就可以了，這個只耳濡目染了「四年家風」的泥瓶巷少年，當然也不例外。只不過點香之前，陳平安像以往一樣，在腳邊象徵性地抓起一把泥土，給墳頭添了添土，然後輕輕下壓。

這次因為走得急，只能就近取土，以前陳平安每次進山，都會偷偷藏起一把取自各個山頭的泥土，然後帶來這邊，當然沒什麼特殊意義，就是求個心安而已。陳平安總覺得這輩子沒孝順過爹娘一星半點，總得做點什麼，才能讓自己心裡舒服一些。加上姚老頭說過老一輩燒瓷的人，有這個世代相傳的講究，於是陳平安這麼多年就一直堅持了下來。

兩座小墳緊緊挨著，相依相偎，沒有碑。

陳平安點燃三炷香後，面朝墳頭拜了三拜，然後插在墳頭之前，這才打開那壺酒，輕輕倒在身前。

最後陳平安站起身，閉上眼睛，雙手合十，跟爹娘他們說著心裡話。比如這次要帶著叫李寶瓶的紅棉襖小姑娘，一起出門遠遊，不知道要離開家鄉幾千幾萬里。

一個清秀少年站在路旁小廟之中，抬頭望著牆壁上一個個用炭筆寫就的名字，密密麻麻，歪歪扭扭，大大小小。

可能在小鎮百姓眼中，那些小孩子的玩鬧不值一提，可是此時在少年眼中，就像一條歷史歲月裡的璀璨銀河。

位於東寶瓶洲大驪版圖上空的驪珠洞天，是三十六小洞天中最小的一個，千里山河而已，如果沒有術法禁制，對於御風凌空的鍊氣士而言，那點風景真不夠看。但是驪珠洞天除了諸子百家的各大先賢祖師們，戰死後遺留下來的那些法寶器物，令人垂涎三尺，再就是這一方水土養育出來的人物，真可謂靈秀神異，大異於其他地方。

試想，兩位大鍊氣士結成一對天作之合的道侶，然後生下的後代，除了必然躋身中五境之外，之後登頂上五境的可能性，竟然並不比驪珠洞天能夠被帶出小鎮的那些孩子高多少。要知道一座小鎮才多少人？這等於是池塘出蛟，而且每代都能出一、兩條，所以這次驪珠洞天破碎下墜，東寶瓶洲各大王朝，只要有一點點憂患意識的君主，想必都會如釋重負，大驪宋氏總算斷了這條天大的金脈，對於之後大驪鐵騎的南下霸業，勢必造成影響。

崔瀺視線久久不願收回，百感交集，王朝科舉，自古就有同窗、同年、同鄉之誼，修行路上，也是如此。

驪珠洞天如今塵埃落定，以某人付出身死道消的代價，換來了一個不錯的結局，那麼所有從驪珠洞天走出去的大修士都會念這份香火情，只是或多或少的差別而已。至於那些四姓十族以及他們背後的勢力，更是如此。

只可惜大驪宋氏在這次動盪之中，雖未減分，卻也沒有加分。但是原本大驪可以做得更有「人情味」一點，比如阮邛要求提早進入驪珠洞天，不該答應得那麼快。又比如早知道齊靜春到最後連一身通天修為都拚著不用，只以兩個字來抗衡那幾位大佬，那麼當初四方勢力要求取回聖人壓勝之物的時候，大驪禮部哪怕沒膽子拒絕，也應當義正詞嚴拖延一番，說這不合規矩。還比如大驪朝廷不該私下以家書的名義，近乎大搖大擺地公然通知四姓十族大劫已至，趕緊撤出各家各族的香火種子，不要被齊靜春的悖逆行徑牽連等等，實在太多了。

一旦大驪皇帝回過神，或是貪心不足，那麼他這位執掌半國朝政、運籌帷幄、決勝千里之外的國師，恐怕就真的要被秋後算帳了。只是此時站在小廟當中的國師崔瀺，滿臉愜意閒適，彷彿根本不把大驪皇帝的龍顏震怒放在眼中。

崔瀺自言自語道：「稍等稍等。」

他環視四周牆壁，記下所有名字，正要揮袖抹去所有痕跡，以免將來被其他有心人做文章，但就在他要出手的瞬間，阮邛出現在小廟門口，獰笑道：「好小子，膽子夠肥，這是第幾次了？」

崔瀺笑呵呵道：「我這不是還沒做嗎？」

一個嗓音悠悠然出現在小廟附近：「你們只管放開手腳來打，我負責收拾爛攤子便是，保證不出現類似鰲魚翻身、山脈斷絕的情況，在你們分出勝負之後，這千里山河至多損毀十之一二。阮邛，與其黏黏糊糊，被這個傢伙一直這麼糾纏不清，我覺得你還不如乾脆跟他來個了斷，不怕賊偷，就怕賊惦記嘛。」

崔瀺臉色不變，哈哈笑道：「楊老頭，殺人不見血，還能坐收漁翁之利，真是好手腕。」

阮邛點了點頭：「我看行。」

崔瀺趕緊作揖賠禮，笑著討饒道：「好好好，我接下來只在小鎮逛蕩，行不行？阮大聖人？還有楊老前輩？」

阮邛顯然在權衡利弊。

崔瀺輕描淡寫說了一句：「就算楊老前輩有本事護得住十之八九的山河，可如果我一門心思打爛神秀山、橫槊峰呢？」

不等阮邛說話，楊老頭的嗓音再次響起：「換成是我，真不能忍。」

阮邛沒好氣道：「趕緊滾回二郎巷。」

崔瀺搖頭晃腦，優哉游哉走出小廟，跟阮邛擦肩而過的時候，還做了個「少年心性」的鬼臉。

等到崔瀺過了溪水對岸，阮邛轉過身，看到楊老頭坐在廟裡的乾枯長椅上抽著旱煙。

楊老頭破天荒沒有冷嘲熱諷，反而笑了笑：「還真是在乎你閨女啊。」

阮邛嘆了口氣，顯然被崔瀺這麼挑釁卻忍著不出手，憋屈得很。

他坐在楊老頭對面，靠著牆壁，扯了扯嘴角：「不欠天、不欠地，如今連祖師爺那兒也還清了，唯獨欠著那丫頭她娘親，人都沒了，怎麼還？就只能把虧欠她的，放在女兒身上了。」

楊老頭笑道：「以你的身分和能力，加上你跟潁陰陳氏的關係，找到你媳婦的今生今世不是沒可能吧。」

阮邛搖頭道：「她上一世資質就不行，死前還沒躋身中五境，所以哪怕轉世成人，也絕無開竅知曉前生事的可能性了。在我看來，沒了那些記憶，只剩下一副軀殼，那就已經不是我的媳婦了，找到她有何意義？只當她活在自己心裡就夠了。」

楊老頭點頭道：「你倒是想得開，兵家十境最難破，你在同輩人當中能夠後來者居上，不是沒有理由的。」

阮邛不願在這件事上深聊，問道：「你覺得那人是不是在虛張聲勢？」

楊老頭笑著搖頭：「那你就小看此人了。草莽好漢捨得一身剮，敢把皇帝拉下馬，這一位啊，我估計屬於捨得一身剮，都敢把道祖、佛祖拉下馬。當然，我只是說心性，不談能耐。」

阮邛將信將疑。

楊老頭用旱煙杆指了指小廟門口一條被行人踩得格外結實的小路，緩緩道：「這傢伙跟我們不太一樣，他覺得自己走了一條獨木橋，所以他一旦與人狹路相逢，覺得不打死對方，就真的是很對不起自己，或是後邊如果有人想要越過他，也是死路一條。這種人，你不能簡單地說他是好人或是壞人。」

阮邛突然又跳到另外一個問題上，緩緩道：「陳平安的父母祖輩，不過是小鎮土生土長的尋常百姓，他父親如何會知曉本命瓷的玄妙？並且執意不惜性命也要打破那件瓷器？顯而易見，是有人故意道破天機，要他做出此事。」

楊老頭沉默許久，吐出一口口煙霧，終於說道：「一開始我只以為是尋常的家族之爭，等我意識到不對勁的時候，已經太遲了。不過我也懶得摻和這些烏煙瘴氣的勾心鬥角，不過是無聊的時候，用來轉一轉腦子而已。想來這都是針對齊靜春的那個大局之中，一個看似小小的閒手，但是到最後才發現，這一手才是真正的殺招，用圍棋高手的話說，算是一次神仙手吧。準確說來，不只是為了對付命太好的齊靜春，而是針對文聖那一脈的文運。只是現如今，齊靜春生前最後一戰太耀眼，所有人都習慣了把齊靜春的生死，等同於那支文脈的存亡了，事實上也差不太遠。」

楊老頭看了眼臉色凝重的兵家聖人阮邛，說道：「我在你提早進入驪珠洞天時，懷疑過你也是幕後其中一員，要麼是風雪廟和潁陰陳氏達成了一筆交易，你不得不為師門出力，要麼是你自己從『世間醇儒』的潁陰陳氏那裡，暗中得到了莫大好處，所以在此開山立派。」

阮邛坦然笑道：「楊老前輩想複雜了。」

楊老頭嗤笑道：「想複雜了，不等於就一定是想岔了，你現在之所以還能夠問心無愧，不過是你們兵家擅長化繁為簡罷了。說不得以後真相大白於天下，你才後知後覺，發現自己不過是淪為了棋子之一。」

阮邛心思依舊堅定，穩如磐石，大笑道：「無妨。若真是潁陰陳氏或是哪方勢力，敢將我作為棋子肆意擺弄在棋盤上，那等我阮邛安置好我家閨女的退路，總有一天，我要一路打殺過去！」

阮邛心中冷笑：「如果真是如此，倒是正合我意了。一百年，最多一百年，我就能夠鑄造出那把劍。何處去不得，何人殺不得？」

阮邛收回思緒，好奇問道：「難不成那泥瓶巷少年，真是齊靜春的香火繼承人？」

楊老頭提起老煙杆輕輕敲了敲木椅，從腰間布袋裡摸出煙葉換上，沒好氣道：「天曉得。」

阮邛知道眼前這個深藏不露的楊老頭，在漫長歲月裡，肚子裡積攢下了太多太多的祕密了。

阮邛笑問道：「想要進入小鎮，每人需要先交納一袋子金精銅錢交給小鎮看門人，這一代是那個叫鄭大風的男人，我知道這些價值連城的銅錢，可不是落入大驪皇帝的口袋，所以是老前輩你落袋為安了？前輩用這些錢做什麼？」

楊老頭反問道：「我問你、阮邛，到底如何鑄造出心目中的那把劍，你會回答嗎？」

阮邛爽朗大笑。

楊老頭淡然說道：「這座廟我要搬走。」

阮邛愣了愣，但很快回答道：「只要不是搬到外邊，我沒意見。」

楊老頭點了點頭，笑道：「看在你這麼爽快的分上，我可以告訴你一個小祕密。」

阮邛點了點頭，示意自己願意洗耳恭聽。

楊老頭吐出一口濃重的煙霧，消散之後絲絲縷縷纏繞住整座小廟。其實在這之前，小廟早就籠罩著一層薄薄的白霧。顯然，楊老頭是為了小心起見，又加重了對小廟的遮掩。

楊老頭嘆了口氣，緩緩開口道：「知道齊靜春最厲害的地方在哪裡嗎？」

阮邛笑道：「自然是資質好，悟性高，修為恐怖。要不然天上那幾位大人物，豈會捨得臉皮一起對付齊靜春？」

楊老頭搖搖頭：「假設陳平安真是齊靜春選中的人，那麼外邊就有人以陳平安作為一招絕妙手，表面上閒置了整整十年，其實暗中小心經營，甚至這期間連我也被利用了。

妙就妙在，那人在棋盤之外下棋，行棋離手，那顆棋子落子生根後，人到底不是死板的棋子，會逐漸自己生出氣來，於是會越來越不像棋子，殺招就越來越隱蔽。更何況，這顆棋子旁邊，還有一顆看似力氣極大的關鍵手棋子，正是那個被大驪皇帝寄託整個宋氏希望的宋集薪，幫忙吸引各路視線，最終營造出燈下黑的大好局面。」

阮邛臉色沉重，問道：「齊靜春號稱是有望立教稱祖的人，雖然是有人故意以此捧殺齊靜春，但肯定不全是胡說八道，豈會看不出一點點蛛絲馬跡？」

「這些彎彎曲曲，我也是現在才想通，有意思，真有意思！旁觀者尚且如此，當局者呢？」楊老頭猛然大笑，甚至有些咳嗽，拍著大腿，嘖嘖道，「可是當局者卻很早就看出來了。齊靜春這個讀書人，真是一點也不老實，你知道他死前做了什麼嗎？故意跑到我那邊，除了送給陳平安兩方大有學問的山浮水印，最後齊靜春與陳平安結伴同行了一段路程，說了一句話，留給陳平安。阮邛，你猜猜看？」

阮邛澈底被勾起興趣，不過嘴上說道：「齊靜春的心思，我可猜不著。」

楊老頭嘆息道：「齊靜春說，君子可欺之以方。」

阮邛想了想，起初有些不以為然，可是片刻之後，臉色微變，到最後竟是雙拳緊握，滿臉漲紅，搖頭無奈道：「自愧不如，不得不服氣。」

楊老頭點點頭，眼神飄忽：「第一層意思，是讓陳平安告訴我，或者說所有人，在規矩之內，如何對付他齊靜春，其實都無所謂，勝負也好，生死也罷，他齊靜春早已看透。」

楊老頭站起身，沉聲道：「第二層意思，是說給十年甚至是百年之後的陳平安的，告訴他哪怕以後知道了真相，知道了自己才是真正害死他齊靜春的那顆棋子，也無須自責，因為他齊靜春早就知道了一切。」

阮邛猛然起身，大踏步離去：「真他娘的沒勁，堂堂齊靜春，死得這麼窩囊。換成是我，有他那修為本事，早就一腳踏穿東寶瓶洲，一拳打破浩然天下了！憋屈憋屈，喝酒去！」

楊老頭笑了笑，一手負後走出小廟，背後那隻手輕輕一抖，小廟憑空消失，被收入他手心，輕輕握住：「大驪國師崔瀺，曾經的儒教文聖首徒，我覺得你的道行，一樣不止於此，對吧？那我就拭目以待了。」

極少走出小鎮的楊老頭，在走上石拱橋後，身形越發傴僂駝背，神色肅穆，一言不發。來回兩趟走過石拱橋，皆雲淡風輕。

楊老頭走下石拱橋後，走向小鎮，臉色悲苦，心中默念道：『難道當真是機不可失，時不再來？就連奉運而生的馬苦玄也沒有見到妳的資格？哪怕他只是成為妳的同道中人，不是主人，也不行？

妳到底要找到什麼樣的人，才願意點一下頭？不說之前那五千年沉積的歲月，光是驪珠洞天的存在，就已經足足三千多年了，三千多年了啊！這麼長的時間當中，出現了多少日後在東寶瓶洲光彩奪目的英雄豪傑？若是有妳幫助，他們豈會沒有可能更上數境？十一、十二境之上，哪怕只加兩境，那是什麼境界了？』

石拱橋無聲。

橋底所懸鐵劍，紋絲不動。

楊老頭輕輕呼出一口氣，自嘲道：「好一個運去英雄不自由。罷了罷了，既然如此，那妳就自生自滅吧，也省得我擔心福禍相依，因為妳，而壞了我們僅剩的那點香火。如此一來，也是好事，小賭怡情，不用擔心滿盤皆輸。」

陳平安背著不大不小的背簍，從小山嶺返回，路上發現那座廟竟然不見了。陳平安茫然四顧，確定自己沒有記錯位置，那座供人休憩的小廟，的的確確就像是被人搬石頭一樣搬走了。只不過如今陳平安已經見怪不怪了，習慣就好。

陳平安來到鐵匠鋪子，先去了趟那棟自己之前堆放家當的黃泥屋，拿上該拿上的，留下該留下的，這才出門找到了紅棉襖小姑娘李寶瓶。

李寶瓶站在他面前，高高抬起小腦袋，滿臉雀躍。

李寶瓶早就在身上滿滿當當掛了亂七八糟的繡袋、香囊，不下七、八樣之多，還背著一只小小籮筐，上邊蓋著一頂能夠遮風擋雨的斗笠，剛好用來遮掩籮筐裡的東西。估計這些都是小姑娘提議，然後阮秀幫忙收拾出來的。

青衣少女阮秀站在李寶瓶身邊，格外喜慶。

陳平安看著李寶瓶，笑問道：「帶吃的沒？」

李寶瓶點頭邀功道：「籮筐裡，一大半都是阮姐姐送給我的吃的東西！其餘都是書，不重……不那麼重！」

陳平安說道：「什麼時候背累了，就跟我說一聲。」

李寶瓶挺起胸膛，豪邁道：「怎麼可能會累！」

阮秀柔聲道：「東寶瓶洲北部形勢圖，還有大驪、大隋各自的州郡圖，還有幾張更小的地圖，都在李寶瓶背簍裡放好了。不過等你走出大驪邊境之後，需要經常問路才行，好在李寶瓶懂得你們大驪官話和整個東寶瓶洲流通的大雅言，應該問題不大。再就是我放了一些銀子和銅錢在裡邊，比起你送給我爹的金精銅錢，它們真不算什麼，所以陳平安你千萬別拒絕啊。」

陳平安會心笑道：「我又不傻，給錢還不要？」

阮秀有些氣惱道：「你還不傻？為了沒半點關係的他們……」只是傷人的話剛說出口，阮秀就後悔得一塌糊塗，而且很快就打住了，不再往下說。因為不遠處，站著四個不再同行遠遊的學塾蒙童。

一直在偷偷使眼色的陳平安鬆了一口氣，輕聲道：「昨天說的那些事情，就麻煩阮姑娘妳了。」

阮秀點頭道：「放心吧，那些鑰匙我會好好收起來的，隔三岔五就會去收拾屋子。」

陳平安深吸一口氣，對李寶瓶說道：「走了。」

李寶瓶開心道：「走嘍！」

一大一小，就連背簍也是一大一小。

在所有人的視野當中，兩人越行越遠。

南下大隋。

一路上，李寶瓶碎碎念，說過了小鎮趣聞逸事，終於說到了遊學一事，跟陳平安老氣橫秋道：「讀書人負笈遊學，年紀大一些的，都需要仗劍防身的，而且也能夠彰顯自己文武兼備。」

陳平安樂了：「對啊，那是你們讀書人，我又不是。」

李寶瓶愣了愣，一下子沉默起來，好像這個真相讓她很灰心喪氣。

崔瀺在小鎮酒肆買了一壺上好的燒酒，慢悠悠晃向二郎巷。

到了那棟袁家祖宅，崔瀺開鎖的時候，動作停頓了一下，最後仍是笑著一推而開。

他快步走入，關上門後，走到水池邊，看著那位站在正堂匾額下的男子，虛無縹緲，流光溢彩。

崔瀺坐在池邊的椅子上，打開酒壺，聞了聞，這才轉頭笑道：「哪怕只剩下一縷殘餘魂魄，可是不請自來，擅闖私宅，終非君子所為啊。齊靜春齊師弟，對不對啊？」

那人轉過身，面容依稀可見，正是氣度風雅的學塾教書先生齊靜春，也是以一己之力抗衡天道的山崖書院山主。

齊靜春微笑道：「那天你和崔明皇明面上演戲給吳鳶看，其實是給我看，累不累？」

崔瀺笑咪咪道：「哦？那你看出什麼了？」

齊靜春站在水池北面，和坐在南邊的崔瀺面對面，問道：「你為何會從鍊氣士十二境修為，跌落境界，一路掉到十境境界？」

崔瀺斜靠著椅子，搖晃著兩根手指夾住的酒壺道：「還不是因為咱們那位學究天人的先生，誰能想到你其實早就別開生面了，所以先生的神像不斷往下，你非但沒受到影響，反而境界一直往上攀升，倒是我，叛出師門那麼久，反而一直沒能脫離他老人家學派、文脈的影響。最讓我絕望的是，我發現這輩子都沒希望憑藉自己的學問壓倒或是勝過先生。怎麼辦？我總不能眼睜睜給先生陪葬啊。可問題在於，先生的神像倒塌，影響之大，不像是一顆石子砸在湖水當中，而像是一座山峰倒入湖水，浪花之大，除了你這種已經上岸的人，幾乎沒人躲得掉，我更是如此。於是我就想了一個小法子，齊師弟，你以為是……」

齊靜春點頭道：「借他山之石攻玉，破我執。」

崔瀺眼神一凜，停下搖晃酒壺的動作。

齊靜春嘆了口氣道：「最好的結果是你的學問，壓過先生和我齊靜春，得到天地人神的認同，但是很可惜你做不到。其次，是你希望先生這支文脈，斷絕在我手上，然後由你接手拿走，哪怕到不了先生在文廟裡的高位，總好過一個所謂的大驪國師千萬倍。最後，則是以某人為自己的影子，然後真身入定，作佛家觀想，那人若是能夠堅守本心，就等於你在某一個坎上堅守住了本心，最終成為你由十境重新登高進入十一境的大道契機。」

齊靜春搖搖頭道：「崔瀺，是不是覺得自己這筆買賣，怎麼都是穩賺不賠？我知道，你已經安排好了後手，哪怕陳平安依舊能夠保持心境純澈堅定，你一樣會安排後手，比如盡可能放大那些蒙童的缺點，不斷損耗陳平安的心境，如以石磨鏡，使得鏡面粗糙不堪，最終支離破碎，那麼一旦陳平安是我選中的薪火相傳讀書種子，你就可以大功告成，將先生和我齊靜春的文脈氣運悉數收入囊中，遠遠比第三種手段，佛家觀想的最終成果，要大很多。」

崔瀺臉色鐵青。

齊靜春笑道：「你如果願意選擇現在放手，我可以答應讓你達成第三種結果，雖然相對最差，但是對你崔瀺來說，到底是天大的好事，這麼多年機關算盡的蠅營狗苟，總算是得償所願了。」

崔瀺站起身，冷笑道：「齊靜春，你一個即將魂飛魄散的東西，半人半鬼！也配跟我談條件？」

齊靜春臉色如常：「最後給你一次機會。」

崔瀺臉色猙獰道：「你敢壞我心境？」

齊靜春神色傷感，輕聲道：「崔師兄。」

崔瀺猛然將手中酒壺砸在地上，向前踏出一步，伸手指向隔著地上一座水池、天上一口天井的齊靜春，厲色道：「我不信你齊靜春能贏我！」

齊靜春一手負後，一手拂袖，那些在崔瀺腳邊流淌的酒水滑入水池，呈現出一道漣漪陣陣的玄妙水幕，與之前崔瀺所做如出一轍。

不愧是昔年的同門師兄弟，舉手投足，皆是讀書人的風流寫意。

水幕中，是背著背簍的陳平安和李寶瓶。李寶瓶側著身走路，正揚起腦袋跟陳平安問這問那，問東問西。陳平安笑著耐心回答李寶瓶一個個天馬行空的奇怪問題，如果遇到不懂的難題，陳平安就會說不知道。陳平安不覺得丟人，李寶瓶也不覺得乏味。

齊靜春問道：「崔瀺，還沒有明白嗎？」

崔瀺死死盯住那幅畫面，臉色蒼白，嘴唇顫抖，喃喃道：「這不可能！」

眉心有痣的少年國師抬起頭，那張清秀臉龐扭曲到猙獰可怕的程度：「齊靜春，你竟然選了一個女人作為自己的唯一嫡傳弟子？」

齊靜春望向那張本就陌生的少年臉龐，笑著反問道：「有何不可？」

崔瀺深吸一口氣，嘴角翹起：「可是陳平安心性不變，大不了我撤去所有後手，相反還一路上幫他找尋磨刀石，我一樣能贏！只是贏得少一些而已。怎麼，齊靜春，難道你為了阻我大道，還要反過來坑害那陳平安？」

崔瀺臉色癲狂，得意至極：「哈哈，我與那泥瓶巷少年，可是榮辱與共、休戚相關的關係。齊靜春，你怎麼跟我鬥！」

齊靜春平淡道：「我勸你現在就斬斷這份牽連，現在收手還來得及，最多從十境跌到六境，還算留在中五境當中。」

崔瀺臉色陰沉道：「齊靜春，你失心瘋了吧？」

齊靜春瞥了一眼崔瀺，嘆了口氣，伸出併攏的雙指，輕輕一晃：「世間事，唯有赤子之心，不可試探。你崔瀺這麼聰明的人，哪裡會懂。」

畫面中的陳平安和李寶瓶毫無察覺，但是崔瀺眼睜睜看著陳平安頭上，突然多出一支碧玉簪子，悄然別在髮髻當中。

崔瀺滿臉呆滯、震驚和恐懼，伸出手，顫顫巍巍指向齊靜春：「齊靜……」

他甚至死活都說不出最後一個「春」字。

剎那之間，道心失守幾近崩潰的崔瀺七竅流血。

跌坐回椅子上，崔瀺迅速在身前雙手結寶瓶印，沙啞道：「安魂定魄！」

齊靜春沒有看慘不忍睹的崔瀺，而是抬起頭，望向天井，說道：「吃了虧要記牢，甲子之內，你要是再敢偷偷摸摸下絆子，我自有法子讓你從鍊氣士第六境跌落成凡夫俗子。當然，以你撞到南牆就一定要把它撞破的性子，肯定是不信的。不過沒有關係，反正信不信由你。最早一次，我要你別對先生失去信心，你不信，結果跌境；我來驪珠洞天之前，要你別對山崖書院出手，你還是不信。所以這一次，還是由你。」

齊靜春離開二郎巷的袁家祖宅，最後一次行走於人間，先去了學塾，再去了石拱橋，又去了師弟馬瞻的墳頭，最後還去了一趟天上。

最後的最後，齊靜春回到地上，悄然走在陳平安和李寶瓶身邊，與他們並肩前行。只是他們不知道而已。

三人每走出一步，這位齊先生的身影便消散一分。

他終於停下腳步，望著兩個孩子南下的背影。

這個讀書人有擔憂，有遺憾，有不捨，有欣慰，有驕傲。

他輕輕揮手，無聲告別。

就這樣了。挺好。

「咦？你怎麼頭上別了一支玉簪子？」

「啊？我不知道啊。」

「什麼時候的事情？陳平安！你其實是有錢人，對不對？」

「真不是。至少現在已經不是了，我有錢的光景，就那麼幾天。」

「好吧。那你籮筐裡露出一截的木劍，又是咋回事？」

「我也不知道啊。」

「陳平安！你再這樣，我今天就真的不喜歡你了！」

「我是真的不知道……」

「算了、算了，明天再不喜歡你好了。」

「……」

青山綠水少年郎，身邊跟著個小姑娘。

二郎巷袁家祖宅，崔瀺渾身浴血坐在椅子上，雙手結寶瓶印，艱難護住這副皮囊不至於崩潰。不僅僅是因為這副皮囊極難尋覓，更在於這具身軀就像一座牢籠，鎖住了他的魂魄，短時間內，別說像之前那般在大驪京城和龍泉山河之間神魂遠遊，一旦身軀毀掉，他就徹底成為魂魄分離、殘缺之人，真的就要一輩子淪為中五境墊底的泥塘魚蝦，以前戰戰兢兢匍匐在他腳底下的那些豺狼虎豹，如今要殺他已是輕而易舉。

雖然身心皆遭受重創，但是崔瀺吐出一口血水後，仍是扶著椅子把手，手腳顫抖地站起身。他心知肚明，越是如此，一口氣越是墜不得。崔瀺抬起頭望向天井，那裡曾經有兵家聖人阮邛的嗓音落下，只是此時他已經連與阮邛竊竊私語的術法神通，也已失去。

崔瀺沙啞道：「出來。」

一個相貌精緻無瑕的少年從偏屋開門走出，滿臉惶恐，他走到崔瀺身前，不知所措。

崔瀺信任蟄伏在小鎮上的麾下諜子死士，但只是相信他們對自己這個大驪國師的忠心耿耿，卻對他們的實力一點都不放心，根本不奢望他們能夠安然護送自己返回京城，說不定小鎮還未走出，宋長鏡或是那個女子安插在四姓十族的某顆棋子就會伺機而動。

崔瀺對少年下令道：「去鐵匠鋪子找到阮師，請他來這裡一趟，就直接說我崔瀺有求於他，願意跟他做一筆大買賣，是有關神秀山的敕封山神一事。別忘了，是請。阮邛如果不肯來，你以後就不用回到這棟宅子了，你體內暫時被我收攏安放起來的那點陰魂，經不起幾天陽氣罡風的沖刷。」

少年臉色雪白，使勁點頭。

崔瀺頹然坐回椅子，叮囑道：「出門後，神色自然一點，別一臉死了爹娘的喪氣樣，否則白癡也知道我出了問題。」

少年怯生生點頭，快步離去。

真是滑稽，淪落到畫地為牢的境地，鎖死了魂魄的出口，現在自己竟然還要幫著縫縫補補，做這座牢籠的縫補匠。但是剛剛閉上眼睛，一陣熟悉的腳步聲響起，崔瀺猛然睜眼，正要大聲呵斥這個辦事不力的傀儡。只是當看到瓷器少年身邊的不速之客後，崔瀺立即換上了一副臉孔，對少年笑道：「去給楊老前輩搬張椅子，再端杯茶水來。」

楊老頭抽著旱煙，一手負後，環顧四周，不去看下場淒慘的崔瀺，笑呵呵道：「此地禁制是你崔瀺親手布置，如今有人破門而入，主人竟然還在呼呼大睡。國師大人，是不是遇上了什麼麻煩？需要我搭把手嗎？」

崔瀺臉色如常，搖頭道：「不必了。」

楊老頭坐在少年搬來的椅子上，他在東邊，崔瀺則坐南朝北，正對著袁家大堂匾額。

楊老頭看了眼神色拘謹又好奇的少年，感慨道：「神魂一事，你的造詣真是不錯。」

崔瀺問道：「現在我們說話，阮邛聽不聽得到？」

楊老頭笑道：「阮邛什麼脾性，吃飽了撐著了才來偷窺你的動靜，如果不是你三番五次挑釁，你以為他願意搭理你？」

崔瀺沉聲道：「小心駛得萬年船！」

這句話，是崔瀺第二次對這個楊老前輩說出口，第一次是在老瓷山。

楊老頭抽著旱煙：「有道理。」

崔瀺靜待片刻後：「可以了？」

楊老頭輕輕點頭：「崔國師暢所欲言便是。」

崔瀺用手背擦拭掉嘴角滲出的鮮血，問道：「我該稱呼大先生為青童天君，還是名氣更大的那個……」

楊老頭面無表情地打斷崔瀺的話語：「夠了。」

崔瀺果真沒有繼續說下去，唏噓感慨道：「實不相瞞，那場戰事，晚輩心嚮往之。」

崔瀺莫名其妙笑出聲：「不恨未見諸神君，唯恨神君未見我。這是我在先生門下求學之時，第一次接觸到內幕後的由衷感慨。當時先生就批評我不知天高地厚，信口開河。如今想來，先生是對的，我是錯的。」

楊老頭擺擺手道：「你們師門內，師徒反目也好，師兄弟手足相殘也罷，我可不感興趣。」

崔瀺譏笑道：「那你來這裡，只是看我的笑話嗎？」

楊老頭問道：「我有些好奇，大驪藩王宋長鏡，一個志在武道第十一境的武人，你為何跟他如此水火不容？」

崔瀺搖頭道：「不是我跟宋長鏡要拚個你死我活，而是咱們大驪有個厲害娘們，容不得他。當初打破陳平安的本命瓷，就是她親自在幕後策劃的手筆。不是貪圖富貴的杏花巷馬家願意出手也有劉家、宋家之類的，為的就是讓她的兒子更容易抓住機緣。當然，我也不否認，之後我用陳平安來針對齊靜春，是順勢而為。這的確是我崔瀺這輩子寥寥無幾的神來之筆之一。齊靜春棋高一著，我認輸，但我依然不覺得這一手棋就差了。」

楊老頭吐著煙霧，瞇眼道：「本命瓷一碎，那個泥瓶巷少年就像一盞燭火，尤為矚目，自然而然就容易造就出飛蛾撲火的情況。你說的那個女子所料不錯，若非如此，那條真龍殘餘神意、精氣凝聚而成的少女，一開始是憑藉本能奔著陳平安去的，但是等她逃出那口鎖龍井，到了泥瓶巷，搖搖晃晃走到兩家院子門口，才察覺到原來宋集薪屋子裡有著濃郁的龍氣。這對她來說簡直就是天底下最美味的食物，所以拚了命也要去敲他的院門，只可惜力有未逮，跌倒在了陳平安院門口的雪堆裡。

後來，無非是陳平安救下了她，可她醒來後，當然不願意與這麼個肉眼凡胎的普通人簽訂契約，畢竟那無異於自殺。俗人短暫一生，對於她的漫長生命而言，實在不值一提，而只獲得片刻自由，她當然不願意，於是她就自稱是宋集薪家新到的婢女，陳平安就傻乎乎地將這份驪珠洞天最大的大道機緣雙手奉送了出去。話說回來，那個時候的陳平安，如同大族之逆子，大國之逆臣，確實是被天道無形壓制，留不住任何福緣。」說到這裡，楊老頭搖搖頭：「看得見，摸不著，拿不住。」

崔瀺安靜聽完楊老頭的講述後，重回正題：「就連皇帝陛下也相信弟弟宋長鏡，對龍椅從來不感興趣。只可惜，有一次，陛下向我請教圍棋，那女子也在一旁觀戰，給陛下支招，以免棋局早早結束。

陛下突然問我，他這個封無可封的沙場藩王，會不會有一天突然帶兵殺向大驪京城，用手裡的刀子問他要那張椅子。我當然老老實實回答說王爺不會這麼做的，可是呢，如果真的有一天，王爺麾下那一大幫子戰功彪炳的大將武人，起了要做扶龍之臣的念頭，到時候王爺又已經到了第十境，甚至是傳說中的第十一境，覺得人生很無趣，加上身邊所有人都在蠱惑、慫恿，穿穿龍袍、坐坐龍椅也可以嘛，省得寒了眾將士的心。

我這句話說完後，那位大驪皇帝就笑了起來。最後皇帝陛下轉頭問身邊的女子：『妳覺得呢？』那女子就告訴他：『皇帝陛下野心不夠大，半座東寶瓶洲就能填飽肚子，宋長鏡不一樣，他將來武道成就越高，就會越想著往高處走。』聽完女子這番話，陛下就笑著說我們兩個都是無稽之談，誅心之語，毀我大驪砥柱，應該拖下去砍頭，不過今天是良辰吉日，宜手談不宜手刃，暫且留下你們兩顆項上人頭。」

楊老頭笑道：「宋長鏡碰到你們這兩個對手，也真是倒了八輩子的楣，一個女子吹枕頭風，一個心腹潑髒水。」

崔瀺直截了當問道：「你找我，到底圖什麼？」

楊老頭說了句沒頭沒尾的奇怪話：「我們相信將相有種，富貴有根，生死有命。你們不信。」

涉及這件事，崔瀺毫不退讓，完全沒有生死操之於他人之手的怯弱，冷笑道：「雖然我沒覺得現在這撥好到哪裡去，但我更不覺得你們就是什麼好東西了。」

楊老頭望向崔瀺：「說吧，齊靜春到底選中陳平安做什麼了？」

崔瀺笑咪咪道：「你猜？」

顯而易見，崔瀺絕不會說出答案，因為這涉及他的道心一事。

楊老頭問道：「你真以為我不會殺你？」

崔瀺點頭道：「你不敢。就算我自己養的一條狗，這個時候為了富貴前程，可能都敢殺我，但是唯獨你不敢。」

楊老頭笑道：「你這麼聰明，怎麼會輸給齊靜春？」

崔瀺癱靠在椅背上，自嘲道：「齊靜春有句話，可以回答你的問題——『世間事，唯有赤子之心，不可試探。』」

楊老頭搖頭道：「看吧，這就是你們不信命的後果，莫名其妙，虛無縹緲，雲遮霧繞，無根無腳。」

崔瀺哈哈大笑：「怎麼，前輩想要我走你們那條道？」

楊老頭反問道：「不想著破鏡重圓，重返巔峰？何況你推崇『事功』二字，其精髓與我們不是沒有相通之處。」

崔瀺伸出一根手指，顫抖著指向楊老頭，差點笑出眼淚，大肆譏諷道：「我崔瀺雖說比不得我家那位先生，比不過齊靜春，可要說為了所謂的一副不朽金身，結果給人當一條看家護院的走狗，被那些原本我瞧不起的傢伙，呼之則來，揮之即去，是我瘋了，還是你瘋了？老前輩，不是我說你，你是不是病急亂投醫？還是與我一般境地，突逢變故，壞了某個蓄謀已久的謀劃？」

楊老頭輕描淡寫說了一句話：「你覺得誰能對我呼來喝去？」

崔瀺驟然瞇起眼，臉色肅穆，默不作聲。

楊老頭盤腿而坐，望著那口天井，神色安詳。

世人皆言舉頭三尺有神明，其實早沒了啊。

崔瀺深吸一口氣：「勸你一句話，如果在那少年身上有動過手腳，趁早斷了吧。」

楊老頭搖頭，緩緩道：「沒有。」

崔瀺笑道：「估計齊靜春在死之前已清理完所有，加上你我也算乾乾淨淨，那就是除了大驪京城那個娘們，可能還會心懷不軌，陳平安就沒什麼『高高在上』的後顧之憂了。」

楊老頭突然說道：「既然做不成同道中人，無妨，我們可以做一筆公平買賣。」

崔瀺問也不問，毫不猶豫道：「我答應了。」

先是走了五里路，陳平安就讓李寶瓶休息一會兒，之後是四里地，然後是三里路就停下休息。兩人南下暫時需要繞路，所以大體上沿著溪流的走向，否則山路難行，李寶瓶會完全跟不上。

李寶瓶雖然體力出眾，遠超同齡人，可到底是個八、九歲的孩子，底子打得再好的身子骨終究比不得成人，陳平安決不能以自己的腳力帶著她走。

兩人坐在溪畔的光滑石頭上，李寶瓶滿頭汗水，看到陳平安突然脫掉草鞋，捲起褲管就下水去了。約莫是溪水水面寬了許多的緣故，溪水高不過膝蓋，能夠看到許多青色小魚四處游弋，靈活異常，多是手掌長短。

李寶瓶從人生第一次走進小溪，就夢想著自己有一天能抓到魚，可是游魚比起螃蟹或是青蝦要狡猾太多，李寶瓶根本就拿牠們沒辦法。以前也曾經有樣學樣，偷偷砍伐一根青竹做魚竿，可同樣是魚竿、魚鉤、魚線和蚯蚓，她就從來釣不起溪裡的魚。

李寶瓶雖然能夠躲在河畔樹蔭下蹲著釣魚熬一個下午，卻沒有半點收成。別人都用好幾根狗尾草穿滿魚了，或是小魚簍擠滿了成果，一個個歡歡喜喜回家找爹娘，唯獨她還是顆粒無收。所以在李寶瓶心目中，進山下水、燒炭採藥、釣魚捕蛇，好像無所不能的陳平安，其實形象極其高大。這些祕密，她只跟石春嘉說過。

李寶瓶這個時候看到陳平安先是找了一處臨岸地方，好像游魚多聚集、躲藏在這邊大青石之下，然後他開始在稍微上游的地方建造一堵「堤壩」，差不多有李寶瓶個子那麼長，全部用溪水裡附近的大小石頭堆砌而成。雖然依然會有流水穿過石子縫隙往下流淌，但陳平安不急於用碎石和沙子堵住縫隙，而是又搭建出一橫一豎兩條堤壩，最終就像是造出一座小池塘。

李寶瓶來到池塘附近的岸上蹲著，瞪大眼睛，看著陳平安開始縫補漏洞，動作飛快，充滿美感。李寶瓶同時也發現陳平安低頭做事的時候，臉色平靜，神情專注，心神沉浸其中，心無旁騖。就像李寶瓶在鄉塾求學，第一次看到齊先生提筆寫字，心頭有種說不清、道不明的舒服感覺。

隨著上方那條堤壩近乎嚴密無縫，無水進入，側面堤壩也是一樣，下游的那道堤壩僅是用來防止游魚逃竄，並沒有用上一捧捧溪水沙子遮掩門戶，所以這座「養魚的池塘」裡的水位漸漸下降。

李寶瓶那張小臉蛋洋溢著幸福的神采，她雙手緊握拳頭，碎碎念，比坐在石頭上休息一會兒的陳平安還要緊張。

陳平安開始走入池塘，用雙手往外舀水。

李寶瓶嘖嘖道：「陳平安，你這叫涸澤而漁。哦，不對，這是貶義詞，應該是釜底抽薪！」

陳平安笑著隨口問道：「以前總見妳在溪邊待著釣魚，最大釣過多長的魚？」

李寶瓶嘆了口氣：「魚兒太聰明了，我就只能用一根狗尾草把螃蟹從窩裡騙出來，釣魚好難的。」

陳平安忍俊不禁道：「魚竿是不是妳自己做的？」

李寶瓶使勁點頭道：「對啊，我家後院角落有一片紫竹林，據說是我爺爺的爺爺種下的，我爹他們嚴防死守得很，我一開口說要做魚竿就被拒絕了。我好不容易才偷偷摸摸剪了一根，用剪刀一點一點磨，累死我了。」

池塘的水越來越渾濁，已經有魚開始逃竄，濺射出水花，陳平安對此習以為常，抬頭笑道：「那根竹子本來就不算太細，妳還去頭去尾了？」

李寶瓶茫然道：「對啊。我怕魚竿太細，釣起來的魚太大的話，一下子斷了怎麼辦。再去紫竹林找魚竿，就算我爹不打我，我自己也不想再拿剪刀對付那些竹子了。」

陳平安無奈道：「哪有用竹棍子釣魚的人？咱們那條溪裡的魚其實都不大，魚竿一粗，妳就根本感覺不到牠到底是上鉤了還是在蹭魚餌。牠們前幾次下嘴，是肯定不會咬住魚鉤的，魚可不笨，妳要是太早甩起魚竿，肯定釣不到的。釣魚要做好粗細適中的魚竿，還分季節時候和晴雨天氣，妳還得找魚窩和養魚窩，魚鉤和魚餌都有講究。」

李寶瓶像聽天書一般，張大嘴巴。她有些難為情，其實還有一件事情她沒有跟陳平安說，掛在竹棍子上那根魚線尾端的那個魚鉤是她用家裡的繡花針掰彎扭曲而成的，可能是稍稍大了點，那些魚想吞下魚鉤都很困難。

李寶瓶在心裡告訴自己，沒事沒事，年少無知，情有可原。

陳平安看到李寶瓶有些悶悶不樂，只好安慰道：「但是這麼多年，妳竟然一條魚都沒釣上來，我覺得更厲害。」

李寶瓶眼睛一亮，她好像打開了多年心結，一下子精神抖擻起來。

李寶瓶好奇問道：「為什麼要抓魚，我們還有那麼多吃的。」

陳平安解釋道：「妳想啊，有個說法叫坐吃山空，山都能吃空，何況是我們兩個小背簍。所以要省著點，以後路長著呢。」

李寶瓶深以為然，躍躍欲試道：「授人以魚不如授人以漁，像這種事情，還有砍竹子、做魚竿、釣魚、撈魚，你以後都可以教我。」

「接著。」陳平安輕輕鬆鬆抓住一條青紅相間的石板魚，笑著輕輕拋給李寶瓶，看著手忙腳亂的李寶瓶，說道，「妳年紀太小，做力所能及的事情就可以了，不用什麼都跟我比，我本來就是照顧妳去山崖書院求學的。」

李寶瓶好不容易才雙手抓住那條魚，義正詞嚴道：「錯了錯了，齊先生說過我們要讀萬卷書，也要行萬里路。我背簍裡只有五本書，所以剩下的需要去書院藏書樓看，但是行萬里路，也是讀書人必須要做的事情。負笈遊學，就是說背著書箱，一邊遊歷大好河山，一邊砥礪道德學問，兩者缺一不可，要不然就是瘸子走路。」

「妳身邊有很多狗尾草，穿過魚鰓就能穿在一起了，怕斷掉的話，可以兩、三根狗尾草合在一起。」陳平安一邊教李寶瓶如何處置戰利品，一邊問道：「負笈遊學，是說背著書箱嗎？那是不是龍尾郡陳松風背著的那種？竹子編的，是很好看。以後路過竹林的話，我可以給妳做一個，剛好也要做一根魚竿。靠水吃水，再往下走，水就深了，就不能用今天這種法子抓魚了。」

李寶瓶蹲在岸邊，將那些被拋上岸的石板魚一一穿起來，聽到這些話後，整個人高興得蹦了起來：「真的？」

陳平安笑道：「我騙妳做什麼？唉，小心小心，別跳了，小心連人帶魚一起掉進小溪裡去。魚跑不掉，人著涼了咋辦。」

李寶瓶蹲下身，笑臉燦爛道：「開心開心，我終於要有自己的小書箱了！」

陳平安蹲在幾乎乾涸見底的溪水裡，頭緊貼著石頭，伸手到石板底下去撈魚：「這種魚曬乾了，就能生吃的。妳要是嫌髒，我就把內臟去掉，我自己以前是不需要的。」

李寶瓶一番天人交戰後，怯生生道：「不然還是去掉內臟吧。」

陳平安又掏出一條石板魚輕輕丟到岸上的草叢裡：「都隨妳，等下我來做就行了。」

手裡提著三串魚的李寶瓶趕緊說道：「我來我來。」

陳平安點點頭，繼續在石板底下摸魚。

片刻之後，噗通一聲，不遠處的李寶瓶站在溪水裡號啕大哭。

陳平安趕緊起身，快步跑過去，緊張地問道：「怎麼了？」

李寶瓶哭得那叫一個撕心裂肺：「有條魚，我剛從狗尾草上拿下來，看著快死了，沒想到一放到水裡，牠尾巴一搖，嗖一下就跑掉了！我抓都抓不到……」

陳平安笑得不行，先彎腰幫她捲起已經濕透的褲管，把她輕輕抱到岸上，讓她自己脫掉鞋子，說這些魚交給他來對付。

李寶瓶乖乖脫著鞋子，可還是哭得很傷心，總覺得自己做了件很對不起陳平安的事，只感覺天都要塌下來了。

陳平安在一旁動作嫻熟地給魚開膛破肚，擠掉內臟，很辛苦地忍住笑，想著還是不要在李寶瓶傷口上撒鹽比較好。

陳平安最後轉頭面向李寶瓶，輕輕提起那三串處理乾淨的魚。大豐收。

李寶瓶破涕為笑，滿臉淚痕地笑呵呵道：「跑了一條，還有這麼多啊。」

陳平安走到她身邊坐下，把三串魚遞給她，揉了揉她的腦袋：「對啊，所以以後再碰到這種事情，不用這麼傷心。」

李寶瓶把三串魚高高提起，放在自己眼前，開心道：「好的！」

陳平安柔聲道：「以後給妳編幾雙合腳的草鞋，保證不磨腳。」

李寶瓶兩眼放光：「可以嗎？」

陳平安低頭幫她擰了擰褲管的水：「很簡單的。」

李寶瓶嘆了口氣：「你什麼都懂，我什麼都不懂。」

陳平安笑道：「以後妳可以教我讀書寫字，我現在認識的字不多，也就五百個字左右。」

李寶瓶一聽到這個，立即小雞啄米點頭道：「一言為定！」

兩人肩並肩坐著，看著緩緩流淌的溪水，李寶瓶隨口問道：「你知道這條小溪叫什麼嗎？」

「龍鬚溪。」

「你怎麼知道這條小溪叫龍鬚溪？」

「我上次進山的時候，帶了兩幅地圖，阮師傅說是我們龍泉縣的山川形勢圖，圖上標注為龍鬚溪。不過從東南流向折為正南方向後，圖上的紅線逐漸變粗，然後就改名為鐵符河了。」

「這樣啊，那我告訴你哦，我們大驪朝廷有六部，其中禮部又有天、地、人三官，其中地官就負責繪製這些地圖，不過也會有欽天監的地師幫忙領路，一起行走於山川江河，等於是把一個王朝的疆土，一千里、一萬里，一步一步用腳丈量出來，然後一寸一尺畫在圖紙上。陳平安，你說那些地官和地師厲害不厲害？」

「怎麼，妳長大後要當禮部的地官，或者是欽天監的地師？」

「陳平安，你不知道嗎？女人是不可以當官的啊。而且不光是我們大驪這樣，好像全天下都這樣的。像我和石春嘉這樣，讀書倒是可以，但是也沒聽說有女子成為教書先生，或是被人稱為夫子的。」

「這樣啊。」

「對了，陳平安，你說你頭上那支玉簪子，是齊先生的先生送給齊先生的，然後齊先生送給你的。」

「對啊。」

「陳平安，那麼從今天起，我就喊你小師叔好了！」

「為啥？」

「你當了我的小師叔以後，如果哪天我惹你不高興了，你打算丟下我不管的話，肯定就會捫心自問——我陳平安可是李寶瓶無比敬愛的小師叔，當然是要跟這麼好的小姑娘患難與共啊。」

「能不能不當什麼小師叔？放心，我一樣不會丟下妳的。」

「不行！」

「那我不給妳做小竹箱和草鞋了。」

「沒事，我才不怕。我就要喊你小師叔！」

「嗯？」

「世上哪有不給我做小竹箱和草鞋的小師叔？」

「……」

第四章　粉墨登場

如果是陳平安獨自一人，哪怕是負重入山，一天走上一百里山路都不難，即便這期間必然需要越溪過澗，攀崖緣壁。但是陳平安這次帶著李寶瓶，走得很輕鬆，以至於閒來無事就開始練習走樁。因為有李寶瓶在身邊，他就沒有用上那種氣力和精神全力以赴的拳架，而是相對自然而然，甚至為了照顧李寶瓶，還要刻意放慢走樁速度和減小步伐間距。這讓好不容易找到訣竅、感覺的陳平安，像是一下子被打回了原形，又變得彆扭起來。

兩人此時已經走出差不多二十里路，李寶瓶猶有餘力，並不顯得難受煎熬，她只是伸手擦了擦額頭上的汗水，問道：「小師叔，你是在練拳嗎？」

陳平安停下走樁，點頭道：「對啊。」

李寶瓶又問道：「那你知道你練的這套拳法的立身之本、源頭的氣府在哪裡嗎？」

陳平安一頭霧水：「怎麼說？我只知道人身上有很多竅穴，我之所以能夠認識幾百個字，主要就是為了記住那些竅穴的名稱，但是它們跟練拳到底有什麼關係，我還沒來得及問。有一位寧姑娘看過我的拳譜，沒有告訴我，只說練拳一事，捷徑走不得，要靠一點一點的苦功夫熬出來，妳認識的阮姐姐則說她是練劍的，她家的家傳運氣路徑，不好外傳，所以當時我跟她沒有深聊。」

事實上，那時候的陳平安，覺得自己這輩子註定會在小鎮走完，所以有的是時間和機會來詢問阮秀。

李寶瓶瞪大眼睛，一臉匪夷所思，加重語氣道：「小師叔！你連這個都不知道，也敢練拳？你知不知道，胡亂練拳，尤其是外家拳，很容易傷及根本元氣的。練武，其實就跟堪輿地師的尋龍找穴差不多，只不過地師們是找山川竅穴，武人是尋找、挖掘自己身體的寶藏，找到之後，你還要方式得當，才算在武道一途真正登堂入室。不行不行，小師叔，我必須把這個跟你捋一捋，捋清楚了你才好學拳！」

看李寶瓶神色堅決，陳平安想了想，本就不是什麼壞事，剛好前邊有一處歪脖子老柳樹，大半傾斜向溪水水面，好像一座未完成的拱橋，就拉著李寶瓶靠著樹幹休息。李寶瓶性子跳脫，非要坐著，陳平安只好把她抱到樹幹上，自己站在一旁免得她跌落。

李寶瓶大大咧咧坐在樹上後，像是一位初次在學塾授課的小夫子，神采奕奕，咳嗽一聲，打算跟小師叔好好說道說道，以免他誤入歧途，萬一真練壞了身體，那她不得悔青腸子心疼死啊？

李寶瓶一本正經道：「我之所以清楚一些練武的大概，因為我家有個叫朱鹿的丫鬟姐姐，她從小就被老祖宗看出有習武天賦，我又跟她很親近。朱鹿姐姐是個悶葫蘆，只喜歡跟我說些心裡話，只可惜我六歲的時候，偷偷摸摸跟在朱鹿姐姐身後，走那個叫地牛樁的東西，好玩得很，最高的木樁子，都快有屋頂那麼高了，但是有一次我腳底打滑，不小心摔了下去，其實我真沒啥事，朱鹿姐姐還是被我連累，被老祖宗狠狠一頓罰。在那之後，朱鹿姐姐每次早晚習武、練功，還有躲在屋子裡，泡在藥水桶子裡的時候，就再也不帶我玩兒啦。」

陳平安有些心虛，李寶瓶嘴裡所謂的朱鹿姐姐，說不定就是那天胸口和腦袋挨了自己兩塊瓦的矯健少女。當時他偷偷闖入李家大宅，用彈弓打碎了兩只鳥食瓷罐，那個護在正陽山陶紫身邊的婢女，率先發現了他的蹤跡，很快就翻牆上了屋頂，最後朝他所在的屋頂這邊飛身一躍，讓陳平安每次事後想起，仍然覺得她很厲害。

李寶瓶對於這個始終不願意承認自己是她小師叔的傢伙恨不得知無不言、言無不盡：「打個比方，膽小鬼石春嘉家有間鋪子，做生意做得好，就能夠錢生錢，財源廣進，所以石春嘉家的鋪子才能是我們小鎮最老的幾家老字號之一。但如果只出不進，不懂得招徠客人，那麼很快就會捉襟見肘，店鋪肯定就得關門，是吧？」

一聽到做生意啊、賺錢啊，財迷陳平安立即就「開竅」了，恍然道：「每個人都有些家底，練拳練得好，就能夠錢生錢，練不好，就是賠本買賣，如果根本就不去練武的話，倒是本本分分守著祖業？」

李寶瓶想了想，點頭道：「差不多是這個意思。小師叔，你聽說過一個說法嗎？叫練拳招邪，尤其是那些號稱三年一出師、出門打死人的外家拳，拳勢凶猛，大劈大掛，看著威風八面，打人的時候嚷著哼哼哈哈的，其實最傷身子骨了，因為他們根本就沒有找到脈門，不得其法而入，很多人才到中年，就會落下一身病，有沒有晚年都不好說，就算有，也會很淒涼。因為他們從練拳的第一天起，就不是在養氣、養身，而是在當敗家子，揮霍祖業。」

用李家老祖宗的話說，李寶瓶這丫頭就是天生沒屁股的，她說到興起，剛想要從老柳樹樹幹上站起來，就被她的小師叔一個眼神將念頭按了回去，悻悻然繼續說道：「所以小師叔你一定要引以為戒啊，一定要找到練拳的真正法門。世間拳法千萬種，之所以成就有高有低，前程有大有小，就看每一門拳法的至少兩個本命竅穴你找不找得到，找到之後，接下來就看能不能找出一條最佳路線，滋潤最多的沿途竅穴，如春風化雨，滋潤萬物。哪怕拳譜品秩不高，但只要是正途，一樣能夠強身健體，延年益壽，可如果走了岔路，拳譜越好，越容易壞事。」

陳平安陷入沉思，自己能夠感受到那股氣的存在，身體內就像有一條無家可歸的小火龍胡亂遊走於一座大火爐，之前這條火龍有點類似無頭蒼蠅，隨處亂撞，碰壁之後就轉頭，如今它的活動範圍越來越大，但是最終都會返回腹部的那些氣府附近，徘徊不定，像是出門玩耍的稚童，疲憊之後就想要回家，只是暫時尚未找到真正的家門口。這股玄之又玄的氣流，一直沒有給陳平安帶來什麼不適或是疼痛，反而讓他有一種大冬天曬太陽，暖洋洋的感覺。

陳平安對於身體五臟六腑的感知，很小就極其敏銳，所以對於自己哪裡出了問題，很快就能察覺到。雲霞山蔡金簡當初在泥瓶巷說他活得不長久了，她可能覺得陋巷少年只當她是開玩笑，其實陳平安當場就確定了她的說法無誤。既然察覺不到任何不妥，陳平安就對那股氣流聽之任之，內心深處還有一絲好奇，想要看一看它到底會選擇哪個竅穴作為它的宅邸。

李寶瓶晃蕩著那雙小腿，雙臂環胸：「據說習武的根本是『散氣』二字，霸道得很，跟鍊氣士的養氣、鍊氣完全不同。後者是多多益善，錙銖必較，習武不一樣，當你找到最初的那股氣後，就像是要一座座關隘打殺過去，將原本棲居在竅穴氣府內的氣息，全部消除殆盡，轉化成最早的那一口氣，最後全身上下，心意一動，一氣呵成，轉瞬之間，氣流運轉百里、數百里，第九境甚至可以長達千里之遠，一下子就調動起全身潛力。如一員大將指使千軍萬馬，威勢之大，可想而知，絲毫不比鍊氣士御氣凌空而行來得差。」

李寶瓶突然神祕兮兮說道：「朱鹿姐姐就說那武道宗師，飛簷走壁根本不算什麼，還能夠跟鍊氣士一樣御風遠遊。再往後，一旦躋身止境大宗師，宰殺那幫眼高於頂的鍊氣士就跟手擰雞脖子似的，彈指殺人，信手拈來。」

陳平安笑問道：「如果練武真的這麼厲害，當然是好事，可為什麼厲害、不厲害，要用殺人容易、不容易來衡量？」

李寶瓶愣了愣，老老實實搖頭道：「那我可沒想過，是朱鹿姐姐這麼說的，說這些話的時候，朱鹿姐姐嚮往得很，就跟我每天做夢都想抓到一條魚差不多吧。」

李寶瓶略作思量後，說道：「不過仔細想想，依照朱鹿姐姐的說法，好像習武之人和修行之人，天生就不對付，後者喜歡低看前者，覺得習武就是一門賤業，是資質不行、無法修行的可憐蟲，所以視為下等人，把武人罵成是世俗王朝的看門狗。前者則覺得那些修行之人，一個個眼高於頂，鼻孔朝天，不是什麼好東西，憑什麼武人在江湖摸爬滾打，就是俠以武犯禁，那些錬氣士分明只是一小撮人，卻占據著無數的名山大川和洞天福地，還揚揚得意，自稱山上仙人以術法神通修長生，受到山下凡人和武人的敬仰和供養，本就是天經地義的事情。」

李寶瓶突然笑了起來：「不過這些爭執，小師叔你不用管，沒意思得很。」

李寶瓶突然欲言又止，似乎想起了一件事，可又有些難以啟齒，有點做賊心虛，最後決定還是坦誠相見，她實在是不願意欺騙她的小師叔。

李寶瓶哭喪著臉道歉道：「朱鹿姐姐和她爹朱河叔叔，本來是要跟我們一起去往大隋南方邊境的，可是我怕小師叔你不喜歡他們，就騙他們去小鎮東門那邊等我們。如果朱河叔叔也在的話，他就能教小師叔練拳了，因為朱鹿姐姐從小就跟著她爹一起習武。老祖宗私下對我說過，雖然朱河叔叔練武天賦有限，但是教人習武是一把好手，稱得上『明師』這個稱號，哪怕丟在大驪京城那些個『府字頭』的豪門大宅裡，也可以成為座上賓。現在朱河叔叔不見了，朱鹿姐姐也不見了……」

陳平安趕緊安慰道：「沒事、沒事，我練拳沒有什麼師父，只有一部拳譜。如今連拳譜上的字也沒有認全，更不敢瞎練了。只練習一個走樁、一個站樁，不過已經確定能夠滋養體魄，不會傷身。要怎麼練出名堂來，估計得等我自己讀得懂那部拳譜再說。這個不急，我本來練拳，就不是為了什麼境界，只是用來活命的，沒想那麼多。」

可是李寶瓶顯然已經在自己的想法上鑽了牛角尖，而且思緒一去千萬里，於是她越說越愧疚，嘴角往下，有要哭的樣子了：「武人習武，師父領進門，修行在個人。師父很重要的，領進門的這個門，門檻就有高有低，而且師父領進了第一扇大門之後，是因為本事有限，不得不撒手不管了，還是能夠一口氣帶到後院門，情形是完全不一樣的。所以師父一定要是明師，不能光找名氣大的名師。」

李寶瓶抽著鼻子，淚水馬上就要流出眼眶：「小師叔，你是百年一遇、千年難逢的習武天才，如果因為我耽誤了你成為高手，我該怎麼辦啊？」

陳平安已經顧不上她怎麼得出自己是天才的荒謬結論了，當務之急，是別讓她哭出來。李寶瓶傷心起來，給人的感覺那是真傷透了心，全然不是一般孩子撒嬌打鬧的那種。

陳平安靈機一動，突然抬起手，將手掌放在李寶瓶身前，輕輕握拳之後，大聲說了一個字：「收！」

李寶瓶是腦子轉動極快的聰明孩子，一下子就愣住了，止住了即將決堤的淚水：「小師叔，你在做什麼啊？」

陳平安晃了晃拳頭，哈哈笑道：「怎麼樣，小師叔厲害吧，讓妳一下子就不哭了。」

為了安慰李寶瓶，陳平安也算豁出去了，第一次正式承認自己是她的小師叔。

李寶瓶立即破涕為笑。她覺得不是自己不傷心了，而是開心多過了傷心。

陳平安如釋重負，雙手撐在老柳樹樹幹上，然後身子一斜就坐在了李寶瓶身邊。

兩人腳底下，放著一大一小兩只背簍。

李寶瓶輕聲道：「朱河叔叔經常告訴朱鹿姐姐，練拳不練真，三年鬼上身；練拳找著真，一拳打死神。習武之人，一旦生病，比起醫治尋常人要棘手很多。朱鹿姐姐曾經有兩次差點熬不過去，第一次過後，她整個人得有小半年沒緩過來，那段時間像是個病秧子，平時連水桶也提不起來。第二次更慘，我聽到動靜後，就搬了一條小板凳過去，偷偷捅破窗戶紙，結果看到朱鹿姐姐在床上痛得打滾，旁人按都按不住，最後她指甲蓋都翻開了，鮮血淋漓，很可憐的。最後是家裡請了楊家鋪子的掌櫃送藥來，吃了好像才不痛了，逐漸安穩下來。老祖宗當時站在院子門口，沒有走進院子，搖搖頭就轉身走了，似乎有些惋惜和失望。事後我問起，老祖宗只說小命是靠藥材保住了，第八境的希望卻丟了，以後就不用太過栽培朱鹿姐姐了，否則反而是害她，如果運氣好到洪福齊天的地步，就可以進入第七境，運氣不好，第六境都懸。」李寶瓶轉過頭，憂心忡忡道：「小師叔，你可千萬別這麼生病啊，我什麼都不懂，肯定會傻眼的！」

陳平安笑道：「不會的，而且就算有，我當然是說萬一啊，那妳也別怕，我很能吃得住痛的，這可不是跟妳吹牛。」

李寶瓶將信將疑，伸出手在他胳膊上輕輕擰了一下：「小師叔，痛不痛？」

陳平安拍了拍她的小腦袋，然後望向兩人來時的小路：「知道小師叔覺得最難受的一次，是什麼時候嗎？」

李寶瓶撥浪鼓似的使勁搖頭。

陳平安雙手撐在樹幹上，小腿交錯，跟李寶瓶一樣優哉游哉輕輕搖晃著，他眯眼，輕聲笑道：「是我第二次一個人進山去採藥，那時候我才四歲多，不到五歲。出門的時候，想著要採很多很多的藥材回家，所以故意挑了一個最大的籮筐，然後沒等走出小鎮，就累死了，走出小鎮能夠看到山的時候，當時還是一個大太陽的日子，肩膀上被籮筐繩子扯得火辣辣地疼，後背更是。其實那會兒疼還好說，不是特別怕，讓我覺得絕望的事情是，那座山看著好遠好遠，就像這輩子都走不到那裡。加上當時離第一次進山、出山沒多久，所以腳底的水疱很快就造反了。然後小師叔我啊，就咬著牙一邊走一邊哭，還一邊不斷偷偷問自己，這還沒有走到山腳，要不然就回家吧，反正年紀小，籮筐這麼大，山路那麼遠，回家不丟人，娘親肯定不怨你的。」

李寶瓶聽得入神，小聲問道：「小師叔，那你最後放棄了沒有？」

陳平安笑著搖頭道：「沒，當時我突然想到，不管怎麼樣，走到山腳就好，到那裡再回頭。然後我就真的走到了山腳，坐在地上哭的時候，又想了，要不然上了山，採到一棵草藥再回家？然後就又開始爬山，爬著爬著，看到那些草藥後，整個人好像一下子就有了力氣，很奇怪的事情。」

李寶瓶「哇」了一聲，讚嘆道：「小師叔，你一定採了滿滿一籮筐草藥才下山回家，對不對？」小姑娘說到這裡，滿臉與有榮焉。

陳平安搖頭道：「沒，一直到太陽要下山了，草藥還沒蓋住籮筐底，就下山了。一來是草藥沒那麼好找，很難的，個子那麼小，背著個大籮筐走山路，其實比採藥更難。二來是真的很累了，再就是想著再不走，天黑後就要一個人留在山上，我那會兒很怕。只不過我最怕的……」

李寶瓶等了半天，也沒有等到下文，好奇問道：「小師叔最怕什麼？」

「沒什麼。」陳平安搖了搖頭，柔聲道，「後來就不怕了。」

李寶瓶善解人意地沒有追問下去。

陳平安回過神，轉頭對她笑道：「跟妳說這些，可不是為了告訴妳小師叔有多厲害，其實小鎮的苦孩子都是這麼過來的，一點也不稀奇。我說這些，是覺得妳今天跟我說那些習武之事的門道，說得很好，很像小師叔小時候偷偷跑去學塾後，看到齊先生授課時的樣子。妳不是說沒有女先生、女夫子嗎，我覺得以後到了山崖書院，等妳讀夠多的書後，說不定就能成為第一個在書院教書的女先生、女夫子呢。」

李寶瓶聽到小師叔這麼說之後，驟然煥發出昂揚的鬥志，雙拳揚起：「李寶瓶，妳可以的！一定可以！」

陳平安默默看在眼裡，覺得如果齊先生還在世的話，一定也會很開心。只是接下來李寶瓶說了句讓他頭大的話：「因為李寶瓶有一個天底下最了不得的小師叔啊！」

陳平安只好假裝什麼都沒有聽到。

草長鶯飛的美好時節，陳平安和李寶瓶並肩而坐，各自懷揣著美好的願望。

溪水對岸一處隱蔽地方，一個男人和一個少女盤腿而坐，吃著乾糧。

眼神充滿銳氣的少女沒好氣道：「爹，小姐跟著這麼個憨憨傻傻的傢伙，真能順順利利走到我們大驪邊境？聽說那邊可是經常打仗，還有許多落草為寇的兵匪，很不安生。」

男人調侃道：「難道妳忘了，是誰把妳教訓了一頓？習武之後生平第一戰，輸了不說，還輸得那麼憋屈。」

少女氣呼呼道：「那是因為爹你不允許我擅自運轉氣機，怕我承受不住那股壓力，現在我一隻手就能撂翻那個泥瓶巷的傢伙。」

男人笑問道：「妳這個武道二境高手，真的確定？」

少女大聲提醒道：「爹，是二境巔峰！」

男人提起水壺喝了一口，搖頭道：「妳打不過他的，除非是點到即止的切磋武藝，妳才有勝算。」

少女顯然不信，那少年撐死了才剛剛步入武道大門，之前在李家大宅屋頂上，兩人對峙，他只不過占著地利才僥倖得手。

男人打趣道：「妳就是個沒良心的，人家在宅子裡跟妳對上，打得妳跌向地面的時候，還不忘拉妳一把。要換成是爹，與人對敵，不給妳腦袋上加一瓦片，就算很厚道了。」

「所以說他傻啊。」少女冷笑道，「習武之人，婦人之仁，這種人，活不長久！」

男人一臉訝異道：「妳一個丫頭片子，武藝不精，武道不高，大道理倒是一套一套的，誰教妳的？反正我可沒跟妳說過這些話。」

少女揚起下巴：「咱們二公子說的！二公子雖然是滿腹韜略的讀書人，可他從不滿嘴仁義道德，只說慈不掌兵，必須殺伐果斷。」

男人皺了皺眉頭，正要跟這個缺心眼的閨女好好說些正經道理，卻突然站起身，沉聲道：「過河！」

少女跟著起身：「爹，怎麼回事，不是說悄悄跟著小姐就好嗎？」

男人語氣並不輕鬆：「有人來了。等下小心！」

父女二人，一掠過河，飛奔而去。

陳平安和李寶瓶剛剛離開老柳樹，重新動身趕路，就發現一個人出現在視野盡頭。

陳平安先是放下背簍，然後讓李寶瓶站在自己身後。

若說在小鎮東邊，遇到什麼人，哪怕是神仙妖魔鬼怪，陳平安都不奇怪。但是在這條即將連道路也會消失的南下線路上，不管遇到誰，陳平安都不敢掉以輕心。

遠處，一個身材不高大也算不上壯實的漢子，向陳平安和李寶瓶迎面而來。只見他牽著一頭白色驢子，頭戴斗笠，斜挎著一條布囊，腿上裹了行纏，手持一根竹杖，腰間則懸掛著一把綠色……竹鞘長刀？

男人在五、六步外停下腳步，沒有繼續走近。

他摘下斗笠，露出一張並不出奇的臉龐，微笑道：「你是陳平安吧？你好，我叫阿良，善良的良。」最後男人補充了一句：「我是一名劍客。」

陳平安瞥了眼這名不速之客腰間的綠竹刀鞘，故作疑惑不解，問道：「劍客？」

阿良一手持斗笠，一手輕拍刀柄，微笑道：「暫時找不到配得上我的劍，所以只好以此代替，用來羞辱天下用刀之人。」

聽到這種有些熟悉的語氣，陳平安反而鬆了口氣，覺得劉灞橋應該能夠跟這個男人做好朋友。

在陳平安和李寶瓶身後，那對父女並肩緩緩而行。

少女朱鹿有些不以為然，譏笑道：「龍王打哈欠，能吸進一條江，真是好大的口氣。爹，這傢伙是不是腦子有問題？」

朱河看到阿良腰另一側還掛著個銀白色酒葫蘆，巴掌大小，摩挲得油滑光亮，一看就是有些年頭的老物件，小聲對自己閨女道：「雖然察覺不到他的氣機有什麼異樣，只是比尋常人綿長些許，但還是要小心。爹雖然這輩子沒出過遠門，可聽老祖宗說過不少江湖逸事，說是行走江湖，要小心道姑、老僧、小孩和酒鬼，除此之外，越是看著不像是宗師高手的角色，越不能掉以輕心。」

朱鹿「哦」了一聲，既緊張又興奮，恨不得那貌不驚人的阿良就是刺客殺手，正好作為她初出茅廬的磨刀石。

陳平安問道：「你找我？」

阿良咧嘴笑道：「我送你到大隋邊境，在那之前，我們結伴而行，好有個照應。」

陳平安試探性問道：「你認識打鐵的阮師傅？」

阿良點頭道：「當然認識。」

陳平安又鬆了口氣。

離開小鎮之前，作為交易之一，阮師傅答應過自己，在到達大驪邊境兵家重地野夫關之前，會保證自己的安危。

陳平安相信阮師傅不會食言，尤其是此人出現得這麼早，幾乎是在阮師傅的眼皮子底下冒頭，所以應該不是正陽山、雲霞山和老龍城三方勢力之一的人，而且身後朱河、朱鹿這對父女的及時出現，也帶給陳平安很大底氣。

但是，陳平安怕萬一，所以他問道：「那你陪我去小鎮那邊見一見阮師傅，我們再動身南下？剛好我才知道其實從小鎮東門出去，雖然繞路，但有驛路可行，牛車、馬車都可以走，反而比我們翻山過水更快。」

阿良笑容玩味道：「這麼謹慎？一點都沒有江湖兒女的豪爽嘛。」

陳平安沒有轉頭，眼睛始終死死盯住阿良，不過沉聲道：「朱河，妳能不能讓朱鹿帶著寶瓶先回小鎮。我們不急。」

朱河一下子就想通了其中，點頭道：「這樣最好。」

然後朱河對女兒說道：「鹿兒，妳帶著小姐先回去。我和陳平安陪一陪這位阿良兄弟，喝酒也好，切磋也罷，相逢是緣，都不過分。」

被朱鹿牽在手裡的李寶瓶沒有任何猶豫，沒有哭著喊著要和她的小師叔在一起，只是扯了扯陳平安的袖子，輕輕說了「小心」兩個字，然後就果斷地跟著朱鹿快步離去了。李寶瓶毫不拖泥帶水，反而是初生牛犢不怕虎的朱鹿滿懷失望，很希望自己跟爹換一個位置。

阿良看到這一幕生離死別後，翻了個白眼，摘下酒葫蘆，斜靠著那頭白色毛驢，喝了一口酒，嗤笑道：「讓那小妹兒帶著那小丫頭先走便是，一炷香後，咱們三個大老爺們再去小鎮。」

阿良揚起手中銀白色的酒葫蘆，伸手拍了拍毛驢的背脊，望向朱河，笑問道：「你也算一方好手了，難道不認得這玩意兒？」他拍了拍自己腦袋：「忘了你們驪珠洞天才剛剛打開，你知道才是怪事。沒關係沒關係，我們可以慢慢聊，有大把大把的時間。」

阿良指了指那棵橫向溪面的老柳樹：「我們去那邊坐著聊？」

陳平安和朱河相視一眼，覺得如此最好，大可以靜觀其變。

阿良牽著那頭白色毛驢，跟在陳平安和朱河身後，到了老柳樹旁邊，鬆開韁繩，任由驢子隨意啃食青草。

他走上柳樹，沿著主幹一直走出溪岸，然後坐下，重新戴起那頂斗笠後，提起銀白色酒葫蘆，正要仰頭灌酒，突然轉過頭，遞出酒壺，笑問道：「誰想要來一口？獨樂樂不如眾樂樂，二兩銀子一兩的魁罡仙人釀，是大隋所有富家翁的心頭好，我一路北上，喝來喝去，嘗過不下百餘種酒，還是這仙人釀最地道。」

陳平安搖搖頭：「我不喝酒。」

朱河也搖頭：「習武尚未大成，不敢飲酒。」

阿良跟著搖搖頭，看著他們，滿臉遺憾道：「原來都不是性情中人啊，我前不久認識了一位少俠，那真是風流倜儻……」

阿良突然發現陳平安和朱河臉色古怪，他有些疑惑，可又不好失了高手風範，只好喝了口酒，掩飾自己的茫然。

陳平安輕輕咳嗽一聲，阿良問道：「何事？」

陳平安伸出手指，指了指這棵歪脖子老柳樹最外邊的地方。

阿良皺了皺眉頭，轉頭望去，結果看到兩條腿擋住了視線，他瞬間臉色僵硬，猛然抬頭，看到一個面無表情的中年男人，至少有一百五、六十斤重的傢伙，竟然就輕飄飄地站在柳樹枝頭。

此人的神出鬼沒，嚇得阿良一個坐不穩，摔入溪水，狼狽至極。

來者正是兵家聖人阮邛，如楊老頭所說，他對千里山河之內的動靜，並無興趣，除非是崔瀺這種壞了規矩的挑釁，一心鑄劍的阮邛才會出手。阮邛並不覺得有人膽敢在方圓百里之內，就對陳平安出手，那簡直就是在打他阮邛的臉，而一個十一境兵家劍修的臉面比起一個王朝的臉面，只重不輕。所以阮邛根本就懶得留神這邊的光景，一個草鞋少年和一個天真爛漫小姑娘的結伴遠行而已，怎麼可能值得他親自盯著？

但是阮邛被一件東西牽扯到了心神。有人一晃那物件，阮邛立即就感受到了物件之內蘊藏著的磅礴劍氣，精純且浩瀚，尤其是感覺極其熟悉，透著一股親暱和哀傷。關於此事，阮邛在宗門內修行多年，雖然從未親眼看到，但早有耳聞，所以立即從鐵匠鋪子趕來。

看到那人比凡俗夫子還不如的作態，阮邛對此非但沒有譏諷之意，反而多出一絲凝重，問道：「可是神仙臺魏晉？」

跌落小溪的阿良一陣撲打，好不容易才站直身體，從溪水裡撿起那只酒壺後，摘下頭頂斗笠甩了甩，抬頭看著那個罪魁禍首，沒好氣道：「我叫阿良。」

阮邛居高臨下盯著他，充滿審視意味，問道：「能不能借我喝兩口酒？」

阿良一把丟出酒葫蘆，高高拋向阮邛：「有何不可？不過記得還我。」

阮邛接過酒壺，喝了口酒，笑問道：「竟然不是五黃酒？」

阿良一聽到這個就火大，白眼道：「漲價了。」

阮邛哈哈大笑，丟回酒葫蘆，問道：「你怎麼來得這麼快？我還以為最快也得一旬左右。」

阿良一邊濕漉漉走上岸，一邊罵罵咧咧道：「你管得著？聖人了不起啊。」

阮邛問道：「要不要去我鋪子坐坐？我女兒對你仰慕得很。」

阿良指了指自己，笑呵呵道：「對我？那你女兒眼光真好。」

阮邛似乎早就曉得此人的荒誕不經，問道：「莫非這次是你負責龍脊山一事？」

阿良擺擺手：「不是我，另外有人。」

阮邛看著興致不高的阿良，突然笑了起來：「難不成北上途中，你遇上了那個小道姑？」

阿良臉色如常：「你說什麼，我聽不懂。」

阮邛心中嘆息，不再試探，也不再多說。

阮邛出身的風雪廟，有一個大名鼎鼎的劍修，年輕且天才，極少待在宗門，哪怕是風雪廟內，也有人不知道此人姓名。他年少時被一位下山遊歷的風雪廟老祖相中，收為關門弟子，所以輩分極高，使得他第一次上山的時候，不過及冠之齡，好些百歲高齡的修士都得乖乖喊他一聲師祖。後來那位風雪廟的中興老祖，破關失敗，加上這一脈人才凋零，年輕劍修就與風雪廟關係更加疏遠了。

此人動輒行走江湖七、八年，只有師父忌日才會偶爾出現在宗門，仍是獨來獨往，哪怕回到風雪廟，也從不與人打招呼。聽說他很早就得到了一只價值連城的養劍葫，可他竟然不用來溫養飛劍，反而暴殄天物，用來裝醇酒千百斤，一年至少有半年喝得酩酊大醉，因此被譽為醉酒劍仙人。一喝醉就由著一頭雪白毛驢馱著，毛驢走到哪裡是哪裡。

阮邛在脫離風雪廟之前，聽說此人不知為何，對一位被譽為「福緣冠絕一洲」的年輕道姑一見鍾情，從此深陷其中不可自拔。沒奈何郎有情、妾無意，貌美道姑根本無心尋找道侶，此事就成了一樁轟動東寶瓶洲的山上趣聞。

阮邛想了想：「既然如此，那就有勞你送他們去大驪野夫關了。」

阿良點了點頭。

阮邛抱拳告辭，身形一閃而逝，唯有柳樹枝頭輕輕搖晃。

朱河小心翼翼問道：「阿良……前輩是風雪廟的仙人？」

阿良牽著毛驢，懶洋洋道：「我跟風雪廟不熟。」

朱河笑著，一點也不尷尬。

世間武人，對於鍊氣士可能觀感都不好，但是對於風雪廟和真武山的修士，那還是要伸一下大拇指的。

之前朱河可能會覺得此人口氣比天大，姿態矯揉做作，可在聖人阮邛這趟來去後，朱河現在回頭再看，眼前這個相貌平平的斗笠漢子，就真是真人不露相，神仙大隱隱於市，估摸著那把綠色竹鞘長刀，肯定是一把只要拔刀出鞘，就會是驚世駭俗的神兵利器。

阿良喝了一大口酒暖身，對陳平安說道：「那個小姑娘回來了。」

陳平安轉頭望去，不但李寶瓶和朱鹿原路返回，還有兩張熟悉面孔，和一頭兩側懸掛沉重行囊的騾子。

李槐和林守一。

陳平安小跑過去，李寶瓶一臉悶悶不樂。

朱鹿嗓音清脆開口道：「這兩個孩子是我們半路遇上的，說是要跟小姐一起去山崖書院求學。咱們老祖宗剛才現身打過招呼了，讓我們回頭找你們。」

陳平安不去問朱鹿「老祖宗」是誰，望向鬼頭鬼腦的李槐和落魄貴公子似的林守一。

李槐硬著脖子，理直氣壯道：「我不跟著你們混飯吃，難道在小鎮當乞丐要飯啊。」

林守一依舊是冷冷的樣子，道：「富貴險中求。」

李寶瓶冷哼道：「你們可以從東門出發，自己去書院啊。憑什麼小師叔和我要帶上你們兩個拖油瓶？」

李槐怒道：「李寶瓶！我們好歹是同生共死過的患難之交！」

林守一沒有李槐這麼無賴，坦誠道：「我和李槐別說山崖書院，就是大驪邊境都走不到。」

陳平安點了點頭，用手輕輕按在李寶瓶頭上，阻止她說話，然後問道：「那石春嘉和董水井兩個，是不是確定不來了？」

林守一解釋道：「壓歲鋪子那邊，有人會帶石春嘉去京城，董水井聽說以後小鎮鄉塾會再開起來，就在鐵匠鋪子頂替你打短工。」

陳平安看著李寶瓶、李槐和林守一三個學塾蒙童，笑道：「那就一起動身趕路。」

阿良把那頭白色毛驢從溪畔牽回來，看到李槐、林守一後，一臉不情願，道：「多帶一個可愛的小姑娘就算了，可是你們兩個兔崽子算怎麼回事？」

李槐破口大罵道：「你是哪根蔥？」

阿良面不改色回答道：「我是你失散多年的爹，親爹。」

李槐如遭雷擊，死死盯住這個陌生男人。

阿良反而被瞧得心裡發毛，難道這小王八蛋他爹娘真有一段不可告人的故事？

李槐迅速改變原先的呆滯神色，扯了扯嘴角，斜眼看著阿良，一臉嫌棄，嘀咕道：「跟我鬥？」

阿良吃癟，嘖嘖道：「喲呵，水淺小王八多啊。」

李槐雙手抱住後腦勺，念叨道：「不聽不聽，王八念經。」

陳平安沒來由問了一句：「阿良，你為什麼會說我們小鎮的方言？」

阿良笑咪咪道：「你去問阮邛。」

陳平安看著他，突然笑了：「算了。」

阿良伸手指了指陳平安，教訓道：「小小年紀，心思這麼重可不好。」

自稱劍客卻佩刀的阿良，和他的那頭白色毛驢，各自背著背簍的陳平安和李寶瓶，兩手空空的李槐和林守一，還有走在最後面的朱河、朱鹿父女，身分懸殊的七個人，共同南下。

這個跟阮師傅來自同一個地方的阿良，說來時的路走得並不難，而且順著鐵符河一直往南，很快就可以看到正在日夜建造的大驪驛路。不過接下來的停停歇歇，阿良仍然願意聽從陳平安的意見。

李槐在休息間隙，跑過去問阿良，一點也不怕生。

他叉腰問道：「喂！阿良，你這毛驢是公的母的？」

阿良倒是不討厭李槐，就是有點煩：「關你屁事。」

「給我騎騎唄？」

「我自己都不捨得騎，你憑什麼？真當自己是我親兒子啊。」

「你要是把驢子送我，我回頭讓我娘改嫁，咋樣？當然，要是我娘不答應的話，可怪不得我，這驢子還是得歸我。」

「滾你和你娘的！」

「阿良啊，不是我說你，今後你這脾氣得改改。」

李槐雙手負後，搖頭晃腦地嘆息離去，留下一個大開眼界的斗笠漢子。

溪畔，兩人走向鐵匠鋪子，一個是阮邛，一個是白髮蒼蒼卻滿臉紅光的老人，後者便是朱鹿嘴裡的老祖宗，小鎮四大姓之一李氏的真正主心骨。

對於李寶瓶這麼個心肝寶貝，對其寄予厚望的李氏家族，當然不會只讓那對父女貼身扈從，今天如果不是阮師露面，鍊氣有成的李家老祖會一路護送她到那座野夫關。

老人苦笑道：「阮師，此人便是你從風雪廟請來的幫手？看著實在是……」

阮邛直截了當道：「根本不像是高手，反倒像是個市井混子，對吧？」

阮邛緩緩道：「我接過酒葫蘆喝酒的時候，仔細查探過，那只養劍葫內的本命劍氣生機猶在，確是風雪廟真傳無疑。而且風雪廟神仙臺這一脈，本就人少，魏晉更是不喜與人結交的冷淡性子，反而喜歡浪蕩江湖，性子奇怪一些，很好解釋。雖然世間也有殺人之後，成功奪取本命物的陰毒手段，可是魏晉修為絕對不低，想要在他身上順利奪走養劍葫和那縷劍氣……」阮邛笑了起來：「那麼今天就算我阮邛出手，也攔不住那人想要做的事情了。」

老人嘆了口氣：「話不能這麼說，如果三教一家沒有取走壓勝之物，陣法還在，許多事情阮師就不用如此束手束腳了。」

阮邛想了想：「稍後我還是要去跟風雪廟大鯢溝一脈的人碰個頭，瞭解一下情況，他們距離這裡也不遠了。剛好關於龍脊山斬龍臺瓜分一事，當著真武山的人，不好直說。在此期間，如果小鎮有任何意外，麻煩李老找到秀秀，讓她飛劍傳書便是。」

風雪廟、真武山是東寶瓶洲兩大兵家祖庭，一南一北，雙方關係一直不好不壞，大體上屬於井水不犯河水，當然在涉及大是大非的關鍵時刻，肯定會捨棄門戶之見，選擇聯手對敵。

其中真武山更注重山下世俗王朝的發展，大驪王朝就有許多真武山的修士，已經覆滅的盧氏王朝、大隋高氏麾下，都有真武山修士的影子，多是沙場大將的貼身扈從，或是掌握實權的中層武將。

風雪廟則傾向於獨善其身，來往於各大古戰場遺址，有點類似江湖上的游俠，身負絕頂武藝，萬事由心。高興了，就斬妖除魔、行俠仗義，不高興了，就尋人切磋道法劍術，且多是硬闖山門不請自去，主人答應不答應，都得陪著他們打過一架，再說其他。不過風雪廟這些脾氣古怪的傢伙，打架不為揚名，更不會殺人，所以哪怕被風雪廟的修士揍得灰頭土臉，也不用擔心家醜外揚。

關於飛劍，老人疑惑道：「阮師，我家宅子那邊也有數柄品質不錯的傳信飛劍……」

阮邛笑著擺擺手：「不一樣的，相差不小。」

老人立即了然，赧顏道：「在阮師跟前談飛劍，貽笑大方，貽笑大方了。」

阮邛突然輕聲感慨道：「樹欲靜而風不止啊。」

一個身材小巧玲瓏卻豐腴的宮裝婦人，行走在泥瓶巷。身後遠遠地跟著三人，一個中年男子，身材魁梧，神色剛毅；一個老人，面白無鬚，似乎視力孱弱，始終瞇著眼；一個年輕女子，懷揣著一把長劍，那串金色劍穗，剛好蜷縮在她豐滿的胸脯上。

那婦人最終在宋集薪家院門口停下，笑道：「偷春聯這種事情，只有崔瀺做得出來。」個子矮小卻體態妖嬈的風韻婦人，掏出一串做工精緻的嶄新鑰匙，打開院門，推門而入的時候笑道：「總算有用武之地了。」

婦人瞥了眼牆根的雞籠，那邊傳來一陣陣撲稜撲稜的家禽振翅聲，她愣了愣：「還沒餓死？還是得謝我啊，幫你找了這麼個好鄰居，鄰里和睦，天下同春嘛。」

她很快想明白了其中緣由，轉頭望向隔壁，發現因為自己個子不高的緣故，看不到那邊的光景，只好走到那堵黃泥牆邊踮起腳，發現隔壁只有空落落的院子，覺得無趣乏味，遂很快收回了視線。

走向正屋大門，又掏出鑰匙開門，跨過門檻後，伸出手指在桌子上一抹，纖塵不染。婦人有些不太高興，像是有外人擅作主張在自家閨女臉上塗抹胭脂，好看歸好看，可當爹做媽的當然不樂意。

跟隨婦人來到泥瓶巷的三名扈從，魁梧男子留在院外泥瓶巷當中，閉目養神，面白無鬚的瞇眼老人走到院中，唯獨那名捧劍女子跟隨婦人走入正屋。

婦人獨自走入宋集薪的住處，環顧四周，床榻、書桌皆有，書桌上還留下一些價格不菲的清供雅玩，應該是主人不願隨身攜帶，便乾脆棄之不用了。婦人走到書桌旁，發現正中央還疊放著三本書籍，隨手一翻，並無出奇，只是尋常學塾蒙童的入門書籍，《小學》、《禮樂》、《觀止》，是大驪王朝豪閥市井貴賤通用的蒙學經典。婦人發現三本書舊歸舊，卻沒有半點泥垢汙漬，腦海中一下子浮現出某個人的形象。

婦人搖搖頭，隨口問道：「楊花，《小學》這本書在大驪京城市價多少？」

背對房門的捧劍女子嗓音天生清冷，恭謹回答道：「奴婢回娘娘的話，多則六十文，少則四十文。」

婦人「哦」了一聲，嘖嘖道：「看來儒家聖賢們的道理越大，越不值錢啊。」

婦人重新將三本蒙學經典疊放於原位，輕輕拍了拍擺在最上邊的《觀止》，流露出一絲譏諷，冷笑道：「要不是有小說家幫著推波助瀾，千百年來不遺餘力地行走於大城雄鎮、市井巷弄，為其美言，自己則心甘情願做那不入流的稗官野史，儒教也坐不了這座天下，即便坐了肯定也坐不穩。」

院內老人輕輕咳嗽一聲，低聲道：「娘娘還需慎言，此地不宜暢所欲言。」

婦人笑道：「放心便是，齊靜春死之後，跟上邊達成協議，這裡不會有人再盯著了。你以為沒了齊靜春，死水一潭的驪珠洞天，一個幾千年都沒有出過大紕漏的地方，當得起那些大人物的重視？」

老人仍是堅持己見：「娘娘還是小心為妙。」

婦人嫣然一笑，柔聲道：「行了行了，我不牢騷這些便是。徐渾然，這點你真得學學梁崧，人家就比你懂得察言觀色。所以要我看啊，大驪朝野說梁崧雖是你的弟子，卻青出於藍而勝於藍，一點也沒冤枉你。至於我家叔叔故意用話刺你，說什麼弟子不必不如師，徐渾然你倒是不用在意，他就是那麼一個人，稍稍聽說幾句讀書人的話，就喜歡亂掉書袋。」

名叫徐渾然的老人哭笑不得，唯有一聲嘆息，心想沒有娘娘妳這麼安慰人的，只是一想到南下途中與那位藩王的擦肩而過，老人心情陡然凝重起來。當時宋長鏡雖然看著充滿疲態，像是一場生死大戰之後重傷未癒，可他既然敢當著自己的面，主動掀起車窗簾子，那麼就意味著宋長鏡極有可能在武道一途，百尺竿頭、更進一步了。雖然躋身第十境的可能性極小，但是到了第九境巔峰之後，宋長鏡每一次向前走出，哪怕只有半步，那麼對於七、八境武道宗師而言，小小半步的差別，可能就相當於他們的一境之差。

這個面白無鬚的老人，享譽大驪朝野，被譽為大驪第一劍師。「師」字如諸子百家中某人姓氏之後的「大家」二字，分量很重。那名死於宋長鏡之手的天才劍修梁崧正是徐渾然最得意的弟子，老人將其視為己出，此仇不可謂不大。

徐渾然喜好在袖中養劍，劍名為白雀。寸餘長短，卻殺力極大，傳言瞬間可以來回飛掠百餘里，劍已回袖，人尚未死絕，手段凌厲，神鬼莫測。

婦人在那張床上坐下，抬手拍了拍床板：「算不上富貴人家的日子，不過還挺自在。」

懷抱長劍的年輕女子楊花輕聲道：「娘娘對殿下用心良苦，苦其心志，勞其筋骨。」

婦人站起身，笑道：「這話就虛偽了，真正受苦的孩子，是隔壁那個孤兒，我家睦兒可稱不上吃苦。」

她走到牆壁前，想了想，喃喃道：「福祿街盧氏送給咱們的幾頁古書，上邊記載的法術神通，歷史久遠，已經不可考據，跟當今道教幾大符籙派差異很大，我記得其中一頁，記載了一門有趣的小法術，咒語是什麼來著？哦，記起來了，試試看。」

婦人背對著門口的楊花，笑道：「妳直接去隔壁院子等我開門。」

「天地相通，山壁相連，軟如杏花，薄如紙頁，吾指一劍，急速開門，奉三山九侯先生律令！」婦人手中並無最重要的那張符紙，只是口誦咒語，伸出手指向前一點，然後便閒庭信步，穿牆而過，身後帶起一陣輕微漣漪。

婦人走到一座家徒四壁的破敗屋子，感慨道：「有些人命好，隨便怎麼折騰都是享福；有些人命不好，生來就是吃苦的。投錯了胎，你能跟誰說理去？就算找到正主，可你敢開口嗎？小傢伙，以後知道真相，在找我報仇之前，你至少要先跟雲霞山、正陽山和書簡湖這三方打交道，等你找到我，猴年馬月了，這還是你先要活著走出大驪版圖才行。」

她轉頭看了眼牆壁：「三山九侯先生又是什麼身分？我們東寶瓶洲可沒有這麼一號人物，難道是失去香火和金身的上古神人？若是如此，為何這小法術依舊管用？」

她暫時琢磨不出答案，想著回到大驪京城再去查一查，或者找崔瀺問一問也不是不可以，反正近水樓臺，不問白不問。她走去開門，拔出門閂後沒能拉開，才記起門外肯定上鎖了，只得稍稍用力，強行扯斷了那把銅鎖，拉開門後，看到院門大開，她看著捧劍侍女楊花和劍師徐渾然，問道：「你們就這麼破門而入？還講不講道理了？回頭自己找人修好，別忘記。」她走向院門，補上一句：「屋門的鎖也換上一模一樣的。」

徐渾然和楊花顯然對此習以為常，站在泥瓶巷中的魁梧男子皺了皺眉頭。

婦人走出院子後，突然停下腳步：「楊花，妳按照我家睦兒七歲時的步子大小，往右手邊走上六十三步。」

楊花領命前行，六十三步後停下身形。

她身後的婦人側過身，面對高牆：「應該就是這裡了。」

婦人看著並無半點奇怪的泥土牆壁，恨恨道：「宋煜章該死。」她很快就恢復了雍容恬淡的平常神色，笑問道：「這樁祕事，當年妳是聽我說過的，妳覺得癥結在何處，我能為睦兒做點什麼？」

楊花搖頭道：「奴婢不知，也不敢妄自揣測。」

婦人嘆了口氣，有些傷感：「我家睦兒的心結有兩個。第一個，當然是那場大雨中被一個貧賤泥腿子從巷外一路追殺到這裡，掐住脖子，按在牆壁上動彈不得，以他的性子，肯定氣憤難平。那會兒睦兒年紀尚小，除了丟盡了顏面，肯定也被殺氣騰騰的同齡人嚇得不輕。」

婦人眼神驟然凌厲起來，伸出手掌，手心輕輕貼靠在粗糙不平的泥牆上：「第二個心結呢，就很有意思了。有意思到了事後讓我家睦兒，可能是人生第一次知道愧疚的滋味。

所以他跟老龍城的苻南華見面後，對那筆交易的添頭，始終下不了決心，將要殺之人從劉羨陽換成那個少年。」

楊花終於有些好奇，不過侍奉這位娘娘，無異於伴君如伴虎，自然不會傻到開口詢問。

婦人收起手掌，在楊花手臂的袖子上擦了擦，開始轉身走向巷口，一下子流露出些許嬌憨神態，雖說已為人婦為人母，竟是別有一番風韻。

她氣呼呼道：「睦兒不過是說你陳平安生於五月初五，剋死了爹娘後，因為居住在祖宅就連累爹娘無法投胎轉世，所以最好別住在家裡，要趕緊搬出去。」婦人越說越氣惱：「說幾句玩笑話，算得了什麼？你陳平安信以為真，因為自己愚蠢而壞了不可去龍窯燒瓷的破爛誓言，怎麼就能夠怪到我家睦兒頭上呢？更何況你一個小賤種的誓言，值得了幾個錢？我家睦兒何等金貴，白璧微瑕，這是俗世俗人的說法。修行之人，若是相信這個，簡直就是自尋死路。哪怕是能夠與國同壽的上五境鍊氣士，誰不在苦苦追求真正的不朽金身、無垢之軀？你一個市井少年，怎麼賠？你賠得起嗎！」

婦人咬牙切齒道：「小賤種，真是造孽！」

一縷金色劍穗輕輕躺在胸脯上的捧劍女子楊花臉色平靜；劍師徐渾然對此更是置若罔聞，毫不上心；唯有那名走在最後邊的魁梧男子，再一次皺眉。

婦人在即將走出泥瓶巷的時候，猛然轉身。幾乎同時，楊花和徐渾然分別向左右兩側挪步，為婦人讓出視野。

婦人此時已經滿臉笑容，既嫵媚又純真，有種矛盾的誘人，她柔聲問道：「怎麼，王毅甫，你覺得不對？」

王毅甫沉聲道：「雖然不知道更多的內幕，但是我確實覺得這樣不對。」

婦人沒有絲毫意外，反而大笑道：「不愧是盧氏王朝頭號猛將王毅甫！」

習慣性瞇眼看人看物的徐渾然幾乎已經看不到眼睛，一身劍氣充斥於狹窄小巷，不斷有泥牆碎屑摔落地面。

楊花悄然後退一步，像是要給劍道宗師徐渾然讓出更多的戰場空間。她望著不遠處的王毅甫，嘴角勾起一抹譏諷笑意——一條斷了脊梁的喪家之犬，也敢亂吠？

這個名為王毅甫的男人，曾是盧氏王朝大將之一，出身頭等將種門庭，祖輩皆是沙場大將。王毅甫歸降之前，身分相當於大驪王朝的上柱國。大驪軍神宋長鏡很久之前就點名要跟王毅甫痛痛快快打一場，此人領軍打仗的本事，算不得出類拔萃，但是個人武力極高。雖然是錬氣士，卻擁有第八境武人的雄厚體魄，精通刀法，能夠駕馭那尊著名玉石的強大陰神隨同作戰，可謂盧氏王朝屈指可數的真正高手。

婦人伸出羊脂美玉一般的小巧手掌，晃了晃：「徐渾然，不用緊張，王將軍是講道理的人，就是為人過於正直了些。如今身處一個陣營，別一言不合就要打打殺殺的，我很不喜歡。」

徐渾然默默收起了一只袖管內浩浩蕩蕩的劍氣。

只是婦人在下一刻又說道：「我只會將王毅甫捨了性命和尊嚴也要護住的人，不送往之前說好的地方，而是送入皇宮，或是教坊司？」

與她對視的王毅甫雙拳緊握，青筋暴起，眼珠子泛出血絲。

婦人雲淡風輕道：「之前只說保住性命即可，所以你王毅甫可別把我的菩薩心腸，當作天經地義的事情。」

王毅甫突然笑道：「娘娘說得對，是屬下錯了。」

婦人笑道：「知錯就好，那你等下出了這條泥瓶巷，就不用跟著我們了，去把上上任督造官大人的腦袋摘下來，然後隨便找個木盒子裝好，以後我可能用得著。」

王毅甫錯愕道：「宋煜章是皇帝點名要求來這裡的官員，娘娘妳之前也說過，此人在禮部和欽天監都有靠山，為何要殺他？」

婦人笑著反問道：「殺人還需要理由？那我當這個娘娘做什麼？」

王毅甫嘆了口氣，抱拳低頭道：「屬下領命。」

四人先後走出泥瓶巷後，王毅甫與其餘三人分道揚鑣。

等到那個歸降大驪、效忠娘娘的魁梧男人身影澈底不見，徐渾然忍不住出聲譏諷道：「好一個鐵骨錚錚的王毅甫，哈哈，如今連骨頭和骨氣也一併沒了。」

婦人並未往人多的大街走去，而是揀選了一條僻靜巷弄，自嘲道：「真以為我做了某件事情，分不清好壞？」

徐渾然一時間不知如何答覆，乾脆閉嘴不言。

婦人抬頭望著蔚藍天空，沒來由地感慨道：「只有身臨其境，才發現齊靜春這個讀書人，真的很厲害啊。」

是我們大驪對不住他。如此千古奇男子，只恨不能為我大驪所用，難怪陛下這些日子心情鬱鬱，經常嘆息。

只可惜齊靜春再厲害，終究還是死了。」

婦人一路唏噓，竟然全是肺腑之言。

婦人沉默許久，不再說話。

徐渾然記起一事，先是揮袖，劍氣遍布四周，然後低聲問道：「娘娘，殺一個驟然富貴的陋巷少年而已，我們是不是有些小題大做了？」

婦人好像根本懶得回答這種問題，隨口道：「楊花，妳來說。」

楊花冷聲道：「獅子搏兔，一擊致命。」

徐渾然啞然。

婦人扯了扯嘴角：「我家叔叔雖然是個武人，但是有一句話，說得極妙，對付任何敵人，千萬千萬別送人頭給他。」

不同於下楊桃葉巷的禮部同僚，宋煜章獨自住在騎龍巷，是一棟主人剛剛搬走的宅院。

宋煜章開著屋門，坐在桌旁，桌上有一只酒壺，旁邊是一碟鹽水花生米和一大碗白酒。這位昔年的督造官大人，在小鎮這邊扎根整整十五年，吃什麼、喝什麼，入嘴都是再熟悉不過的滋味。

當院中憑空出現一個魁梧男子時，剛剛端起酒碗的宋大人笑了笑：「總算來了。」他高高端起白碗，問道：「能不能等我喝完這碗酒。」

那個不速之客稍作猶豫，點點頭。

宋煜章似乎是怕客人等急了，一口就喝光了小半碗燒酒，臉色紅潤，問道：「能不能幫我捎一句話給那個叫宋集薪的少年。嗯，以後他應該會被稱為宋睦了。」

這個中年男人眼神中帶著一絲祈求：「能不能告訴他，那個叫宋煜章的傢伙，這麼多年下來，一直很想跟他要一副春聯？」

王毅甫這一次果斷搖頭道：「不能！」

宋煜章深吸一口氣，緩緩閉上眼睛後，滿臉釋然，輕聲道：「年少時喜讀遊記，看到東寶瓶洲最南端的老龍城，常年有大潮拍岸，天下壯觀。那就當這一碗大驪酒，是那南海大潮之水。」

王毅甫大步上前，一手擰斷了這名大驪禮部官員的脖子。

殺人之後，王毅甫心中毫無快意，輕輕讓其趴在桌上如酩酊大醉狀。

身為亡國之人、敗軍之將，王毅甫給自己倒了一碗酒，默默喝著，最後跟桌那邊的那個死人說了句話：「原來讀書人，也有大好頭顱。」

第五章 玉簪

哪怕陳平安仍然懷疑阿良，但不可否認，阿良是一個很有意思的人。

他有一頭從來不騎乘的毛驢，他跟小屁孩李槐鬥嘴鬥得不亦樂乎；他一門心思想著拐騙林守一喝酒，說天底下的好東西，不過醇酒、美婦二物；他會在陳平安走樁的時候繞著他打轉，說這套拳法一旦大成，肯定老霸道了，對著人就是一頓亂捶，只可惜行走江湖，講究打人不打臉，所以傷和氣、敗人品，最好要像他這樣以德服人，以貌勝敵。

他還會跟朱河吹噓自己劍術無雙，說他一旦握劍，那可了不得，連他自己都感到害怕，就更別說對手了。朱河在旁笑呵呵點頭稱是，可少女朱鹿偏偏不信這個邪，非要阿良用那把竹刀演示，也不用他施展出排山倒海的劍法，能砍斷一棵碗口大小的樹木就算她輸。

阿良就說，今日不宜施展劍術，他雖然早就達到了萬物皆可做劍的地仙境界，可出劍一定要看心情啊，高手沒有一點怪癖還是高手嗎，所以只有那些大風大雪大雨之類的日子才有興致，比如那滂沱大雨當中，自己出劍之後，能夠快到滴水不沾身。

朱鹿朝地上「我呸」了一句就轉身跑開了，阿良也不惱，只是笑咪咪跟朱河說：「小朱啊，你閨女這脾氣不太好哇。當然，她要是以後真嫁不出去，不用擔心，我阿良可以讓你占個天大便宜，喊你一聲岳父大人。」

打那之後，朱河就不再湊到阿良跟前噓寒問暖套近乎了，只好自己一個人喝悶酒的阿良有些失落。

不湊巧，過了幾天，在他們臨近鐵符河的時候，下起了一場濛濛細雨，雖然不大，可好歹是下雨了。

朱鹿立即攔住牽著毛驢埋頭趕路的阿良，後者一臉茫然，問朱鹿：「姑娘妳幹啥咧？哦哦，妳是說下雨就練劍給妳看的事情啊。哈哈，我記得，記得。姑娘，妳別用那種看騙子的眼神看我，行不行？妳啊，就是太年輕，不曉得世外高人的規矩很多啊。知不知道，雨太小了，哪怕我只是以一株野草做劍，也會覺得對不起那株草。哦，不對，是對不起我的上乘劍術。所以等哪天雨下大了，我再出手，保管將那條鐵符河都給攔腰斬斷了，到時候妳哪怕哭著、喊著要我收妳為徒，我都未必點頭。」

朱河二話不說就把自己閨女拽走了。

小雨濛濛，不耽誤趕路，阿良伸手扶了扶斗笠，搖頭嘆了口氣。

牽著白色毛驢走在最前方的他，那一刻背影有些寂寞。

更不湊巧的是，又過了兩天，老天爺開眼似的，下了好大一場暴雨。結果阿良怒喝一句：「看啥看，老子臉上有花啊？還不去躲雨？我家寶瓶淋壞了身子骨咋辦？看我出劍什麼時候不能看，你們有沒有一點慈悲心、憐憫心？沒有看到咱們寶瓶快凍死了嗎？」最後眾人一起蹲在參天大樹下躲雨的時候，所有人都死死盯著阿良。

李槐皮笑肉不笑，模仿自己娘親的語氣，語重心長地說道：「阿良啊，也虧得今天只下雨沒打雷，要不然第一個就劈在劍仙你身上。」

朱鹿只是冷笑連連，就連性情冷淡的林守一都忍不住翻了個白眼。

朱河如今已經徹底不願意搭理這個狗屁風雪廟大佬了，自顧自嚼著乾糧。一路行來，多次隱蔽微妙的試探之後，朱河覺得這個渾身古怪的阿良，哪怕的確是兵家祖庭的修士，也絕對不會是什麼用劍的地仙高手，如果是真的，別說讓他阿良喊自己老丈人，就是讓自己喊阿良老丈人都沒問題。

一路行來，李寶瓶比起剛剛離開鐵匠鋪子那會兒，話少了許多，只是默默跟隨在小師叔陳平安身旁，小背簍也不願意讓朱河、朱鹿幫忙背著。陳平安則在練習劍爐這個拳樁，其他人早已見怪不怪。

阿良被李槐他們看得有些不自在，轉過身屁股對著他們，摘下腰間的銀白色酒葫蘆一口一口喝著酒。

大雨漸歇，阿良突然站起身，說要出去找根稱手的樹枝，非要讓他們見識見識上乘劍術不可，不過在眾人面面相覷的時候，阿良又說如果找不著，那就沒辦法了，劍仙找稱手之物，就跟凡夫俗子找媳婦一樣，是一件不容易的事情。

所有人看著斗笠有些歪斜的阿良，根本沒人願意開口說話。

阿良一個人往山坡上行去，下雨地滑，差點一個踉蹌摔倒，趕緊裝模作樣地擺了幾個拳把式，好似在為出劍熱手。結果阿良的身影剛剛消失在視野，這場雨就猛然間下大了，毫無徵兆，讓人措手不及。

陳平安睜開眼，看到樹底下不遠處的毛驢，想了想，起身說道：「我去找阿良。」

朱河也跟著起身：「我陪你一起去吧，這天氣很容易出事情。」

陳平安搖頭道：「不用，我在山裡燒炭、採藥的時候，遇到過很多次這種天氣，不用擔心，再說這裡也需要朱伯伯你照看著，我才能放心。」

朱河思考片刻，點點頭：「陳平安，那你自己小心。」

陳平安揉了揉李寶瓶的腦袋，柔聲道：「我去去就回。」

不但要親自盯著小鎮東邊的衙署建造，還要商定文昌閣、武聖廟的選址一事，父母官吳鳶一天到晚忙得腳不著地。四姓十族除去已經舉族遷出小鎮的六個，還剩下八個，禮部右侍郎董湖靠著牌坊樓拓碑一事壓過了地頭蛇吳鳶的風頭，如今那些個土生土長的老油子，全在福祿街和桃葉巷看他吳鳶的笑話，可他還是得一家一戶登門拜訪過去。

吳鳶最後忙到嘴唇乾裂，嗓子眼都快冒煙了，一回到督造官衙署，就癱軟在椅子上，他扯了扯領口，直愣愣盯著房梁雕花，臉色陰晴不定。

身邊站著那個豪閥出身的文祕書郎，今天是他陪同吳鳶拜訪了各大家主，雖不至於吃閉門羹，但是軟釘子碰了一大堆，相互推諉。這個說老瓷山能不能搭建文昌閣得去問劉家老爺，那個說神仙墳是魏家占地最多，只有魏家老爺子點頭才能坐下來談，然後劉家、魏家又說這種涉及祖宗基業的天大事情，一定要大夥兒聚起來慎重商議，否則是要被街坊鄰居們戳脊梁骨的。

這個祕書郎同樣憋了一肚子火氣，不過自幼耳濡目染，對於官場規矩再熟悉不過。知道為官不易，主政一方的父母官更是大不易，所以並未氣急敗壞。他對周圍幾個聞訊趕來的同僚輕輕搖頭，示意他們暫時不要火上澆油，留吳大人一個人清淨清淨。

吳鳶突然笑著說道：「放心，我沒事，這會兒就是有點饞咱們京城的酒水了。」

那個世家子這才落座，遺憾道：「可惜李家已經搬去京城，要不然可以讓他們家主李虹幫著牽線搭橋，有些事情能夠私下說，就會好辦許多。我們家跟京城李家關係還不錯，那邊發話，這裡的小鎮李氏肯定要賣這個面子。」

吳鳶瞪眼訓斥道：「你傻啊，你家族積攢下來的人脈不等於你的人脈，你每用上一次，就會讓自己在家族地位下降一大截。這種事情，不像之前你跟人求匾額、榜書那麼簡單，所以你別瞎摻和。」

世家子笑道：「我這不是擔心吳大人鑽牛角尖嘛。」

吳鳶嗤笑道：「我如果是鑽牛角尖的人，早把那位上柱國老丈人的腿打斷了，然後帶著他的寶貝閨女一起私奔。」

滿堂寂靜。

世家子忍住笑，低聲道：「這種大話，吳大人在咱們這兒吹吹牛就可以了。」

吳鳶舒舒服服癱靠在椅背上，一點也沒有被揭穿真相的窘態，反而笑呵呵道：「那當然，老丈人要真大駕光臨，我這會兒早跑去低頭哈腰、端茶送水了，還得問上柱國大人你老累不累啊，要不然揉揉肩膀啊。」

衙署大堂內笑聲四起，就連門口那兩個腰懸繡金刀的武祕書郎也相視一笑。

吳鳶坐直身體的那一刻，大堂內所有人都下意識屏氣凝神。

吳鳶不急不緩道：「李氏已經遷出去；盧氏鐵了心要當縮頭烏龜，萬事不管；趙氏推說老祖宗身體有恙，一切都要她身體好轉後才能定奪；小鎮宋氏水最深。這福祿街四大姓加在一起擁有十座大型龍窯，李氏名下的兩座已轉讓給桃葉巷魏、劉兩家。

你們今天就將衙署所有零散文檔歸攏在一起，彙集成一份四姓十族的關係脈絡圖，我倒要看看這座小池塘，是怎麼個魚龍混雜法。退一步說，哪怕拿前幾個大家族沒轍，那我們就去找次一等的家族。除了十族墊底的幾個，還有那個很有錢的馬家，始終恪守祖訓不肯搬去福祿街、桃葉巷，他們就擁有兩座窯口。既然我現在還兼窯務督造官，那麼這些龍窯的規模大小，還不是我說了算？將這些家族拉攏扶植起來，與此同時，我會砸錢下去，衙署的積蓄全部掏空，我也不心疼。我就不信老瓷山你們守得住，可是神仙墳那麼大一塊地方，一旦分贓不均，你們能夠護得了多久？水淺王八多，廟小妖風大。等到池塘見底，小廟倒塌，我看到時候這幫老狐狸怎麼跟我認錯賠禮。」

縣令大人吳鳶說到最後，本該意氣風發才對，不承想哀嘆一聲，又癱軟回去：「這日子沒法過了。何時是個頭啊？先生，說好的醉臥美人膝呢？衙署上下，不是老嫗便是稚童，就沒一個妙齡女子啊。說好的人傑地靈、女子秀美呢？」

就在這個時候，眉心有痣的清秀少年崔瀺被兩名扈從伸手攔在門外。

崔瀺微笑道：「吳大人，不然我寫信幫你問問京城的袁柱國？幫你要兩個眉眼可愛的小丫鬟過來？」

吳鳶立即站起身，臉色尷尬，又不好說破自家先生的國師身分，也沒那臉皮和膽識為了掩人耳目就對先生大加呵斥。吳鳶心底滿是疑惑，不知先生為何要登衙署門，而且看樣子一點不介意洩露身分。

崔瀺懶得跟那些文武祕書郎計較，轉身撂下一句：「隨我來。」

吳鳶對屋內所有人伸手虛壓了兩次，示意他們不要聲張，獨自快步走出門檻，兩個沙場出身的武祕書郎想要貼身跟隨，吳鳶仍是擺手拒絕。

走在僻靜無人的石子小徑上，崔瀺問道：「盧氏刑徒都已經進山了？」

吳鳶搖搖頭道：「還剩下六百刑徒，尚未到達最北邊君神山的山口。這撥人身分最為尊貴，多是盧氏王朝的功勳豪閥之後，年紀不大，十四、五歲到二十歲之間。」吳鳶疑惑道：「這不是先生你之前就安排好的嗎？」

崔瀺沒好氣道：「天有不測風雲，你家先生我現在算是龍遊淺灘了，所以得再跟你確定一下。你現在什麼事情都別管，快馬加鞭趕往神君山的入山口子，找到一個叫夏余祿的刑徒少年，安排他去京城。」

吳鳶小心地問道：「這次是宋長鏡的嫡系心腹護送他們趕來龍泉縣，我就這麼上門要人，那幫六親不認的兵痞，肯乖乖放人？」

崔瀺揮揮手，不耐煩道：「我那邊自有後手，你只要露面就行。」

吳鳶擔憂道：「先生，你這邊？」

崔瀺冷哼道：「死不了！」

吳鳶不再猶豫，立即喊上那兩名武祕書郎，一同騎馬出門。

先生動動嘴，學生跑斷腿。

崔瀺等到吳鳶離去後，獨自行走在衙署小路上，臉色陰沉：「一著不慎滿盤皆……還沒完全輸，滿盤皆潰倒是事實，不過沒事，只要還有一絲勝算就行。熬著，就當修心養性了。大不了換了棋盤再來。

我不就是先熬死了先生，又熬死了你齊靜春？

咦？怎麼說著說著，感覺自己像隻烏龜了？」

崔瀺最後嘆了口氣：「她的運氣真是一向很好啊，早不來、晚不來，偏偏在這個時候一頭撞進來，我只能盡力從這盤殘局裡，摟回幾枚棋子是幾枚了，省得被她全盤收走。真是氣死我了！」

之後有衙署雜役遠遠地走過，就聽到有一個相貌清秀的少年在那裡大聲念叨：「我不生氣，犯不著……我不生氣，犯不著……他娘的，犯不著個屁！氣死老子了！」

鐵匠鋪子，三張嶄新竹椅擺在屋簷下，蒼翠欲滴，顏色可親。

阮秀已經起身憤懣離去，只留下一個臉色如常的阮師和一個笑容不變的尤物婦人。遠處溪畔，站著楊花、徐渾然和王毅甫。

坐在小竹椅上的婦人，將視線從阮秀的背影收回。她方才使用了一個小法子，故意激怒阮秀，讓其離場，婦人這才開門見山問道：「阮師與齊先生有所約定？所以那陳平安身邊才有李家的武人跟隨？」

阮邛直截了當道：「沒有。」

婦人又問：「那就是阮師因為那三座山的緣故，答應庇護陳平安？」

阮邛點頭：「對，我答應過他，保證他們離開大驪之前，都沒有大的意外。」

婦人抬頭看著即將下大雨的陰沉天色，說道：「阮師，我讓人再買下神秀山周邊的四座山頭，贈送給你，就當是大驪的見面禮，如何？」

阮邛冷笑道：「妳還需要花錢買？那一袋袋金精銅錢，不過是大驪皇帝左手出、右手進的事情，何必多此一舉？」

婦人搖頭笑道：「規矩就是規矩，我並非是一個喜歡守規矩的人，但是眼前阮師的規矩，或是京城皇帝陛下的規矩，都要比我的身分大，所以不得不遵守。我雖然算不得什麼好人，但從來量力而行。」

阮邛對此不置可否，問道：「妳為何執意要殺那個少年？而且是不惜花費這麼大的代價。一定要這麼急著殺他？以至於等到他離開大驪邊境再下手，也不行？」

婦人語氣不重，眼神卻尤為堅定：「他必須死。他死了，就算真有所謂的佛家因果，當初殺他爹那件事，以及靠他幫助我家睦兒爭取更多機緣一事，全部會止步於我……」

阮邛淡然道：「是因為妳有某些見不得光的旁門神通，能夠斬斷因果吧？」

婦人微笑，不否認，不承認。

阮邛搖頭道：「可這不是妳這麼急匆匆殺人的理由。」

「我家睦兒馬上就要進入大驪京城，到時候會有一場大機緣降臨，為了避免橫生枝節，我必須儘早斬草除根。」婦人見阮邛一臉不為所動的冷漠，只好洩露天機，選擇與這位兵家聖人坦誠相見。

她詳細解釋道：「睦兒的心結，若是放在一般修士身上，倒也無妨，大道漫長，哪怕他在破開中五境之前，無法自己將其摒除，大驪一樣有的是手段以外力強行去除，大不了就是留下一個大小不可預測的天魔心竅，只不過躋身上五境的時候，會變得極為凶險。可是如今京城那份機緣不等人，就容不得絲毫馬虎了。加上崔瀺那個廢物，號稱算無遺策的崔大國師，竟然輸了，顯然到最後也不曾成功壞了那少年的澄澈心境。沒辦法，我只好退而求其次，用陳平安的那顆頭顱，強行擰轉睦兒的心境。」

婦人說到這裡的時候，無奈道：「不是沒想過矇騙睦兒，說那陳平安在崔瀺的大考當中，成了俗不可耐的市井小民，甚至我可以將所有細節編排得天衣無縫，一一呈現給他，但是我擔不起這份風險。他如今天資太好，一旦獲得那份機緣，將來如果知曉真相，反而成了莫大隱患，極有可能一瞬間就會道心崩碎。」

此時，天降大雨，雨幕如鐵。

阮邛不理會外邊的大雨滂沱，問道：「什麼心結，如此麻煩？」

「那個姓姚的老不死，陰了我一把，告訴了那少年真相，他的爹娘根本不可能因為他是五月初五出生，就會為陽氣所傷，所以無法投胎做人。於是那個違背他娘誓言的少年傻眼了，發瘋一般從龍窯狂奔回小鎮，之後那個悲憤欲絕想殺人的少年……阮師，你知道他做了什麼嗎？他既沒有去找睦兒也沒有回家，竟然在泥瓶巷外一直等著，等到一個睦兒單獨出門遊蕩的機會，才堵住他，追上他，最後在泥瓶巷將我家睦兒按在牆壁上，差點掐死，當然，他最後沒有殺人，而且就算他真想殺，死的也只會是他。可恨的是，那些藏在暗處的死士諜子，死守著陛下的規矩，只要睦兒不死，就絕對不可以插手。廢物，全是罪該萬死的廢物。」

婦人盡量用雲淡風輕的語氣說出這個祕密後，破天荒有些疲憊和無奈：「世間竟有這種心思古怪的賤種？他的這個舉動，反而成了我家睦兒最大的心結，近乎死結。他這麼多年甚至很多次從夢中驚醒，因為他一直想不明白：『你陳平安，為什麼不殺了我，為什麼還要挑一個稚圭不在場的時候？換成是我宋集薪，我會把你陳平安大卸八塊還不解恨，當著你至親至近的人的面最好。』歸根到底，也算是我作繭自縛了。」

大雨如黃豆一般砸向大地，如當年兩個同齡孩子的淚水。

一個癱軟坐在地上，雙手摀住脖子，嚇得大哭。

一個腳穿草鞋的貧苦孩子，走向泥瓶巷巷口，用手臂擋住臉頰。就像一面鏡子，越是光明無瑕，越可以映照出照鏡之人的瑕疵。

長久的沉默之後，婦人收回思緒，猶豫了一下，問道：「那座廊橋的手筆，阮師應該有所猜測吧？」

阮邛滿臉厭惡：「早知如此，我不會來這裡。」

婦人挑了一下眉頭，沉聲道：「所以最後睦兒離開小鎮之前，必須要去那邊上香，因為他能夠有今天的一切，都是因為大驪皇室死了一個又一個的金枝玉葉和皇親國戚！廊橋那塊匾額上的『風生水起』四個字，有多少筆劃，就死了多少人，這些人用命換來了他的成就！」

阮邛臉色陰沉，似乎沒有想要說話的念頭了。

婦人緩緩站起身，意氣風發，低頭凝視著阮邛，嗓音低沉，蠱惑人心，緩緩道：「阮師，要是覺得四座山頭仍然配不上你給那少年的一句承諾，無妨，阮師只管開價，只要你肯開口，都好商量。比如說大驪這邊，我回京城後，可以說服皇帝陛下，在你女兒將來證道之際，大開方便之門。雖然不曉得是什麼，但我可以替陛下答應阮師，屆時大驪朝廷一定傾力相助！我本人之外，國師崔瀺，甚至是宋長鏡，都可以為你家阮秀的證道契機，助一臂之力！」

阮邛答非所問：「我只要答應下來，就會與你們大驪宋氏掛鉤，這也是妳的謀劃之一吧？」

婦人似乎根本不屑說謊，或者說也不敢把一位聖人當傻瓜：「當然，要不然咱們那位勤儉持家的皇帝陛下豈會由得我胡來？他雖不反感婦人干政，甚至直截了當告訴我，管不住身邊一個女子，如何管得了一座江山，我真要禍國殃民了，也是他無能。可有些事情，他一開始就說得很清楚，不許我擅作主張。為此，我是付出過很大代價的。我這個人，有個最大的優點，就是記打。」

阮邛終於不再掩飾自己的鄙夷，斜眼看著婦人，語氣淡然道：「以後妳不要進入龍泉縣方圓千里以內，只要被發現，就不要怪我出手打女人。」

婦人盯著阮邛的臉龐，嘆息一聲：「罷了罷了。大不了就等陳平安到了大驪邊境再說。今日叨擾，阮師勿怪，就算阮師看不慣我這種婦人，也別因此對我們陛下印象不佳。」

阮邛在她走下臺階的時候，說道：「那張竹椅是陳平安親手做的。」

婦人愣了愣，故意曲解阮邛真正的言下之意，嫵媚笑道：「怎麼，阮師是想說那個叫陳平安的少年，間接摸過了我的屁股？」

婦人大笑離去，徑直走入雨幕之中，任由大雨淋濕全身。體態婀娜，曲線畢露。

阮邛並不看她，面無表情。

又是一場大雨。

已是少年的陳平安走到山頂，看到背面山坡站著一個緩緩將竹刀歸鞘的斗笠男人。

男人轉頭燦爛笑道：「我來這裡之前，遇到過一個比你有趣太多的少俠，經常聽他念叨一句詩，真是好，你不妨也聽聽看，『野夫怒見不平事，磨損胸中萬古刀』。」

自稱是劍客的阿良緩緩走向陳平安，伸手指了指陳平安頭頂：「不過我可不是什麼俠客，只是單純覺得這句詩，很適合在這種天氣殺人後，拿出來念一念。我來這裡找你的真正理由，一是順路收集養劍葫，二是你頭上的那支簪子。後者比前者重要一百倍吧。」

竹刀已經歸鞘的男人身後山坡上，躺著兩具神態安詳的屍體，皆是大驪第一等修為的武夫和修士。

陳平安問道：「你到底是誰？」

阿良緩緩而行，手心抵住刀柄，在陳平安身前停下腳步，抬了抬斗笠，微笑道：「我叫阿良，善良的良。」

大雨砸在兩人的竹篾、斗笠上，啪啪作響。

陳平安沉聲道：「這支簪子很普通，只是普通的玉材。」

阿良盯著一本正經的陳平安，好像聽到一個天底下最大的笑話，齜牙咧嘴，好不容易才忍住不笑出聲：「你說了不算。」

陳平安額頭滲出汗水，但是很快就被濺在臉上的雨水沖刷掉，看著那個男人問道：「那你到底想要什麼？」

阿良笑問道：「你是不是覺得自己要死了？」

陳平安在這一刻，突然感到很絕望。因為阮師傅來過，又走了，而眼前這個男人還站在自己眼前。

阿良還是那個笑咪咪的阿良，斜挎著那把綠色竹刀。

阿良笑望著陳平安，不高的個子、單薄的衣衫、結實的草鞋，當然還有那支畫龍點睛的碧玉簪子。如果他沒有記錯，簪子上篆刻有漂漂亮亮的八個小字。

陳平安嘴唇鐵青，顫聲問道：「你能不能放過他們？」

阿良不說話。

陳平安在臨行前一夜點燈熬夜，就想像過所有可能面對的困境。他不是沒有想過，此次護送李寶瓶前往山崖書院求學，路上會遇到大大小小的坎，因為光是他的仇家，明面上就有雲霞山、老龍城和正陽山三方，無一例外都是山上的神仙中人，卻都跟他有生死大仇，所以陳平安很擔心因為自己的緣故，連累到李寶瓶的求學之路。

那天跟李寶瓶說起自己小時候進山的坎坷難熬，並非他想要訴苦，想要擺小師叔的威風架子，而是想告訴李寶瓶一件事情，就是他們去那座已經搬去大隋的書院，路程肯定比他當年進山採藥更遠。如果有一天他不在了，沒辦法陪在她身邊，而李寶瓶又希望去那裡讀書，只是她對自己沒信心，那麼陳平安希望她能夠像當年自己那次進山一樣多走幾步，走著走著，說不定就走到了。只不過當時這些話跑到嘴邊，陳平安突然覺得兩個人才起步遠遊，就說這種話實在太晦氣，不吉利，所以只說了一半，就把另一半咽回了肚子，改成希望她能夠成為第一個小夫子、女先生，既是討吉利，也確實是陳平安對李寶瓶的期望。

阿良笑道：「退一萬步說，那支簪子是尋常的文人飾物，也不屬於你。退一百步來說，我不相信齊靜春鄭重其事保存這麼多年的簪子，會沒有暗藏玄機，例如它其實是一座不為人知的小洞天或是一塊擁有成為福地資質的風水寶地。如果只退一步說，那就更厲害了，它有可能是一支文脈薪火相傳的信物，就像道教三大主脈的掌教信物，一塊桃符、一件羽衣和一頂道冠。如果屬實，簪子真是齊靜春先生的信物，陳平安，你覺得戴在你頭頂，合適嗎？」

陳平安答非所問道：「阿良，你能不能放過李寶瓶、李槐他們？」

阿良笑問道：「你怎麼確定我答應了你，事後不會反悔？」

陳平安腳尖微動。

阿良雙手環胸，笑道：「少俠別衝動啊，咱們這不是正在講道理嘛，等到道理講不通了，再動手不遲。」

陳平安默不作聲，臉色蒼白。

阿良上下打量了陳平安一番：「還真有點像。」

阿良收斂玩笑意味，伸出手：「交出簪子，我不殺他們。」

陳平安手指顫抖。

阿良緩緩說道：「這是齊靜春的先生的遺物，也算是齊靜春的遺物。」

陳平安抬起手臂，伸向頭頂。

阿良笑道：「你親手折斷簪子，我不殺你。我從不騙人。」

陳平安突然停下手，深吸一口氣，一腳後撤，如搏殺起手式。

阿良問道：「你是覺得反正自己死了，我也會放過李寶瓶他們，所以你哪怕死，也要試試看，能否憑本事護住這支簪子？」

陳平安一言不發，兩腳重重踏地，就衝到了阿良身前，一拳揮出。

下一刻，陳平安突然發現眼前已經沒有了阿良的身影。

陳平安身體僵硬地轉過身，果不其然，阿良就站在那裡，只是手裡多了一支簪子。

阿良嘆了口氣，似乎對那支簪子根本沒有太大興趣，伸出手遞給陳平安：「拿回去。」

陳平安小心翼翼走上前數步，從他手裡接過那支碧玉簪子。剎那間陳平安只覺得頭頂一沉，原來阿良將一隻手輕輕按在了他頭上，兩人肩並肩站立，只不過朝向相反。

一直以吊兒郎當面孔示人的阿良嘆了口氣：「陳平安，以後別做傻事了，天底下哪有死物，比人的性命還重要？一定要活下去，哪怕沒辦法好好活著，也要活著，天底下沒有比這更大的道理了。」

阿良拍了拍陳平安的腦袋，抬頭望著黑沉沉的天幕，他笑道：「你要知道，不管這支簪子到底有多值錢，意義有多大，齊靜春既然願意交給你，就一定是相信你，所以只要是需要你做出生死抉擇的時候，一定要選生，不可選死。壯壯烈烈而死，慷慨激昂赴死，風流寫意去死，可死了就是死了啊。」

阿良收回手：「齊靜春對這個世界很失望，那是他的事情，你陳平安就是你，別學他，你還沒有真正見識過這個世界的好和不好。人生不滿百，常懷千歲憂，那是他們讀書人的事，我阿良不是讀書人，你陳平安暫時也不是，所以……」

阿良最後也沒有說出「所以」之後的原本內容，只是輕聲道：「陳平安，相信我的眼光，你將來可以走很遠的路，甚至能夠比齊靜春更遠。」

陳平安輕聲問道：「為什麼？」

阿良手心輕輕摩娑竹刀刀柄，笑道：「因為我是阿良啊。」

兩人最終一起沉默地走下山頂。

陳平安問道：「那邊山坡的兩個人？」

阿良想了想：「死人？」

陳平安欲言又止，想了想，還是不在這個問題上刨根問底，換了個話題問道：「你為什麼不拿走簪子？」

阿良嘴角抽搐，哀嘆道：「簪子拿到手後，才知道比我設想的最壞也只是退了一萬步更不像話，簡直是退了幾萬步，它真的就只是一支破簪子，那我要它做什麼？」

陳平安說不出話來。

阿良搖頭道：「真正的讀書人都窮，你以後就會明白了。我其實早就該想到的，按照道德林那老頭子的脾氣和齊靜春的性子，傳下來這麼支普通簪子才是正常。」

阿良突然笑著轉頭：「知道嗎，你拿走了一樣我自以為是囊中之物的東西，你知道我為此走了多少冤枉路嗎？」

斗笠一頭雨水，少年一頭霧水。

阿良氣哼哼道：「我甚至已經在某個地方刻下了一個字，但是到頭來，等我屁顛屁顛跑來，結果是這麼個慘澹光景，所以你要感謝我的不殺之恩啊。」

阿良自顧自說道：「你要是以後沒本事在那裡刻下兩、三個字，看我不削你。」

陳平安無奈道：「阿良，你能不能說一些我聽得懂的話？」

「可以啊。」阿良哈哈笑道：「我叫阿良，善良的良。」

陳平安幫他說完了下一句話：「我是一名劍客。」

這一刻，阿良嘴角翹起，一巴掌拍在陳平安肩頭：「那就這麼說定了！」

陳平安更加納悶：「嗯？」

阿良已經撇開話題：「送君千里，終須一別，我會送你們到大驪邊境後離開，相信到了那個時候，你們這幫孩子也能夠清清爽爽遠遊求學了，暫時不會再有烏煙瘴氣的事情。所以在那之後，你就要自求多福了，能不能帶著他們走到大隋山崖書院，之後能不能活著回到大驪龍泉縣，全看你自己的本事。」

陳平安突然說道：「謝謝。」

從初次相逢，直到現在，陳平安才開始澈底信任這個自稱阿良的男人。

阿良搖頭道：「沒事，我只是在彌補自己的虧欠，跟你關係不大。」

很多年前，曾經有一個姓齊的少年讀書郎，讀書讀煩了之後，說想要跟他一起闖蕩江湖，那次名叫阿良的劍客沒有點頭答應。阿良覺得如果當時自己稍微多點耐心，那個少年就不會走到今天這一步。

阿良最後說道：「陳平安，你知道嗎？」

陳平安說道：「什麼？」

阿良語重心長道：「以後對我這種絕世高手，要發自肺腑地尊重啊。」

陳平安好奇問道：「你打得過朱河？」

阿良有些頭疼，覺得這傢伙比當年的齊靜春更惹人厭。

* * *

水深無聲，雨大皆短。

這場暴雨在陳平安和阿良走回大樹下沒多久，就已經變成淅淅瀝瀝的小雨，雨珠不斷從樹葉上滴落。李寶瓶在陳平安回到樹下的時候，滿臉隱憂，陳平安燦爛一笑，揉了揉她的小腦袋，輕聲說「沒事了」。

李寶瓶臉色呼啦一下驀然燦爛起來，如一抹令人意外的雨後彩虹，乾淨得讓人心顫。這一刻，陳平安突然有些愧疚，只是一時間不知如何開口，許多言語堵在心裡頭，便只好默默練習劍爐立樁。

阿良看到這一幕後，會心一笑，但是李槐的一句話很快就打消了阿良不錯的心情：「阿良、阿良，聽陳平安說你是去山上拉屎了，因為這樣可以不用擦屁股。」

阿良笑呵呵問道：「真的是陳平安說的？」

李槐瞥了眼就站在不遠處的陳平安，大概是生怕阿良跟陳平安當面對質，也學著阿良的語氣呵呵一笑，說：「陳平安雖然沒有說出來，但我覺得他肯定是這麼想的。我當然覺得阿良你不是這樣的人啊，我還專門給朱鹿姐姐解釋過，拍胸脯保證你阿良不是這樣的。」

阿良輕輕扯住李槐的耳朵，低頭笑問道：「哦？」

李槐痛心疾首道：「阿良，都怪陳平安，他太不是個東西了，要不要我替你罵他？」

阿良使勁擰轉這個小王八蛋的耳朵：「當我阿良好騙是吧？」

李槐鬼叫起來，只可惜沒有人願意理睬。

李槐立即見風轉舵：「阿良、阿良，我有個姐姐，叫李柳，名字是難聽了一點，人可漂亮了，這個絕對不騙你，林守一和董水井兩個色胚，就都偷偷喜歡我姐姐。董水井有事沒事就去我們家蹭飯，每次見到我姐，慫大一個人了，還臉紅，真是噁心。阿良，我覺得你比董水井強多了，人帥脾氣好，騎得起驢子、喝得起酒，要不要以後幫你和我姐，認識認識？」

阿良趕緊鬆開李槐耳朵，雙手輕輕放在李槐肩膀上，往下一按，笑道：「咱們蹲下來慢慢聊。」

陳平安走到朱河、朱鹿父女身前，問道：「朱河叔叔，能不能聊一下？」

朱河咧嘴笑道：「等你這句話很久了。那我們隨便走走，反正雨已經很小了。」

兩人並肩走出那棵樹蔭大如峰巒的不知名大樹，不等陳平安開口詢問，朱河自己就自報家門和根腳了：「陳平安，小鎮之前發生那麼多奇怪事情，你既然能夠在正陽山搬山猿手底下活下來，還與那個外鄉少女結為盟友，估計很多事情你都已經知曉，那麼我也不藏掖什麼了，畢竟小姐的安危是最重要的。

我們父女二人皆是李家家生子，就是世世代代作為雜役奴婢，在主人李家討一口飯吃。雖然聽著很可憐，其實沒你想的那麼慘。從一年到頭也見不著幾回的老祖宗到家主，再到我們這位寶瓶小姐，沒誰把我們父女當下人看待，尤其是小姐和我家閨女，其實她倆關係不比尋常人家的親姐妹差。」

說到這裡，朱河轉頭看了一眼站在大樹底下遠望別處的女兒，正是少女身段抽條的時分，尚未真正長開，大概再過一年就會是真正的大姑娘了。朱河覺得自己女兒不會比大驪京城的任何一個千金小姐遜色，他對此一直很自豪，堅信女兒朱鹿以後一定會在大驪大放異彩。

須知大驪素來尊重女子，並不禁止女子投身沙場、奮勇殺敵，大驪先帝甚至專門下令禮部為女子武人、修士設置了一整套武勳稱號，開一洲之先河。以觀湖書院為首的士子文人曾經對此大肆抨擊，掀起一場大亂戰，矛頭直指北方蠻夷大驪王朝。若非身為山崖書院山主的齊靜春力排眾議，可能當時的年輕皇帝迫於朝野清議輿論，就要因此收回聖旨了。

朱河笑道：「當年老祖宗發現我有習武的根骨天賦之後，二話不說就花費重金栽培我朱河，所以才有現在的身手。女兒朱鹿也差不多，如果不是她自己不爭氣，在武道第二境功虧一簣，以後成就比我這個當爹的，只高不低。老祖宗發現朱鹿是習武的一棵好苗子後，親口對我說過，朱鹿有希望走到傳說中的武人第七境，我朱河不過才堪堪第五境而已。」

說到這裡，朱河心情有些失落。武人升境，沒有旗鼓相當的對敵廝殺，沒有命懸一線的生死磨礪，只靠天資是註定走不長遠的，而且一旦錯失良機，無法一鼓作氣往上攀登，就會越來越消磨志氣，再而衰、三而竭，澈底斷了登頂之路。

朱河壓下心中陰霾，繼續說道：「這次由我們護送小姐離開大驪，一來是我們離得最近，身手還算湊合，而且是李家的家生子，不敢說本事有多高，至少忠心。二來小姐第一次出遠門，需要細心的人照顧飲食起居，朱鹿就是合適的人選。第三嘛，我家小姐是老祖宗最心疼的晚輩，其實原本這次真正護送小姐遠遊的人不是別人，正是老祖宗自己。只是阮師的風雪廟同門，那個阿良出現後，老祖宗就返回小鎮了，如今小鎮沒了禁制，可以毫無顧忌地收納天地靈氣，等於是在一座洞天福地修行，老祖宗破境在即，機不可失，時不再來，反正有阿良擔任貼身扈從，應該不會出什麼岔子。」

朱河略作思量，解釋道：「我們老祖宗眼光獨到且心胸寬廣，雖然打心眼裡疼愛、寵溺小姐，可是在小姐遠遊求學一事上，老祖宗非但不把小姐強行挽留在身邊，庇護在羽翼之下，反而明言小丫頭不但要去山崖書院，而且後半段路程，就由她自己去走，李家子孫，本就該有這樣的氣魄。」

朱河突然笑出聲：「只不過說到這裡，老祖宗又是一副愁腸百結的模樣了，碎碎念叨著可是咱們家小寶瓶，才不到十歲啊，氣魄啥的，是不是可以晚一點再說啊。最後老祖宗下定決心不再一路悄悄跟隨的時候，一步三回頭，跟老小孩似的，破天荒第一回。所以朱鹿私下跟我說，老祖宗對小姐，是真好。」

朱河心懷感激道：「小姐對我家朱鹿，也好，小姐從小就喜歡跟朱鹿聊天，看朱鹿練武。朱鹿能夠走到今天，事實上小姐功莫大焉。」

陳平安鬆了口氣：「朱河叔叔，有你們在，我就放心了。」

小鎮那邊，除了齊先生，陳平安信不過任何人。哪怕是阮師傅，就像陳平安對李寶瓶所說，他相信的也只是一位此方聖人的承諾，是齊先生曾經遵守的某些規矩，而不是阮師傅本人。這是一種不可言說的直覺，可以說是天生的，但更多還是熬出來的，就像他給那位寧姑娘煎的藥。之前對阿良，對朱河，皆是如此，更不例外。

陳平安不是衣食無憂，沒吃過苦，所以傻乎乎地對誰都好。生活的艱辛、人心的醜陋、貧窮的磨難，孤苦無依的他，早就銘刻在自己骨頭上了。

朱河拍了拍陳平安纖細的肩膀，只是一拍之下，骨頭之結實堅韌，稍稍超出他這個五境武人的意料，但是很快他便釋然了。若非如此，怎能夠正面硬扛搬山猿？他朱河就絕無這樣的膽識能耐。只是一想到這裡，朱河更是難免唏噓，自己還不到四十歲啊，就已經雄心壯志消磨殆盡了嗎，竟然比不得一個剛剛在武道上蹣跚而行的少年。

朱河也有些好奇，笑問道：「雖然我不曾走出過小鎮，不曉得外邊江湖的規矩，但是老祖宗閒聊時曾說起，如果在山下遇到江湖同道，有這樣那樣的眾多忌諱，比如僧不言名、道不言壽，還有就是可問師門，不可問武學路數。不過我是真的很好奇，你是如何從搬山猿手下逃脫的，你們小鎮那場追殺，我只是事後聽老祖宗說起過。」

陳平安有些難為情：「其實就是一直在逃命，從泥瓶巷一直逃到山裡，如果不是寧姑娘，我早就死了。」

朱河猶豫了一下，然後輕聲提醒道：「要珍惜這些善緣，不只是和那位寧姑娘的，還有和阮師……阮師傅的，一定要小心維持穩固，千萬別斷了。」

陳平安有些疑惑。

朱河感慨道：「我們只是驪珠洞天的井底之蛙，大家差距有限，就像你我，武學修為，撐死了就是五境之差，至於身分，我一個家生子，難道還有資格瞧不起身世清白的你？可是在井外的天地，會大不一樣，你以後走得越遠，在外邊混得越久，就會理解得更透澈。」

陳平安誠懇道：「我沒想那麼遠。」

朱河大笑道：「可以好好想一想了。」

陳平安點點頭。

對於別人的善意，陳平安一向很珍惜。對於別人的惡意，若是暫時沒辦法跟那些人說清楚道理，那就暫且放心頭，絕不忘記。

畢竟路還很長。

大樹底下，剛剛把姐姐李柳賣了的李槐，現在在阿良面前腰杆子特別直，大大咧咧說道：「阿良，回頭我讓陳平安給你做個酒葫蘆，你把腰間那個小葫蘆送給我吧，一家人不說兩家話，絕不虧待你。反正你這個看著就顯舊，配不上我姐夫的身分！」

阿良神神祕祕道：「你懂個屁，這葫蘆叫養劍葫，是全天下少有的好東西，看著不起眼，值錢得很，你有幾個姐姐？反正一個打死也不夠！」

看到阿良難得用這麼硬氣的言語跟自己說話，李槐有些心裡打鼓，眼饞地瞅著那只小葫蘆，戀戀不捨地抬頭，試探性問道：「要不然我讓爹娘多生幾個姐姐？這事好商量啊，對不對？」

阿良伸手摀住額頭。沒來由想起之前跟陳平安一起走下山坡，那少年竟然把自己跟第五境的朱河相提並論。

阿良鬆開手，哀嘆一聲，隨手撿起一根枯枝丫在地上劃來劃去。

李槐探過頭一看，是一個歪歪扭扭的字，寫得真心不如自己這個蒙童好看，更比不上連齊先生也說不俗氣的林守一了。

李槐越看越覺得丟人現眼，看一下阿良的字，再看一下他腰間的銀白色酒葫蘆，一番天人交戰之後，說道：「阿良，你寫字這麼醜，我決定還是不要你做我的姐夫了，我爹娘都希望姐姐以後嫁給讀書人的。」

阿良緩緩抬起頭，滿臉匪夷所思：「很難看嗎？」

李槐心情沉重，使勁點頭。

李槐覺得姐姐李柳下次要是再敢跟自己搶東西吃，非要罵她沒良心不可，自己可是為了她連那啥養劍葫都不要了。

阿良一臉「你年紀小你不懂事」的神色，笑呵呵道：「怎麼可能，不是我跟你吹牛，在一個離這裡很遠的地方，不知道多少人看到這個字後，都紛紛豎起大拇指。」

李槐疑惑道：「當面？」

阿良乾笑道：「聽說，聽說。」

李槐說道：「我就說嘛，誰有那臉皮跟你當面說寫得好，我就拜他為師，估計連我娘也罵不過他。」

阿良譏笑道：「你拜人家為師，人家就收你為徒啊？」

李槐一本正經道：「不收？他眼瞎啊？」

阿良再一次摀住額頭，因為那傢伙還真是個瞎子。

阿良想著自己還是少跟這個小王八蛋說話，抬起頭環顧四周，左看右看，最後看到了少女朱鹿，笑道：「朱鹿，想不想學習劍術啊？我現在有一些出劍的興致了……」

不遠處，朱鹿正在擔心自家小姐。

李寶瓶雙手托著腮幫，望著小師叔離去的方向，眉頭緊皺。

聽到阿良這句話後，朱鹿憤懣道：「一邊涼快去！」

阿良眼神無辜且茫然：「剛下過這麼一場大雨啊，妳看我渾身都濕透了。」

朱鹿察覺到了自己的口誤，可仍是冷笑道：「吊兒郎當，不學無術，不是好人！」

阿良氣惱道：「小寶瓶、李槐、林守一，我是不是好人？」

李槐落井下石：「只是像好人。但如果肯送我酒葫蘆，就是好人。」

林守一冷淡道：「以後別騙我喝酒了，先生早就說過，文人斗酒詩百篇，全是假的。」

只有李寶瓶對阿良偷偷一笑，阿良頓時心裡暖洋洋的，朝她伸出大拇指，把其餘兩個傢伙的冷嘲熱諷當作了耳邊風。

阿良的江湖，終究不是白混的。

等到陳平安和朱河走回來，一行人重新上路。

當原本東南流向的龍鬚溪繞向正南方，成為大驪地方縣誌上嶄新朱批的鐵符河時，頓時河水滔滔，水勢大漲。河面之寬，河水之深，遠勝之前的小溪氣象。

在陳平安的提議下，他們稍作休整，在這裡煮米做飯，吃過午飯之後再趕路。

李槐站在河邊，叉腰嘖嘖道：「阿良，你以前見識過這麼大的水嗎？」

牽著白色驢子的阿良看了眼溪河交界處，又看了眼身後，最後對李槐笑道：「我見過的大江大河，比你吃過的飯粒還多。」

李槐頓時不樂意了：「阿良，你是不是一天不吹牛就渾身不舒服？」

阿良置若罔聞，走到正在搭建簡易灶臺的陳平安身邊，輕聲道：「走，河邊走走，有些話要跟你說。」

陳平安愣了愣，就請李家婢女朱鹿幫忙。

一路行來，李寶瓶其實已經能夠幫上很多忙了，甚至連幫阿良餵養白驢也熟稔得很，所以手腳利索地幫著朱鹿姐姐一起煮飯，一副讓她的小師叔只管去河邊散步，一切包在她身上的俏皮模樣。

這些日子裡，李寶瓶始終堅持自己背著背簍，盡力自己打理一切。

陳平安每次打拳走樁的時候，她往往都會默默陪在身邊，有樣學樣，嬌憨可愛。

兩人走到河邊，然後沿著河水向下游行去。

阿良坦誠相見道：「我很喜歡寶瓶這個小丫頭，當然，你只會比我更喜歡。」

陳平安回頭望去，李寶瓶在那邊忙來忙去，邁著車軲轆似的雙腿。對比說一句做一事的林守一和萬事不動手的李槐，雖然李寶瓶年紀還小，但是生機勃勃，哪怕只是看著她，也像看到一個美好的春季。

陳平安點了點頭。

阿良又說道：「但是你總覺得哪裡不對，是不是？」

陳平安「嗯」了一聲：「上次跟我聊關於武學的事情時，她一口氣說了很多，可是在那之後，她好像不太愛說話了。」

阿良問道：「你是不是跟她說了什麼期望的話語，比如說你希望她以後可以成為什麼樣的人？」

陳平安猛然轉頭，滿臉震驚。

阿良大概也不想無意間言語傷人，於是難得小心醞釀措辭，乾脆停下腳步，蹲在河邊，輕輕丟擲石子。

等陳平安蹲在他身邊後，阿良輕聲道：「情深不壽，慧極必傷，一般人自然沒資格套用這兩個說法，但李寶瓶不一樣，雖然現在還小，第一點當然是沒影的事情，可第二點，她是已經適用了。她將你陳平安當作了依靠，所以你的一句無心之語、一件無心之舉，都會讓她深深放在心裡。話語這東西，很奇怪，是會一個一個字、一句一句話，落在心頭，堆積起來的。可能你覺得我這個說法比較像半桶水的老學究、酸秀才，可道理還真就是這個道理。」

陳平安輕輕呼出一口氣：「是我的錯，我當時怕她沒信心走到山崖書院，就說了我希望她能夠成為一位女先生、小夫子。」

阿良笑了笑：「『是我的錯？』陳平安，你錯了。」

陳平安疑惑不解。

阿良不看陳平安，只是懶洋洋望向平靜無瀾的河面：「你只是沒有做得更好，而不是做錯了。」

陳平安更加納悶，這兩者說法不同而已，可造成的結果，不還是一樣的嗎？

阿良終於轉頭，似乎一眼看穿了陳平安的心思，搖頭道：「很不一樣。知道為什麼天底下的好人，一個比一個做得憋屈嗎？比如齊靜春，你們認識的齊先生，明明可以做事更痛快，可到最後，就只是那麼窩囊憋屈。等到你環顧四周，好像那些個壞人，卻又一個比一個活得瀟灑快活，比如你之前跟我提到過的兩個仇家，正陽山搬山猿、老龍城苻少城主，他們回到自己的地盤之後，確實會過得很舒心，一個地位崇高，躺在功勞簿上享受尊敬，一個野心勃勃，志在北方。」

阿良看著陷入沉思的陳平安，灑然笑道：「所以啊，做好人是很累的事情，你千萬不能因為做了好人，沒有得到回報，或者只是得到意料之外的答覆，就覺得自己做錯了，更不能覺得自己以後再也不當好人了。這樣……是不對的！」阿良臉色嚴肅，加重語氣，重複最後一句話：「這樣是不對的！」

阿良笑了起來，重新變成那個萬事不掛心頭的浪蕩子：「當然，李寶瓶好得很，小姑娘只是以她獨有的方式在回報你，你可別想岔了。」

陳平安使勁搖頭道：「沒有沒有。」

阿良點點頭：「所以我才願意跟你說這些。」

阿良乾脆一屁股坐在地上，將竹刀橫放在雙膝上：「要知道，我很少跟人講道理的，我的道理……」阿良略作停頓，拍了拍自己膝蓋上的綠色竹刀：「以前在劍，如今暫時在這刀。」

阿良哪怕不下雨，日頭不大，也會戴著那頂不起眼的竹篾斗笠，他隨手扶了扶斗笠道：「如果你的性格不對我的胃口，哪怕那支簪子像我之前想像的那般意義重大，哪怕你是齊靜春挑中的人，我也不會跟你嘮叨這些話，大不了把你送到大驪邊境，心情好的話，直接把你丟到大隋就是了。對我來說，有什麼難的？」

這個嬉皮笑臉的漢子認真起來，別有風範，雙手輕輕拍打竹刀：「對我阿良來說，人生於天地間，路要自己走，話要自己說，人要自己做。我覺得你陳平安也該這樣，不一定全部像我，但要腰杆夠直，拳頭夠大，骨頭夠硬，更要劍術夠高！」阿良哈哈大笑起來：「別忘了，最重要的是活得夠久！」

陳平安老老實實道：「阿良，雖然有些聽明白了，有些還不是很懂，但我都會記在心裡，以後遇到什麼事情，都會拿出來好好想一想。」

阿良點點頭，欣慰道：「這就夠了。」

阿良率先站起身，走出去幾步，突然轉頭說道：「陳平安，我帶的乾糧吃完啦。」說完之後，阿良就快步離去了，走向李寶瓶、朱鹿那邊嚷嚷道：「開飯沒，開飯沒？」

留下一個沒回過神來的少年。

說來說去，繞這麼大一個圈子，這傢伙就是為了光明正大地蹭吃蹭喝？

陳平安笑著跟上。

有一天黃昏，一行人遠遠經過一片綠意蔥蘢的山間竹林，李寶瓶扯了扯陳平安的袖子，伸手指向那邊，小聲問道：「小師叔，竹林哦，好看吧？」

忙著趕路的陳平安「嗯」了一聲，繼續埋頭趕路，因為他們馬上就要見到阿良所謂的驛路，大驪朝廷的官道了。

李寶瓶默不作聲，顛了顛身後的背簍，仍然緊緊跟在陳平安身後。

夜裡睡在朱鹿搭起的狹窄牛皮小帳篷裡，李寶瓶想起一事，嘛了嘛嘴，有些委屈，最後告訴自己「小師叔已經很好啦很好啦」，然後沉沉睡去。

第二天清晨，睡眼惺忪的李寶瓶不敢貪睡，怕耽誤了小師叔的既定行程，自己迅速穿好衣裳，穿上那雙小師叔幫她做的草鞋，結果她剛鑽出帳篷，整個人就呆住了。

就在帳篷外，放著一只漂漂亮亮的綠竹小書箱。

李寶瓶愣了很久，然後一下子就號啕大哭起來。

忙了一晚上的陳平安正在遠處昏睡著，被哭聲驚醒後，趕緊起身跑過去。

站在李寶瓶身前，陳平安一時間有些手足無措，摸著腦袋不知道如何安慰她，本以為天一亮，小丫頭看到小竹箱後會高興呢。看到李寶瓶這麼傷心，陳平安真是心疼得厲害。

李寶瓶閉著眼睛哭了很久，睜眼看到陳平安後，一下子止住哭聲，快步跑到他身前，狠狠抱住陳平安，哽咽道：「小師叔，對不起！」

陳平安只好輕輕拍著她的腦袋：「不哭不哭。」

李寶瓶只是哭，傷心壞了。

陳平安柔聲道：「不喜歡小竹箱？是小師叔做得不好看？沒事、沒事，下次可以改樣子，沒辦法，小師叔以前只見過一次小書箱，以後到了外邊的熱鬧地方，再見著了好看的書箱，妳告訴小師叔……」

李寶瓶抬起頭，滿臉淚水：「喜歡！沒有比這個更喜歡的了！」可似乎越是喜歡，李寶瓶就越是覺得自己沒良心，越是對自己的小師叔心懷愧疚，蹲在地上抽泣起來，不敢看小師叔。

陳平安想到昨天阿良的話，一下子想明白了，蹲下身，摸著李寶瓶的腦袋，輕聲道：「李寶瓶，知道嗎？能夠陪妳一起遠遊求學，小師叔真的很高興，只是以前沒有跟妳說過，所以現在小師叔跟妳說。如果妳還能喜歡這個不值錢的小竹子書箱，那小師叔就更開心了，真的，不騙妳。」

李寶瓶緩緩抬起頭，但是雙手還是蒙住臉。她只敢透過指縫悄悄露出那雙靈氣盎然的眼眸，怯生生抽泣道：「小師叔不騙人？」

陳平安眼神清澈，點頭道：「小師叔也會騙人，但是不騙李寶瓶。」

李寶瓶迅速拿開手，笑容燦爛，又是陳平安印象裡的那個無憂無慮、天真爛漫的小姑娘了，所以陳平安也笑容燦爛。

有些人心如花木，皆向陽而生。陳平安和李寶瓶尤為如此。

第六章　小廟

一座高不過十多丈的小山坡上，分散站著二十餘人，穿著衣飾並無定數，但是臉色、眼神都像是從一個模子裡刻出來的。

一個魁梧男子單膝跪地，正在仔細查探身軀僵硬的兩具屍體，他用手指撐開一具屍體的眼皮，露出冰裂紋瓷片一樣的眼珠子。

一個換上一身市井婦人棉布衣裳的矮小女子緩緩走上山坡，身後跟著捧劍女子和白臉老人。她沒有靠近那兩具屍體，而是捂住鼻子，用濃重的鼻音問道：「王毅甫，怎麼說？」

王毅甫嘆息道：「兩人都是被高手一刀斃命，不傷身體，但是經脈皆碎，五臟六腑都爛透了。」

婦人臉色陰沉不定：「我們大驪出現了這麼強大的武道宗師，而且還是兩位同行，咱們那位藩王殿下，號稱一向負責邊關監視，難道偏偏這次就一點蛛絲馬跡也不曾抓到，總不可能是故意放跑漏網之魚吧？」

王毅甫有些猶豫：「娘娘，如果我沒有看錯，是一人所為。」

婦人驟然眯眼，氣勢凌人：「你說什麼！」

王毅甫指了指兩人的脖頸，出現一縷細微的紅線：「兩名死者之間的這條線，氣勢銜接緊密，分明是一人以刀橫抹。」

婦人深吸一口氣，竭力讓自己的怒氣、殺機不要外露得太明顯，譏笑道：「風雪廟什麼時候這麼天下無敵了？隨便跑出來一個莫名其妙的傢伙，就能殺人跟殺雞一樣簡單？這兩個人是誰，你王毅甫不知道，徐渾然知道。來，說說看，讓我們王大將軍知曉一下。」

徐渾然臉色尷尬，硬著頭皮解釋道：「一個是剛剛躋身武道第七境的宗師，精通拳法，擅長近身廝殺；一個是八境修士，兼修飛劍和道家符籙。二十年間，兩人聯手刺殺六次，從未失手過，如今更是娘娘麾下竹葉亭的甲字高手。」

婦人憤怒至極，只是一直在苦苦壓抑而已，此時便遷怒這位大驪第一劍師，尖聲道：「徐渾然！報上他們的名字！死人也有名字！」

徐渾然心中悚然，微微低頭道：「武人名叫李俟，修士名為胡英麟，都曾為娘娘一次次出生入死，為我大驪立下汗馬功勞。」

婦人這才神色微微轉好，只是很快便滿臉頹然，有氣無力道：「對，李俟和胡英麟，當年你們盧氏王朝的邊關砥柱葉慶就是這兩人殺掉的。沒死在敵國境內，沒死在沙場上，而是死在了我們大驪自己疆土上。」

婦人興許是意識到自己的失態會讓王毅甫看笑話，就拿他曾經效忠的盧氏開刀：「說來可笑，開始我們覺得葉慶這麼一號重要人物，身邊肯定會有數名大鍊氣士暗中保護，為了除掉他，我甚至不得不和我家叔叔聯手。哪裡想得到，從滲透邊境，潛入殺人，再到功成身退，盧氏王朝竟然一點反應也沒有。他葉慶不過是惹惱了幾股邊境仙家勢力而已，至於在朝堂上也被孤立到這一步？盧氏皇帝不是最推崇山上仙人嗎？為何最後願意陪你們盧氏殉葬的仙家宗門，就只有一家而已？」

說完這些，婦人有些神清氣爽，心裡痛快多了。果然是吃苦不怕，只要身邊有人更苦；享福可以，但是身邊不可以有人享福更多。這恐怕就是她願意將其中一個孩子交給國師崔瀺，而不是山崖書院齊靜春的理由了。省心省力，不怕長大之後被人欺負得只會哭著找爹娘。

王毅甫臉上閃過一抹黯然。

大將軍葉慶，國之忠良，國之棟梁，為盧氏王朝鎮守邊關三十年，硬生生擋住大驪邊軍的三次大型攻勢。當年宋長鏡有次差點戰死於戰陣之中，不知道多少回大罵葉慶是冥頑不化的老匹夫。但是到最後，葉慶死後，盧氏朝廷竟然連追封謚號一事，也爭吵了一旬之久，關鍵是哪怕這樣，也沒給太高的美謚，以至於猶有一戰之力的六萬精銳邊軍，軍心慢慢散盡。

宋長鏡揮師而過，如入無人之境。之後第一件事，就是親自去葉慶墳頭敬酒上香，事後大驪禮部非議，被宋長鏡一份摺子就打得滿臉腫脹：「豈是唯我大驪有豪傑？」

大驪皇帝接連批了三個大大的「好」字，大笑不已。不過龍顏大悅的皇帝，最後對身邊宦官笑著說：「這句話是皇弟的心裡話，至於這幾個字嘛，肯定是找了捉刀郎代勞的。」

婦人其實一直在觀察這個亡國猛將的臉色。婦人暗暗點頭，雖未因此就對他徹底放心，但若是連人之常情都失去了，那必是懷有堅忍不拔之志。做什麼？除了復國能夠做什麼？那麼王毅甫就真是找死了。若是王毅甫只是知道打打殺殺的一介武夫，能夠心思細膩地演戲到如此境界，那也算王毅甫有本事。不過她一樣不怕。

老劍師徐渾然疑惑問道：「娘娘分明已經跟阮師打過招呼，答應不會在龍泉縣境內動手，咱們也傳信給李侯、胡英麟，讓他們近期不要輕舉妄動，一切等走到大驪邊境再說。照理說阮師怎麼都該賣娘娘這個面子才對，總不至於那風雪廟的人，連娘娘和阮師的面子都不在乎吧？」

王毅甫問道：「那名佩刀男子的詳細身分，依然沒有查出來？」

捧劍女子楊花搖頭道：「尚未有結果。這種事情，我們不好找上門去問阮師，更不好去找那撥風雪廟兵家修士，只能靠大驪自己的諜報機構尋找蛛絲馬跡，而邊境諜報事務，娘娘不方便插手……」說到這裡，楊花不再說話。

這涉及大驪朝廷最高層的暗流湧動。

王毅甫問道：「有沒有可能是那個叫朱河的李家扈從，其實深藏不露？」

婦人嗤笑道：「那個不過武夫五境的傢伙，不值一提。李家更沒有膽子在我的眼皮子底下搗亂。」

徐渾然嘆了口氣：「這就有點難辦了。」

婦人嫵媚一笑：「難辦？好辦得很，立即回京！我跟皇帝陛下哭去。」

這件事，終究是別人先壞了大驪的規矩，那麼皇帝陛下是願意為她出頭的。

李寶瓶有了嶄新的小書箱，背簍裡的大小物件就要挪窩，一大一小兩個人藉此機會，在休息的時候，找了個遠離李槐等人的僻靜地方，偷偷摸摸清點家當，以防遺失或是損壞。

陳平安也摘下自己的背簍。

一把老槐木劍，猜測是齊先生贈送，因為當時陳平安頭頂莫名其妙戴上了玉簪子，陳平安和李寶瓶都覺得應該是齊先生故意所為。陳平安平時都是把槐木劍斜放在背簍裡，只在夜深人靜的時候，拿出來放在膝蓋上，他的心境就會祥和安寧。

一顆黃色的蛇膽石，放在陽光下照射，就會映照出一絲絲黃金色的漂亮筋脈。其餘十二顆小巧玲瓏的蛇膽石，則已經褪去原本的鮮豔色彩，但是質地細膩，依然不俗。

李寶瓶對這些小玩意兒愛不釋手，手心托著那顆黃色蛇膽石，說道：「小師叔，這顆千萬別賣，其他十二顆石頭，以後就算要賣，也一定要找識貨的買家，要不然咱們肯定虧死了。」

陳平安笑道：「那當然。」

背簍裡還有一塊一尺長短的黑色長條石，看著很像斬龍臺，但是陳平安不敢確定。記得寧姑娘曾經說過，想要分開斬龍臺做天底下最好的磨劍石，不但需要什麼劍仙出手，還需要折損一把很值錢的兵器，當然對於目前的陳平安來說，很厲害或者是很珍貴的兵器、物件，都可以直接與值錢掛鉤。就像對於那個折返告別的寧姚來說，對手的戰力，都可以跟多少個陳平安直接掛鉤。

陳平安知道這絕對不會是阮師傅贈送給他的，是齊先生一併送了槐木劍和磨劍石？還是那個白衣飄飄的神仙女子，使出了神通術法？又或者，難道是阮姑娘私藏的體己之物？陳平安有些頭疼。

阮秀之前在李寶瓶背簍裡，留下了金錠一枚、銀錠兩枚、普通銅錢一袋子。有次李寶瓶無意間打開錢袋子，陳平安才驚駭發現裡邊竟然夾雜有一枚金精銅錢，這枚壓勝錢，絕對是阮秀偷偷留下的。這讓陳平安嚇了一大跳，當時就滿頭大汗。如果一直粗心大意，沒能發現真相，然後不小心把這枚銅錢當作普通銅錢花出去……一想到這個後果，陳平安就恨不得先給自己兩耳光。

大大小小的物件，陳平安一樣樣收拾齊整妥帖，就像是精打細算慣了的婦人，在打理一個小家似的。

每次李寶瓶看到這一幕都想笑，心想小師叔也太會過日子了。那麼以後得多優秀的姑娘，才配得上自己的小師叔啊？李寶瓶覺得很難找到，於是她有些小小的憂傷。

一個鬼頭鬼腦的孩子偷摸過來，被李寶瓶發現後，他看著李寶瓶腳邊那只小書箱，對陳平安說道：「陳平安，你要是給我也做一個小竹箱子，而且比李寶瓶那個更大、更好看，我就喊你小師叔，咋樣？」

陳平安看了他一眼，不說話。

李槐有些急了，決定退讓一步：「那跟李寶瓶那小書箱一樣大就行，這總行了吧？」

陳平安無意間發現李槐的靴子已經破爛不堪，露出了腳指頭，說道：「回頭給你做兩雙草鞋。」

李槐大怒，跳腳道：「我稀罕那破草鞋，我要的是書箱！用來裝聖賢典籍的書箱！我李槐也是齊先生的弟子！」

陳平安皺了皺眉頭：「一邊去。」

李槐愕然，仔細打量著陳平安的臉色，兩人對視後，李槐突然有些害怕心虛。

這個天不怕、地不怕的小孩破天荒沒有還嘴罵人，悻悻然離開，只是跑出去幾步後，轉頭理直氣壯道：「草鞋別忘了啊，要兩雙，可以換著穿。」

陳平安點了點頭。

等到李槐跑遠，李寶瓶滿臉崇拜道：「小師叔，你真厲害。你是不知道，李槐這個傢伙，我都只能把他打服氣，吵架是不行的，就算是齊先生跟他說道理，他也不太愛聽。」

陳平安伸手揉了揉李寶瓶腦袋，背起背簍：「準備動身，再走兩天，咱們就可以看到大驪驛路了。」

李寶瓶背起小書箱。小姑娘，紅棉襖，綠竹箱。

其實阿良憋得很辛苦，很想告訴這一大一小，如果不是咱們小寶瓶足夠可愛，就這顏色裝扮，能夠讓人笑話死。

李寶瓶突然說道：「這個李槐，有點像小師叔你們泥瓶巷的那個鼻涕蟲啊。」

陳平安愣了一下，好像從來沒有把這兩個人放在一起比較過，仔細想了想，搖頭道：

「不像的，以後如果有機會見到顧璨，妳就會明白了。」

李寶瓶「哦」了一聲，反正也只是隨口一提，很快就去想像大驪驛路到底如何了。

陳平安其實跟李寶瓶一樣，起先也覺得鼻涕蟲顧璨和李槐有些像，但是相處久了，就會發現兩者差別很大。

李槐跟顧璨看著差不多的性格，嘴裡跟長了一窩蜈蚣蠍子似的，毒得很，能夠一句話把人氣得夠嗆，但在陳平安眼中，其實大不一樣。同樣是沒心沒肺，同樣是窮苦出身，顧璨看似賊兮兮，轉起眼珠子來比誰都快，但他身上那股超乎年紀的精明，更多是一種自保。李槐則是純粹的小刺蝟一個，逮著誰都要刺一下。這是因為李槐到底父母健在，上邊還有個姐姐，心性其實不複雜，而且上過學塾、讀過書，身邊的同窗蒙童是李寶瓶、林守一、石春嘉這些稍大的孩子，大體上李槐是沒吃過大苦頭的。

顧璨不一樣，一手拉扯他長大的娘親，有些時候不得不說也連累了他，使得他小小年紀，便嘗過了人情冷暖。陳平安就曾經親眼看到一個滿身酒氣的醉漢罵罵咧咧走出泥瓶巷，看到玩耍回家的顧璨，什麼也沒說，走過去就狠狠踹了顧璨肚子一腳，顧璨倒地後，醉漢還狠狠踩了他腦袋一腳，那麼大點孩子抱著肚子蜷縮在牆根，哭都哭不出來。如果不是陳平安湊巧出門碰到，飛奔過去，一拳打得那漢子踉蹌後退，然後趕緊背起顧璨去了趟楊家鋪子，天曉得顧璨會不會落下什麼病根。

另外，顧璨更加記仇，心裡頭有個小帳本，一筆筆帳，記得很清楚。誰今天潑婦罵街罵過了他娘親，哪家不要臉的漢子嘴花花調戲了他娘親，他全記得，可能隨著歲數增長，有些事情和細節已經忘了，但是對某個人的憎惡印象，顧璨肯定不會忘。當然，那個給了他兩腳的漢子，顧璨記得死死的，叫什麼名字，住什麼巷弄，家裡有誰，顧璨全都一清二楚，私底下跟陳平安獨處的時候，總是嚷嚷著要把那人的祖墳給刨了，還說那人有個女兒，等她長大了，一定要睡她，往死裡欺負她。大概那個時候的顧璨，根本就不知道睡是什麼意思，只知道很多婆娘漢子喜歡「開玩笑」，與他娘親相關的言語，婦人說「偷人」二字，漢子則往往都帶著個「睡」字。

陳平安至今記憶猶新，顧璨不過四歲多，那張稚嫩的小臉，臉龐猙獰，滿是凶光，眼神狠厲。陳平安有些擔心，他當然希望顧璨在外邊過得比誰都好，但同時打心底裡不希望顧璨成為蔡金簡、苻南華那樣的神仙人物。

看著心不在焉的小師叔，李寶瓶問道：「怎麼了？」

若是以前，陳平安就會說沒事，但是現在開門見山說出了心裡話：「我怕下一次見到鼻涕蟲，會變得不認識他了。」

李寶瓶疑惑道：「小孩子個子躥得快，如果過個四五年、七八年才見面，你們不認識也很正常啊。」

陳平安咧嘴一笑，更像是自己給自己打氣鼓勁：「我相信顧璨，一直會是那個泥瓶巷的鼻涕蟲。」

至於認不認得自己，沒關係。只要他過得好，比什麼都好。

鐵符河的河床出現斷層石崖，下跌迅猛，下游水勢頓時暴漲。

陳平安站在河畔石崖上練拳，來來回回都是那六步走樁。

阿良不知道何時站在石崖邊緣。水花四濺，水聲滔滔，水霧彌漫，好在暮春時節，寒氣已降，並不顯得寒意刺骨。

阿良大聲說道：「你練這個拳，沒太大意思。這走樁，是個很入門的小架，隨便哪個江湖門派都有，倒是那個立樁，還算馬虎，最少能夠幫你勉強活命，像是吊命用的藥材，不名貴，但好在對症下藥。」

陳平安聽在耳中，笑了笑，沒有說話。因為姚老頭說過，練拳之時，切忌洩氣。

阿良點點頭：「但是一件沒意思的事情，有意思的人可以做得很有意思。你這麼練拳，問題不大。武道一途，本就是實打實的滴水鑽石，靠的就是水磨功夫。」

陳平安練拳完畢，擦了擦額頭汗水，問道：「阿良，你不是那個什麼神仙臺魏晉吧？」

阿良笑道：「當然不是，他念詩那是一套一套的，酒品奇差無比，一喝高了就喜歡一把鼻涕、一把淚，比李槐還不如。我怎麼可能是那種人。」

陳平安愣了一下，似乎沒想到阿良這麼直截了當。

「那毛驢和酒葫蘆？」

阿良白眼道：「自然都是魏晉的。我可沒他那麼窮講究，喝酒倒是喜歡，騎驢看山河什麼的，真做不來，慢騰騰地，能把我急死。」

陳平安小心翼翼問道：「他不會是死了吧？」

阿良笑意玩味：「我殺他幹嘛，殺人奪寶啊？」

陳平安看著阿良，搖搖頭：「我相信你不會殺他。」

阿良拿起本該用來養劍的葫蘆喝了口酒：「這只養劍小葫蘆是他送給我的。我教了他一手上乘劍術，那小子茅塞頓開，終於打破了瓶頸，所以閉關去了。作為酬勞，他就把葫蘆送給了我。別覺得是我占便宜，是他賺大發了，我只是幫著照看這頭毛驢而已。」

風雪廟兵家劍修的十境，想要破開，難得很。不過這種話，阿良不想跟陳平安解釋得太清楚，路是要一步步走的。

陳平安有些奇怪，問道：「阮師傅為何沒有認出你來？」

阿良找了個地方坐下，晃了晃銀白色的小葫蘆：「葫蘆裡的本命劍氣猶在，且無殘缺，這意味著主人尚存，神魂體魄皆全。你們東寶瓶洲是個小地方，阮邛不覺得在這裡有太過嚇人的高手，能夠瞬間斬殺魏晉不說，還能夠快到連魏晉的本命飛劍都來不及傳信。」

陳平安驚訝道：「小地方？有人說我們東寶瓶洲王朝有千百個，我們到現在都還沒走到大驪邊境呢。」

阿良扭頭把酒葫蘆丟給身邊站著的陳平安：「你也知道是『走』的啊，來來來，喝口酒，男人不會喝酒，就是白走一遭了。」

「不喝酒。朱河說過，練武之人，不能喝酒。」陳平安小心接過酒葫蘆，坐在阿良身邊，遞還給他，阿良卻沒接。陳平安只好小心翼翼捧在懷裡，望著河水，輕聲感慨道：「也是，我見過踩在劍上飛來飛去的神仙，從咱們小鎮頭頂上飛過去，很多。」

阿良現在一聽到朱河就有些煩，偏偏身邊這傢伙就喜歡拿自己跟朱河比較。

陳平安笑問道：「阿良，你真能教魏晉劍術？那你豈不是比朱河還要厲害？」又來了。

阿良嘆了口氣：「我也就是脾氣好，不跟你一般見識。」

陳平安是真的很好奇這件事，打破砂鍋問到底：「難道還要厲害很多？」

阿良一把搶過酒葫蘆，仰頭灌了一口酒，滿臉嫌棄道：「滾滾滾。」

陳平安哈哈大笑，轉頭看著一臉鬱悶的阿良，眨眨眼，嘿嘿道：「其實我知道你比朱河厲害很多。」

阿良總算好受一些。

陳平安馬上語氣誠懇地補了一句：「我覺得兩個朱河都未必打得過你。」

阿良無奈道：「你如果真想拍馬屁，有點誠意行不行，好歹把『未必』兩個字去掉啊。」

陳平安默不作聲，嘴角翹起，望著那條聲勢浩蕩的青色瀑布，突然說道：「阿良，謝謝你。」

阿良一口一口喝著酒，隨口問道：「嗯？謝我做什麼，既沒有教你練拳，也沒有教你練劍。」

陳平安盤腿而坐，習慣性雙手十指放在胸口，練習劍爐拳樁：「遇到你之後，覺得外邊的世界，沒那麼讓人害怕了。因為我發現原來外邊，也是有好人的，不都是誰本事高誰就隨意欺負人。一路上李槐、朱鹿那麼說你，你也從不生氣。」

阿良笑著喝了一口酒，喝得慢了一些：「這一番表揚，來得讓人措手不及，讓我喝口酒壓壓驚。不過你小子也會害怕？敢小巷殺年紀輕輕的神仙人物，敢和搬山猿正面硬扛，敢二話不說就帶著小寶瓶出來遠遊大隋，你膽子真不小。」

陳平安輕聲道：「有些事情做了，是因為必須要做，不代表我就一點不害怕啊。我就是一個燒瓷的窯工學徒，膽子能大到哪裡去？」

阿良點點頭：「是這個理。」

兩兩無言，唯有水聲。

阿良率先打破沉默，問道：「如果在一個很出名的地方，你做了一件很出風頭的事情，然後你可以刻下一個傳承千秋萬代的大字，你會挑選哪個字？」

陳平安想了想：「應該是我的姓氏吧，我爹娘都姓陳，刻下『陳』這個字，多好。」

阿良搖頭嘆息：「真俗氣，不像我。」阿良很快自顧自解釋道：「正常正常，像我這樣的奇男子，畢竟是鳳毛麟角的存在，牛羊成群於平地，猛虎獨行於深山。寂寞啊。」

阿良興許是自己把自己給說感動了，趕緊狠狠灌了一大口酒。

陳平安突然咧嘴笑起來，笑得怎麼都合不攏，像是也想到了很開心的事情。這絕對是稀罕事。

於是阿良問道：「想什麼呢，傻樂呵？」

陳平安有些臉紅，赧顏道：「如果可以多刻字的話，那我就在那堵牆上，寫下心愛姑娘的名字。」

阿良齜牙咧嘴，嘖嘖道：「那你得多燒香，祈求你未來媳婦的名字只有兩個字，如果是三個字、四個字，呵呵。」

陳平安愣了一下：「難道還有人的名字是四個字？那不是很怪嗎？」

阿良拍拍陳平安肩膀：「陳平安，以後多讀書。」

陳平安有些難為情。

阿良猛然驚醒：「陳平安，你有喜歡的姑娘了？誰誰誰誰，趕緊說出來，讓我樂和樂和！」

陳平安笑得眯起了眼，搖頭道：「沒呢。」

阿良伸手指了指陳平安：「一開始就知道你不老實。」

陳平安小聲問道：「阿良，你現在還是打光棍吧？」

阿良：「閉嘴！」

陳平安還以顏色：「一開始我就知道了。」

阿良伸出大拇指，指著自己，道：「知道在別的幾處地方，多少女俠、仙子哭著喊著要嫁給我阿良嗎？」

陳平安一本正經回答道：「我當然不知道啊。」

阿良吃癟後，默默喝酒。

陳平安問道：「對了，阿良，你刻了個什麼字？可以說嗎？」

阿良立即神采煥發，得意揚揚：「那可了不得，我那個字寫得鐵畫銀鉤、天下無雙不說，關鍵是那個字很有味道！朗朗上口，氣勢如虹，比起什麼姓氏啊、浩然啊、雷池啊，要好上太多了。你是不知道，為了攔阻我刻下這麼個字，好些老烏龜王八蛋的臉都黑了。沒法子，就怕貨比貨，其中有幾個輩分挺高的傢伙，氣得吹鬍子瞪眼睛，差點就要捲起袖子跟我幹架，我才懶得理睬他們，幾個人不要臉皮合夥打我一個，我不跑？我傻啊，對吧？當然了，我是刻完字再跑的。」

陳平安有點後悔問了這個問題。

阿良一臉「你快問是哪個字」的表情。

陳平安輕輕轉頭，重新望向河水，打死也不開口說話。

阿良呆若木雞。

阿良輕輕塞好香氣四溢的酒葫蘆，顯然是連喝酒的興致也沒了。

就在此時，陳平安驀然瞪大眼睛，發現鐵符河下游的河面上，竟然有四、五人連袂踏水而行，有白髮蒼蒼的蓑衣老人高歌「自古名山待聖人」，有衣裳豔麗的妖嬈女子嬌笑連連，還有身穿道袍的小童子手持竹杖，老氣橫秋。

陳平安瞪大眼睛，喃喃道：「神仙？」

阿良連正眼也沒瞧一下。

朱河手持一串紅色鈴鐺，急促響動，往陳平安和阿良這邊飛奔而來，臉色沉重道：

「這是老祖宗留給我的震妖鈴，一旦有妖魅、山精靠近鈴鐺百丈之內便會無風自響。阿良前輩、陳平安，我們最好小心一些，先離開這河畔石崖，以免發生不必要的衝突。」

陳平安想了想，就要起身。

阿良根本不看河面那邊的奇異景象，拔出酒塞子，對兩人晃了晃，笑道：「我喝過這口酒就走，很快。」

朱河有些焦急：「阿良前輩，咱們大驪朝廷對於山野妖魅的管束，一向極為寬鬆，只要不鬧出人命，一般是從來不插手的……」

阿良「啊」了一聲，說著「這樣啊，趕緊起身」，就要跟他們一起離開石崖，給那撥不速之客讓路。但是河面之上，那五個神異非凡的傢伙各自的境界修為高下立判，道行最高的蓑衣老叟率先像是被天雷劈在腦門上，止住身形，一動不動，之後四位皆是如出一轍。再然後，又是滿身仙氣的老叟第一個掉頭，撒腿狂奔，這次可顧不上什麼神仙風采了，恨不得手腳並用，之後四人仍是如此。

阿良一臉假得不能再假的狐疑神色，還帶著壞笑。

朱河咽了口唾沫，手中鈴鐺已經寂靜不動。

朱河試探性問道：「阿良前輩，這是？」

阿良繫好那只銀色小葫蘆，揉了揉下巴：「難道是我殺氣太重？」

陳平安小聲問道：「阿良，是那些傢伙認出了你的這只養劍葫？」

阿良爽朗大笑，摟著陳平安的肩膀，走下石崖：「有可能、有可能，養劍葫裡大有玄機嘛。一般人我不告訴他。」

阿良突然鬆開手，讓陳平安先回去，陳平安小跑著離去。

阿良跟朱河勾肩搭背，低聲問道：「朱河，你是武夫第五境，對吧？你是怎麼含蓄得讓陳平安覺得你是高手的？不如教教我，否則我費了這麼大力氣，白白擺了那麼多高手架子，那小子也照樣睜眼瞎啊。」

朱河身體僵硬，忐忑不安道：「阿良前輩，這個我真不知道啊。」

阿良怒道：「這就沒勁了啊。」

朱河哭喪著臉：「阿良前輩，我真不知道。」

前邊，陳平安轉身倒退著小跑，面朝阿良，大聲笑問道：「阿良，那個字到底是啥？」

阿良頓時神采飛揚，咳嗽一聲，一手扶了扶斗笠，一手高高伸出大拇指：「猛！」

陳平安跟河面上那五個傢伙一樣如遭雷擊，然後默默轉身，飛奔離去，嘀咕道：「你大爺的！」

鐵匠鋪子那邊總計挖出七口水井，井水甘甜，冷氣森森。

傳言那個曾經在騎龍巷住過一段時間的阮師傅，是會鑄劍的神仙，連朝廷也敬重得很。禮部官老爺和小吳大人，都曾經親自去拜訪過。所以阮師傅的身分不簡單，絕對假不了。很多人都想著把孩子塞進鐵匠鋪子，只可惜已經不招人了。不過阮師傅有次去鎮上買酒，倒是挑中了兩個孩子做學徒，第二天酒鋪就人滿為患了，全是大人長輩拎著自家孩子，問題在於也沒人真正買酒，全眼巴巴等著阮師傅能夠看中誰。孩子可不管什麼前程不前程，撒腿鬧得歡，雞飛狗跳吵翻天。

其實在縣令吳鳶出現之前，小鎮上的人只知道自己是大驪子民，龍窯是為大驪皇帝家裡燒製瓷器，僅此而已，其餘一概不知。小鎮人員流通極少，根本不存在什麼拜訪親戚、出門遊學、遠嫁他鄉，書上不教，老輩不說，世世代代皆是如此，四姓十族當中知道一些內幕的人物，更不敢洩露天機。

那些本命瓷被挑中的幸運兒，能夠走出去欣賞外邊的大好河山，但在驪珠洞天破碎下墜之前，根本沒有衣錦還鄉的機會，這是四方聖人早年訂立的規矩之一。

如今按照縣衙張貼的告示和識字之人的講解，才知道以前是因為龍泉縣的山路太過險峻，如今朝廷花了大力氣才開通道路，為了開山一事，要把那些山頭送給某些相中此地風水的大人物，與此同時，以縣衙禮房吏員為首的一撥人，開始為轄境內的百姓講解各種規矩，應該如何與外鄉人相處，比如不可胡亂對著外鄉人指指點點，稚童不可衝撞街道行人，絕對不許擅自觸碰外鄉人的坐騎等等。一旦出現爭執，百姓則必須如實向龍泉縣衙稟報，不可自作主張，官府會秉公處理。

四姓十族對此並未展露出太多的熱情，更沒有出面幫著縣衙做點力所能及的事情的意思，更多還是冷眼旁觀，至於是不是等著看縣衙鬧笑話，就只有吳鳶和那幫老狐狸心裡最清楚了。

小鎮的巨大變化，對自幼在兵家祖庭風雪廟長大的阮秀而言，感觸不深，或者說也不在意。

她自從遇到某個矮冬瓜之後，就心情鬱鬱。

那蠻橫婦人大搖大擺去了陳平安家的宅子不說，還把院門和屋門銅鎖都給弄壞了，她之前跑去給兩棟宅子打掃的時候，剛好撞到那撥前去換鎖的人。阮秀氣得柳眉倒豎，跑上去講道理，那幾人彷彿知曉她的身分，畢恭畢敬地賠禮道歉，但是當問起幕後罪魁禍首到底是誰，他們就擺出一副「阮小姐妳就算活活打死我們，我們也不敢說」的無賴架勢。這也就罷了，阮秀要他們交出舊鎖和嶄新鑰匙，回到鐵匠鋪子，就碰到了那個矮冬瓜，她竟還有臉笑咪咪地說是自己不小心，才打壞了銅鎖。

阮秀還依照約定，雇人修繕了泥瓶巷一棟無人居住的破敗宅子。宅子屋頂塌陷出一個大洞，房梁腐朽，紅漆剝落。阮秀要那些小鎮上的磚瓦匠，仔細修補，小心添磚加瓦，最後實在不放心，還專門盯著他們做了大半天事。

再就是相鄰的壓歲鋪子和草頭鋪子，都掛名在了陳平安名下，兩間老字號鋪子的老夥計已走得七七八八，只得另外雇用夥計。她不敢挑選一些油滑之輩，便讓自家劍鋪的人，推薦了些性情本分卻手腳伶俐的婦人、少女，幫忙打理生意。

壓歲鋪子繼續販賣各式糕點吃食，草頭鋪子則繼續兜售雜項物件，文玩清供、古琴字畫，五花八門，什麼都有。

阮秀只要劍鋪沒事的時候，就會趴在某一間鋪子櫃檯上，怔怔出神，很多時候大半天時光就這麼悠悠然流逝。反正不用她招徠生意，她也不擅長跟人討價還價，事實上這兩家鋪子都屬於陳平安的家底。阮秀恨不得一塊糕點賣出幾兩銀子的天價，只不過終究是心性純樸的少女，沒好意思這麼做，只是猶豫著要不要幫陳平安找幾個懂得察言觀色的人，幫著鋪子多賺些錢，但是她又怕那樣的人，陳平安回到家鄉的時候，會不喜歡，因為他不是那樣的人。

就連糕點也沒那麼饞嘴貪吃了的阮秀，原本圓圓潤潤的下巴逐漸有些尖尖的了，如小荷露出尖尖角，清新動人。

阮邛倒是幾次提起，要是她覺得小鎮這邊悶得慌，可以去神秀山、橫槊峰那邊走走看看，山水風光還不錯。只是阮秀一直提不起這個勁兒，一直拖拖拉拉，阮邛也就作罷了。但阮秀越是這麼渾渾噩噩，打鐵鑄劍的時候，反而越是聚精會神，神意充沛，境界攀升更是一路高歌猛進，這才讓阮邛放下心來。既然於修行是好事，他就不會去指手畫腳。因為一個凡夫俗子的墳頭，早已青草蔥蘢，甚至子孫也已白髮，可是曾經同齡的修行有成之人，卻依然還是女子貌美的光景。

阮秀這兩天更加心煩，因為每次她來到鋪子發呆，都會有人來打攪——是一個腰間別有一支朱紅色長笛的年輕人，錦衣玉帶，頭戴紫金冠，很趾高氣揚的作態，可是這個人的樣子，她倒是忘了，或者說從來沒有認真看過。因為阮秀自從年幼記事起，就見過太多太多這樣的人了。因為她爹阮邛，不但是風雪廟大修士，更是東寶瓶洲首屈一指的鑄劍師。

不過到了這裡後，阮邛跟她說過，已經跟大驪朝廷打過招呼，在甲子之內，大驪不可以對外大肆宣揚，用他阮邛這塊金字招牌來謀劃什麼。一旦被他阮邛發現，商量是可以商量，但是結果如何，他不會保證。阮邛在洞天下墜淪為大驪版圖之後的那場廝殺中，不但殺得周圍修士肝膽欲裂，就連大驪朝廷和更遠的山上勢力，都已領教過他的脾氣，沒人願意拿性命來跟他講道理。敢這麼做的人，要麼被阮邛在自己地盤上名正言順地打死了，要麼被扯進地界光明正大地打死了。

都不用阮邛直說，大驪那一小撮真正的大人物，其實心知肚明，這位從風雪廟脫離出來自立門戶的聖人，真正的逆鱗是他那個公認天資卓絕的女兒。若非為了阮秀，阮邛當初絕對不會從風雪廟離開，從齊靜春手裡接手驪珠洞天，因為當時沒有誰會將坐鎮這座小洞天視為美差。那意味著一身修為和境界受到天道壓制，能夠維持境界不跌落、體魄不朽壞，已是極致。當然，齊靜春是個例外，很大的一個意外。

因為阮邛的命脈是他女兒，所以如今大驪刻意幫忙保密，絕不敢輕易對外提及阮秀的名字。於是就有不明就裡的傢伙，無意間逛蕩到小鎮騎龍巷的草頭鋪子，見到阮秀後，立即驚為天人，心想一間鋪子的少女罷了，身分撐死了也高不到哪裡去，以他的容貌談吐和身世背景，還不是手到擒來，讓她對自己一見鍾情，心甘情願做那紅袖添香的奴婢、素手研磨的丫鬟？

不過他到底身負家族使命，是來這裡買山頭的。小鎮如今藏龍臥虎，不說那位高高在上且脾氣暴躁的兵家聖人，大驪禮部和欽天監的人都在，據說連縣令都是大驪國師的得意門生，所以這個公子哥謹守父輩的叮囑，到了小鎮，夾起尾巴做人，真要闖了禍，家族連收屍也不會做。所以他絕不敢像在自家轄境內那麼胡作非為，再說了，強搶民女什麼的，他做起來雖然熟門熟路，可真的很無趣。

這個自詡風流的年輕公子哥，估計打破腦袋也想不到，那個看上去傻乎乎的慵懶少女，竟然姓阮。

他今天又跨過門檻，裝著在一排排百寶架上挑選心儀物件，然後裝著跟一個婦人砍價，最後笑著開口，跟那個像是小掌櫃的青衣姑娘打招呼，輕輕揚起手中那塊挺有眼緣的書案清供石。供石一手高，卻是雲頭雨腳美人腰的模樣，定價三十兩銀子，他問那少女能不能便宜一些，三十兩銀子實在太貴了些。實則對他來說，三十兩黃金又算什麼？

阮秀頭也沒抬，淡然道：「不能。」

年輕公子哥故作瀟灑地聳聳肩，說這石頭他買了，最後他又挑了兩樣物件，又問那阮秀買了這麼多東西，總該便宜一些了吧？而且他要在小鎮常住，肯定是回頭客，所以會經常光顧鋪子……總之囉裡囉唆一大堆，櫃檯那邊的阮秀聽得心煩，還是不抬頭淡然道：「東西可以買，照著價格付錢便是，話少說。」

那年輕公子哥不怒反笑，喲呵，看不出來，還是一匹性情貞烈的胭脂馬？

他還真不生氣，只覺得激起了自己的求勝心。本來買山一事早已經板上釘釘了，他不過是為財大氣粗的家族露個臉、畫個押而已，為何不找點無傷大雅的樂子？於是他讓婦人將三件東西打包，離去之前，笑道：「這位姑娘，我明天還會來的。」

阮秀終於抬起頭，第一次正視他：「你以後別來了。」

年輕公子哥饒有興致地凝視阮秀，真是一張越看越讓人喜歡的臉龐，絕對不是家裡那些庸脂俗粉可以媲美的，所以他笑咪咪道：「為什麼？」

阮秀臉色平靜：「這家鋪子是我……朋友開的，所以我可以決定歡迎哪些客人進門，不歡迎哪些客人來礙眼。」

年輕公子哥指著自己鼻子，笑容更濃：「我礙眼？姑娘這話從何說起？」

阮秀重新趴在櫃檯桌面上，揮揮手：「你走吧，我不想跟你這種人說話。」

鋪子外邊站著一個身材高大的健碩男子，滿臉不悅和戾氣，冷冷看著這個不知好歹的市井少女。

年輕公子哥笑著朝那名扈從擺擺手，用眼神示意他別嚇著自己的盤中餐，付完帳之後，他走向門口，不忘回頭說道：「明天見啊。」

阮秀嘆了口氣，站起身，繞過櫃檯，對那個剛剛跨出門檻後轉身站定的傢伙說道：「我勸你以後多聽聽別人說的話。」

年輕公子哥看著阮秀那令人驚豔的婀娜身姿，感慨自己這趟真是豔福不淺。

至於阮秀說了什麼，他自然聽見了，只是沒有上心，更不會當真。

那名扈從驟然間身體緊繃，頭皮發麻，如芒在背，正要有所動作，只見青衣少女和自家公子一起衝向了騎龍巷對面的牆壁。他眼睜睜看著公子被那少女一手按住額頭，最後整個頭顱和後背，全部嵌入那堵牆壁之內。

年輕公子哥瞬間失去知覺，七竅流血，他背後牆壁被砸裂出一張巨大蛛網。

阮秀對著翻白眼暈死過去的年輕公子哥說道：「以後要聽勸，聽明白了嗎？嗯？還是不聽？」

阮秀高高抬起一腿，又是一腳迅猛踢出。本就可憐至極的公子哥連身軀帶牆壁，一同凹陷下去，很是慘不忍睹。

阮秀收回腿，轉身走向鋪子，對那個絲毫不敢動彈的高大扈從說道：「人抬走，記得修好牆壁。」

武夫第五境的扈從，咽了咽口水，連一句狠話都不敢說。

他只是明面上的貼身護衛，真正的頂梁柱，是一位外姓家族供奉，如今跟諸多勢力一般無二，去了山裡，跟隨在大驪禮部侍郎和欽天監青烏先生屁股後頭，既是與大驪朝廷聯絡感情，也是象徵性查看那兩座重金購得的山頭。

不是第五境武人爛大街誰都可以欺負，而是這個馬尾辮小姑娘出手太過恐怖了。要知道自家公子已經躋身第四境，雖然比不得那些仙家府邸的真正天縱奇才，可只要最終能夠躋身第五境，那就等於擁有了雄踞一方的霸主資質，畢竟在武人輩出的大驪版圖上，鍊氣士比起武人，要吃香太多。所以那兩座山頭，會是自家公子的龍興之地。

這個第五境武人顧不得自報家門，震懾那個出手狠辣的阮秀，趕緊飛掠到巷子對面的牆下。片刻之後，眼眶通紅的男人猛然轉身，臉色鐵青，大罵道：「小賤貨！妳知不知道自己打爛了我家公子的修行根本？」

阮秀已經走進鋪子，聞言停步卻沒轉身，只是扭頭道：「知道啊，我故意不殺他，留著受罪。」

那武人幾乎要瘋了，這小丫頭不會是個腦子壞掉的瘋子吧？

阮秀笑了笑：「你罵我，我不跟你計較，因為我會跟你家族算帳。按照你們的套路，一般是打了小的、跑來老的，所以你大可以喊那個傢伙的長輩朋友之類，讓他們過來找我的麻煩。放心，我就在這裡等著你們，什麼地方都不去。如果你們既沒人來尋仇，也沒有人來道歉，事先說好，別當什麼事情都沒發生。」

阮秀想了想：「如果你們的老祖宗或是家族援手，真能打敗我，那我也會把我爹搬出來，沒辦法，我就只有這麼一個親人了。」

阮秀突然莫名其妙開心起來，笑得需要抿起嘴，才能不讓自己顯得那麼開心。如今她好像多出了一個朋友，就是這間鋪子的主人。

那武人瞠目結舌地看著阮秀的「詭譎」笑意，可以確定她真是瘋子。當務之急是盡可能留住自家公子的修為，所以他不敢過多逗留，背起自家公子在騎龍巷飛奔而走。能夠成為重要人物的貼身護衛，終究不是蠢人，他跑出一段距離後，立即對著某處大聲吼道：「我家公子是豐城楚家的，是你們大驪貴客！我家老祖更是搖鈴山副宗主！」

但是並無任何反應。

這個武人瞬間透心涼，遍體生寒。

那些潛伏暗處的大驪諜子，選擇了見死不救！這絕對不合常理，不合規矩！武人如喪考妣，難道自家公子惹上了不能惹的硬釘子？可是老祖宗不是分明說過，除去先後兩位聖人不提，世代盤踞小鎮的那些地頭蛇，並無太大成就嗎？怎麼小小一間鋪子的少女，武力就如此驚人？

遠處，一個年輕人悄然坐在視野遮蔽的牆頭，單手托著腮幫，打了個哈欠後，冷笑道：「真當我大驪怕你一個豐城楚家啊。」

最後他收回視線，望向那間鋪子，已經看不到櫃檯後的少女身影，輕聲笑道：「不愧是傳說中風雪廟第一好說話的姑娘。」

他很快收起笑意，繼續監視四周動靜，一有風吹草動，他有權力調動附近所有大驪死士出手殺人，無論對方是誰，可以不計代價、不計後果。

但是同時他也猜得出來，這樁風波，不會到此為止，說不定還會牽扯到皇帝陛下，當然還有聖人阮邛。因為豐城楚家可以拿這件事大做文章，以形勢輿論壓迫大驪朝廷。大驪如今國勢鼎盛，什麼都不怕，唯獨對於文人清議，一向極為重視，先帝與當今陛下皆是如此，十分厚待和容忍讀書人。

鋪子內的幾個婦人、少女，一個個嚇得戰戰兢兢，大氣不敢喘。哪裡想得到平時那麼好脾氣的秀秀姑娘，有這麼一面？一出手就把人打了個半死不活？

阮秀趴在櫃檯上，繼續發呆。她突然想起什麼，從櫃檯抽屜裡拿出一顆小石頭，放在桌面上，然後她換了一個姿勢，臉頰貼在桌面上，伸出手指輕輕撥動那顆石頭，看著它滾來滾去。

秀秀姑娘，秀色可餐。

龍泉縣西南邊境地帶，落魄山山勢獨樹一幟，格外令人矚目。一行人按照規矩，臨近龍泉地界後，便選擇腳踏實地地行走至此，並未御風凌空或是御劍飛掠，之後他們就要入山，去勘探那座出產斬龍臺的龍脊山，那將是東寶瓶洲最大的一塊磨劍石，哪怕一分為三，單獨拎出一塊，亦是如此。

對這四位出身一洲兵家祖庭的修士而言，徒步行走山嶽湖澤算不得什麼苦事，畢竟風雪廟兵家修士一向看重淬鍊體魄，這本身就是在砥礪修為，既是修力也是修心。

當四人看到遠處阮邛的身影時，紛紛加快腳步，主動向這位宗門前輩抱拳行禮。阮邛在風雪廟輩分算不得太高，但是口碑極好，自開闢出那座蜚聲南北的長距劍爐後，先後為同門鑄劍十餘把，結下了許多善緣和香火情。但真正讓阮邛獲得風雪廟六脈勢力共同認可的，是一樁大風波。

東寶瓶洲中部如日中天的水符王朝大墨山莊是首屈一指的仙家府邸，擁有一位天資卓絕的年輕老祖，剛剛破境升為陸地劍仙，缺少一把稱手兵器，聽聞阮邛鑄劍之術登峰造極，便親自到風雪廟綠水潭向阮邛求劍，並且許諾了一份天大的好處，可當時阮邛已經答應為一位文清峰晚輩鑄劍，需要耗時數年。不管那名生性桀驁的劍仙如何勸說，阮邛只說自己鑄劍只講先來後到，他可以為大墨山莊免費打造一把劍，但只能是當下那把劍出爐之後。為此，年輕劍仙覺得阮邛是故意羞辱自己，一怒之下大打出手，阮邛當時只是九境修士，拚著重傷也不曾低頭，從此一戰成名。

大墨山莊為此付出了不可估量的巨大代價。那名陸地劍仙被拘押在風雪廟受罰五十年，短短六年之間，風雪廟六脈各有一人前去大墨山莊挑戰，打得大墨山莊從水符王朝當之無愧的第一宗門掉落到二流勢力墊底，至今尚未緩過來。

阮邛笑著向四人抱拳還禮，風雪廟並無繁文縟節，便是晚輩面對那些修為通天的老祖，禮儀仍是如此簡單。

阮邛與他們說了一些龍脊山事宜，以及大驪朝廷在龍泉縣的大略部署，然後隨口問道：「神仙臺魏晉，此次是不是與你們同行北上？」

一個白衣負劍老人笑道：「宗門中途有傳遞過飛劍訊息，魏師伯這次確實北上了，只是沒有與我們同行，好像聽說賀仙子作為此次道家代言人，進入這座驪珠洞天，師伯這才願意趕來湊熱鬧。如果沒有意外的話，應該已經見過了那位南歸宗門的賀仙子。」

阮邛問道：「你們有人見過魏晉嗎？」

四人皆搖頭：「不曾見過真容。」

負劍老人問道：「阮師有此問，可是有事發生？」

阮邛笑著擺手道：「只是好奇而已，如果我沒有記錯，魏晉堪堪四十歲，就已經坐穩十境境界，神仙臺也確實需要有人站出來，挑起劉老祖一脈的大梁。」

五人一起行走在僻靜山路上，負劍老人輩分和修為都最高，其餘三人則該稱呼魏晉為魏師伯祖，老人與阮邛並肩而行。風雪廟六脈，以神仙臺香火最為單薄，幾乎淪為俗世王朝數代單傳的慘澹景象，恰恰又是神仙臺在三百年中對風雪廟貢獻最大，所以阮邛曾經所在的綠水潭，老劍修所在的大鯢溝，都對神仙臺報以由衷的善意和期待。哪怕風雪廟內部六座山頭各有爭執，但是如果門風嚴謹、傳承有序的神仙臺澈底消逝，那麼不管對風雪廟哪一脈，註定都不是好事。

老人聞言後撫鬚笑道：「魏師伯天縱奇才，神龍見首不見尾，在江湖上也贏得了偌大名聲，說不定下次見面，就是咱們東寶瓶洲最年輕的上五境大修士了。」

阮邛輕聲道：「樹大招風，越是如此，越是要小心啊。」

老劍師轉頭看著神色凝重的阮邛，頓時了然，沉聲道：「等這次事了，返回風雪廟，我就會跟宗主建言，爭取將魏師伯召回宗門，不管如何，魏師伯最好等到成功躋身上五境之後，再行走江湖。」

阮邛點頭道：「這是老成之見，理當如此。相信魏晉在江湖闖蕩多年，也見識過人心險惡，能夠理解宗門的苦心。」

老人欲言又止。

阮邛搖頭道：「最後魏晉願不願意回到風雪廟修行，那就是他自己的決定了。」

阮邛突然望向小鎮那邊，抱拳道：「我家秀秀出了點事情，我得去看看，就不與諸位同行了。」

負劍老人一挑眉頭，已是滿身殺氣：「阮師，你若是不方便出手，打聲招呼，交由我來。誰敢欺負咱們秀秀，活膩歪了不是？」

阮邛會心一笑，道：「小事而已。」

阮邛身形拔地而起，轉瞬即逝。風雪廟其餘三人有些詫異，不曉得老人何時如此喜愛寵溺阮秀了，要知道這十多年老人多仗劍遠遊，不曾待在山上，與那個小姑娘自然算不得如何熟悉，甚至遠遠不如他們三個。倒是大鯢溝秦老祖，確實很早就對小姑娘刮目相看。

老劍師臉色平靜，緩緩前行，只是腦海中不斷浮現出自己這一脈秦老祖的私下言語：「風雪廟的廟太小，容不下阮秀的。」

草頭鋪子，阮邛走入鋪子，猶豫了一下，沒有直接用東寶瓶洲雅言與自己閨女說話，雖然那些小鎮婦人、少女為了店鋪生意，暫時只學了一些與外鄉人打交道的簡單雅言，可保不齊會有意外。

阮邛用手指輕輕敲打櫃檯，阮秀茫然抬頭，疑惑道：「爹，你怎麼來了，今天不是不打鐵嗎？」

阮邛柔聲道：「出來說話。」

父女二人離開鋪子，走在行人稀少的騎龍巷。

阮邛出現後，那撥大驪諜子死士就自行悄然撤退了，這是在對一位兵家聖人傳達一種無聲的敬意。

阮邛對此暗暗點頭，見微知著，心想大驪能夠有今日的強盛國力，不是沒有理由。

阮秀有些惱火，問道：「是那個豐城楚家的跑去跟你告狀了？事先說好，我出手之前，警告過那人很多次了。」

阮邛笑道：「多借給豐城楚家幾個膽子，也不敢拿這種破爛事去煩爹，說不定很快就會有人攜重禮登門道歉。」

阮秀嘀咕道：「那傢伙看著就讓人噁心，跟那個矮冬瓜一個德行，滿身業障因果，只不過是厚薄之差而已。這種人躋身中五境後，不知道要禍害多少人。如果不是擔心給爹惹麻煩，我當時就一掌打死他了，省得將來造孽。」

阮邛深吸一口氣，額頭沁出汗水，幸好自己方才驅使陰神出竅，用氣息將整條騎龍巷籠罩住，已經無人可以探查此地動靜，要不然阮秀這席話落入有心人耳朵裡，就真是遺禍無窮了。

世間錬氣士百家爭鳴，諸子百家中又以陰陽家最擅長探查人之氣運、業障，但那些本事能耐，幾乎全是後天修行而成，所行神通，往往亦是順勢而為，如同抽絲剝繭，小心翼翼，佛家對此更是諱莫如深，只恨避之不及。唯有兵家，最是肆無忌憚，一副誰也敢殺、誰都可殺的架勢，但這些都只是浮於表面的假象，可是自家這個閨女，不一樣，很不一樣。她自幼便能看穿人心，看到他們的七情六欲和因果報應，隨著修為增加，她甚至能夠直接斬斷因果，一旦殺人，後果更是匪夷所思，這絕不是天生火神之體能夠解釋的。

阮邛只知道在女兒眼中，這個世界的色彩，與別人眼中的不一樣。

阮邛為此翻遍風雪廟珍藏的典籍，只有一個失傳已久的古老說法，勉強能夠解釋緣由。天生神靈，應運而生。

所以阮邛之前才會主動要求被貶謫到驪珠洞天，試圖在阮秀真正成長起來之前，為她贏取六十年遮蔽天機的時間。

鐵符河水面上那些個已經化為人形、魂魄穩固的大妖，不知為何要倉皇撤退，朱河手中銅鈴的鈴聲自然而然隨之停歇，只是朱河擔心那些光天化日之下就敢行走人間的大妖，使了什麼障眼法，便讓阿良前輩暫時不急於沿著河水南下。

他高高提起那串篆文古樸的銅鈴，在鐵符河下游方向，不斷反復跨越河面，大踏步四處遊蕩，以防妖魅隱匿在暗處伺機害人。

於是陳平安一行人就這麼收拾好行禮後，全部待在原地，眼睜睜看著朱河無頭蒼蠅似的亂竄。李槐樂不可支，林守一滿懷好奇心，而朱鹿則覺得丟人現眼，恨不得把爹拽回來，讓他別再這麼瞎折騰給人笑話了，但到底是臉皮子薄的少女，所以她什麼也沒做。

陳平安無意間發現阿良神色平靜，絲毫沒有像以往那般調侃打趣朱河。

察覺到陳平安的視線，阿良摘下酒葫蘆，笑問道：「真不喝？」

陳平安搖搖頭，阿良便轉頭問林守一：「小子，遇見了不常見的妖怪哎，而且還不是

一、兩個，很難得的，要不要喝口酒壓壓驚？」

林守一不知為何，估計是生平第一次遇到傳說中的妖物，大開眼界，心中有些意動，破天荒點頭道：「喝一口試試看。」

阿良斜瞥一眼陳平安，總算恢復玩世不恭的常態：「看看人家，有口福了，你小子就沒躺著享福的命。」

林守一接過銀白色小葫蘆，仰頭輕輕抿了一口，瞬間滿臉通紅，養尊處優的少年本就皮膚白皙，現在越發紅光滿面，他趕緊用手心摀住嘴巴，免得一口噴出來，喉嚨滾燙，入肚後，五臟六腑都像是在燃燒，整個人都在打戰。

第一次喝酒就來了個下馬威，林守一狼狽不堪，眼見著李槐捧腹大笑，自尊心極強的林守一咬牙，就要再喝一口，不承想阿良已經伸手拿回小葫蘆，一手輕輕按住林守一肩膀，笑咪咪道：「喝酒不貪杯才有樂趣，以後每天給你喝一口，保證這世上從此多出一個逍遙忘憂人。」

李槐人小鬼精，笑著拆穿阿良：「不捨得給林守一多喝就直說。」

阿良從林守一肩膀上縮回手，嘆了口氣：「能不心疼嘛，我這酒來歷極大，價格極貴，關鍵是有價無市。林守一是撞了大運。」

李槐試探性問道：「給我喝一口？」

阿良趕緊在腰間別好酒葫蘆：「你年紀太小，氣府尚未成形，不宜喝烈酒，否則會壞了你的根骨。」

李槐愣了愣，隨即跳腳破口大罵：「阿良！幹你娘！我前年吃年夜飯時，就能用筷子偷偷蘸酒喝了，那可是咱們小鎮最厲害的燒酒，連我爹都說我酒量隨他，誰不知道我爹是小鎮喝酒最凶的漢子。再說了，從去年春天開始，我每個月都要被我爹丟在藥酒桶裡泡著，低頭就能喝到酒，你現在跟我說這個？」

阿良「哎喲」一聲，隨即瞥了眼氣勢洶洶的小屁孩，心想難怪小小年紀就能夠跟上大部隊的腳步，腳底板連個水皰也沒長過，身體明顯比林守一還要強上不少，應該就是藥酒打熬體魄的緣故。

阿良頭一回饒有興致地仔細打量起李槐，不看不知道，一看嚇一跳，竟然是被人以相當不俗的武學神通故意遮掩了體內氣象。如今阿良想要看，自然便沒了那些迷障，於是在阿良的視野中，便呈現出一幅玄妙另類的山川形勢圖，去其皮肉，只看全身竅穴景象和氣血遊走，隱約有淡紫氣升騰，山脈雄健且牢固，水勢洶湧且平穩，最終在一座竅穴內百川匯流，氣蒸大澤，不容小覷。

阿良嘖嘖稱奇道：「真沒想到我路邊隨便認的老丈人，還挺不一般啊。李槐，你爹姓甚名誰，說不定我這邊的朋友認得。」

李槐突然沉默下來，蔫頭搭腦獨自走遠，不願意搭理阿良。

林守一低聲解釋道：「李槐他爹名叫李二，是小鎮出了名的酒鬼混子，一年到頭不務正業。以前在學塾，李槐沒少因為他爹被人嘲笑。一開始李槐也跟人吵架，好像還打過幾次，後來估摸著覺得他爹是真沒出息，久而久之，也就無所謂了。」

阿良忍俊不禁道：「小崽子身在福中不知福啊。」

言者無意，聽者有心，林守一默默記下。

約莫半個時辰後，朱河終於返回，笑道：「方圓十里之內，銅鈴沒有異樣，咱們可以動身了。」

李寶瓶遞過去一只水壺，笑道：「朱叔叔辛苦了。」

朱河接過水壺，大大咧咧回覆一句：「小姐，這本就是分內事。」

朱鹿看在眼中，眼神晦暗，轉過頭，望向鐵符河的瀑布大水，她咬著嘴唇，默不作聲。少女心思情懷，如山風、如水霧，不可捉摸。

陳平安目不轉睛地看著朱河手中那只震妖鈴。

除了寧姑娘那把能夠自己飛來飛去的劍，朱河手中的銅鈴，是陳平安近距離親眼見到的第二樣法寶，所以看得格外專注。

朱河不是小氣之人，大大方方就將那只銅鈴交給陳平安，解釋道：「是出門前老祖宗賞賜下來的寶貝。老祖宗說此物在仙家法寶當中，品秩算不得高，只是每有幻化成人形的妖魅精怪靠近，鈴鐺便會無風自響，震盪出陣陣清音，使人不受魅惑，也有警誡提醒的功效。老祖宗還笑稱那陣陣鈴聲，有凝神清心之效，如果膽子大一點的修行之人，大可以與妖物相鄰而居，藉此鈴聲修養心性。當然，前提是做鄰居的妖物無傷人之心，同時還要能夠承受鈴聲的不斷襲擾，如此修為高、脾氣好的妖物不好找，故而老祖宗也權當是笑談而已。」

陳平安小心翼翼地抓住銅鈴把手，朱河牽馬與之並肩而行：「大者為鐘，小者為鈴，如果是仙家器物，大多有辟邪護宅的作用。尋常百姓家宅喜歡在簷下懸掛風鈴，自然更多是裝飾，如果專程從寺廟道觀請來，經由高功大德之士的經文護持，確實可以阻擋煞氣，蓄留福蔭。」

朱河看到陳平安輕輕搖晃銅鈴，哈哈大笑道：「若無妖物靠近，裡邊兩個鈴鐺不易撼動，所以就不會有鈴聲傳出來了，要不然白白讓主人整天疑神疑鬼，豈不是遭了大罪？」

陳平安也想通了其中緣由，正要把珍貴異常的震妖鈴交還給朱河，發現袖子被人一扯，低頭一看，李寶瓶滿臉期待神色，看到朱河笑著點頭後，就交給了李寶瓶。

李寶瓶雙手抓住銅鈴，翻來倒去，仔細研究起來，時不時伸手使勁扯動裡頭的鈴鐺，看得陳平安一陣心慌，不斷提醒她小心些，別扯壞了。

陳平安一邊盯著李寶瓶，一邊好奇問道：「朱叔叔，河上那些妖精不會害人嗎？我們大驪有很多這樣的奇怪存在嗎？」

朱河不是信口開河之輩，只揀選自己從老祖宗那邊親口聽來的話說：「咱們東寶瓶洲幅員遼闊，僅是人口超過一千萬戶的龐大王朝，就多達十數個，名山大川更是不計其數，種種妙不可言的因緣際會之下，那些個山鬼精魅妖怪，僥倖化形，踏足修行之路，不常見，卻也算不得如何罕見。

咱們老祖宗便說過，跟我們小鎮不一樣，外邊天地，只要不是太過偏遠閉塞的東寶瓶洲人氏，對此多有所耳聞。雖然未必人人親眼目睹，但是往往聽多了稗官野史、神仙志怪，以至於很多市井百姓堅信，在那些人跡罕至的深山古寺裡，往往住著妖豔動人的小狐娘子，等著進京趕考的窮書生。又或是哪裡有妖精作祟害人，只需書信一封給龍虎山，必有天師府的真人騰雲駕鶴而至，為當地百姓斬妖除魔。以至於有井水處必有稚童口口傳誦：有妖魔鬼怪作祟處，必有天師府真人。

總之，我們這一路行去，不要大驚小怪就是。當然，更要小心。老祖宗說妖物一旦化作人形，而不是用一些障眼法迷惑人眼的話，那麼便等同於半個修行之人了。大驪朝廷對此樂見其成，非但不會打壓排擠，反而破例准許他們在版圖上開山立派，只需要在禮部掛案即可。不過礙於某些約定俗成的規矩，大驪朝堂尚未吸納妖魅精怪躋身其中，倒是邊境沙場，傳言多有妖修為大驪建功立業，平時日常起居，風俗人情，看上去跟人已無差異。」

朱河這番話說得通俗易懂，趣味十足。陳平安聽得津津有味，李槐、林守一更是豎起耳朵，一個字也不肯錯過。唯有走在最前頭的阿良，戴著斗笠、牽著毛驢，手心輕輕拍打刀柄，輕輕哼著走調的異鄉小曲兒。走在隊伍最後的少女朱鹿則是心不在焉，好似離鄉越遠，思鄉越重。

這支南下隊伍走出一個時辰後，在龍鬚溪和鐵符河交界處的那條瀑布處，一個中年婦人模樣的女子出現在石崖上。她坐在邊緣，一頭鴉青色青絲竟然長達五、六丈，從頭到腳，再延伸到溪水當中。

婦人低頭死死盯著鐵符河瀑布下的洶湧河水，眼神炙熱，充滿垂涎。婦人面貌模糊，變幻不定，似乎尚未真正定型，在等待某種契機的出現。

河婆、河神，一字之差，無論是地位還是修為，皆是雲泥之別。

她最多便只能游弋至此，再往下就是過界了，就像人間郡縣官員不可擅離職守，為王朝鎮守一地風水的山水正神更是如此，否則就會引發洪水氾濫等種種災禍異象。

如今成神在即，她當然不會在這個緊要關頭自找麻煩。她曾偷偷沿著溪水往上游深山潛伏而去，結果只是被大驪朝廷一位臨水觀瀑的青烏先生隨意瞧了一眼，就覺得頭皮炸裂，在那之後，她再也不敢小覷小鎮之外的高人異士了。

這一路她尾隨至此，可不是包藏什麼禍心，只是聽命於聖人阮邛，小心盯著那個不知深淺的斗笠漢子，以防紕漏。她這些日夜的觀察做得兢兢業業，不敢有絲毫懈怠，委實是被那個手鐲可化為火龍的小姑娘嚇得不輕，尤其是讓自己竊據河婆之位的那位大仙楊老頭，洩露天機後，她更怕自己有朝一日淪為小姑娘的證道契機，簡直是怕到了骨子裡。

成為河婆之後，體會到了種種妙不可言的神通，比如每天都在返老還顏，比如在水中游弋就會通體舒泰，又比如每逢大雨天氣，她就能夠透過地下水或是天井雨幕，查看小鎮風景。更比如這些天的不斷辛苦收集，在河底很是搜羅到了幾件好東西，全部被她收入囊中。其中一枚碧玉戒指，就被她戴在手上，一有空就拿出來欣賞，如那市井婦人佩戴黃金飾物，沾沾自喜。

越是如此高於俗人一頭，她骨子深處，越是懼怕楊老頭和姓阮的小姑娘，因為這兩人，彷彿隨手就能毀掉她現在所擁有的一切。

她收斂雜亂思緒，環顧四周，如今驪珠洞天與大驪疆土接壤混淆，靈氣充沛，成為七十二福地一般的修行好地方，使得外邊許多飛禽走獸開始向這裡流竄，尤其是那些靈智開竅的山野精怪，更是憑藉本能，希冀著捷足先登，早早占據一方風水寶地。

看護著一地風水，本就是山神、河神的職責所在，她如今便已經在龍鬚溪當中收了幾條長出龍鬚的錦鯉做嘍囉，平時出行，眾多水族靈物，充當扈從跟隨護駕，讓她很是滿足。

她雖然暫時無法游入鐵符河，但是必須守住瀑布這道關隘，爭取多收取一些天經地義的過路錢。關於這件事，楊老頭是點頭認可的，於是她就格外有底氣，名正言順地在此耀武揚威。只不過內心深處，生性謹小慎微的她依然有些惴惴不安，生怕外邊的過江龍打個噴嚏，就能淹死她這龍鬚溪小小河婆。

總算來了。

再也不是斃命之時老嫗模樣的馬蘭花眯起眼，望向鐵符河對岸做賊似的五人。

之前她躲在瀑布頂部溪水當中，舉目遠眺，那五人來勢洶洶，架子擺得很足，一個比一個像神仙中人，差點就要讓她生出退避三舍的怯懦念頭。只是後來那五個妖氣輕重不一的傢伙，不知為何嚇得屁滾尿流撒腿就跑，如此一來，不管那五人為何而退，總之她再無懼意，心中反而只剩下譏諷和揚揚得意。自己如今不但正兒八經為聖人阮師做事，為他的鑄劍用水加重陰寒之氣，還是曾被秀秀姑娘那條火龍踩在腳底下還能劫後餘生的角色！這難道還不值得驕傲？

一想到這些，她便心穩許多，竭力讓自己面容平淡，裝模作樣坐在大石崖畔，冷冷望著溪水對岸的五個妖物：白髮蒼蒼的老人身披蓑衣，如人間喜好遊山玩水的年邁儒士；

衣裳豔麗惹眼的豐滿女子，有一雙勾人心魄的桃花眼眸；稚童小兒手持紫竹手杖，眉眼深沉；一雙妖氣最重的年輕少年、少女，眼神怯生生，躲在蓑衣老人身後，不敢正眼看人。

妖精鬼怪，遇人避讓，遇神跪拜。相傳這曾是上古時代流傳下來的不成文規矩。只是如今神仙神仙，神祇除了那些被供奉起來的金身泥塑，一尊尊死氣沉沉，早已難見真身，倒是市井巷弄的黃口小兒，也曉得山上住著許多仙人。不過朝廷以玉書金字敕封的山水正神，哪怕不是高高在上的五嶽正神，只是小河河婆、小山土地，在種類駁雜的山鬼精魅眼中，除非修為境界高出對方太多，否則依舊是高不可攀、不容得罪的「官家貴人」。

「小的們本是大驪邊境的山林野修，路過寶地，拜見河神大人。」蓑衣老人畢恭畢敬作揖而拜，起身後臉色莊重，「自古名山待聖人，我們來歷不正，當然不敢以聖人自居，只有由衷的仰慕之心。如今洞天大開，咱們只是想著能夠在聖人腳下，老老實實修行，日後大道有成，必然反哺此方天地，還希望河神大人今日能夠借道一行。」

山林野修算是這些妖物的常見自稱，一般都是遇上了修行高的人後的自謙之語。

河婆馬蘭花直截了當道：「一人一樣見面禮，交出來後，如果我覺得不錯，便親自帶你們去小鎮西邊的大山。」

蓑衣老人愣了愣，似乎沒想到這個河神如此爽快坦誠。

那持杖稚童憤懣出聲道：「她如今神位不過是最低賤的河婆而已，咱們客氣尊稱一聲河神，已是給她天大顏面，竟然還敢當面索賄，就不怕事後大驪朝廷一紙令下，就將她打回原形，孤魂野鬼也做不得嗎？」

馬蘭花可是小鎮杏花巷的罵街高手，加上大仙楊老頭給她透過一些底，哪裡會怕這些恐嚇，反而清晰看出了那幫人的色厲內荏，便底氣更足，抬手一揮，冷笑道：「那就速速滾遠，膽敢靠近龍鬚溪百丈之內，就算你們忤逆大驪川流正統，到時候看誰吃不了兜著走！」

稚童勃然大怒，正要出言反駁，慈眉善目的蓑衣老人猛然轉頭，一個凶狠噬人的眼神狠狠瞪向他，稚童模樣的山精頓時噤若寒蟬。

一炷香過後，五個山林野修沿著溪水向龍泉縣行去。

半身露出龍鬚溪水的馬蘭花，身上則多出了五件東西，其中就有那根之前稚童手持的紫竹小杖，晶瑩剔透，靈氣充沛。

在溪水中游弋的馬蘭花暗自竊喜之餘，突然有些莫名傷感。如果自己孫子馬苦玄還在杏花巷住著就好了，這些好東西都能一股腦送給他。只是不知猴年馬月才能見著孫子了，而且聽說修行路上，一不留神就會誤入歧路，身死道消，真正成長起來的幸運兒，更是鳳毛麟角。一想到這個，馬蘭花便有些興致不高，身形一閃而逝，潛入河底，在水中悄然嗚咽起來。

第七章　拜山頭

一行人沿著龍鬚溪和鐵符河緩緩南下，可日行六十餘里。李寶瓶和李槐都是腳力異於常人的孩子，林守一雖然是富家子弟，草鞋都磨破了兩雙，可不願在兩個李姓孩子面前叫苦認輸，硬是熬著，加上陳平安教了他用草藥敷腳的土法子，終究是咬牙熬過來了，隊伍裡有白驢和騾子幫著馱物，所以走得並不算太艱難。

陳平安心底裡很佩服李寶瓶這三個孩子，於是「遊學」兩個字以及「讀書人」這個稱呼，在陳平安心目中，分量越發加重。

龍泉縣隸屬大驪永嘉郡，很久之前，東寶瓶洲所有王朝一起下詔，天下州郡縣如果帶龍字，皆需要避諱修改，換上其他字頂替，如今龍泉縣估計是沾了驪珠洞天的光，才得以破例。

破碎洞天落地生根之處，比起早先懸空位置，已經往南偏移了很多，距離大驪南部邊境的野夫關，若是車馬走官道驛路，其實不過月餘時間。

朱河在福祿街李家，應該翻閱過許多私家藏書，知曉許多門外事，陳平安有事沒事就跟朱河討教，反之朱河也樂意跟陳平安請教一些入山下水的規矩門道。阿良不知為何，喝酒的次數多了，說話的時候少了。林守一自從喝過銀白色葫蘆裡的烈酒後，跟阿良走得很近，經常跟他問東問西，同時有成為小酒鬼的趨勢。

李寶瓶小書箱裡，擺著一部大驪朝廷頒布的彩繪版郡縣堪輿圖冊，照理只有一州刺史衙署才有資格存檔祕藏。按照圖冊顯示，他們很快就要攀爬一條名為棋墩山的山脈，山路長達三百餘里，途徑永嘉、白雲在內四郡。

一行人在山腳稍作休息，李槐看著寬不過騎龍巷的小路，呆若木雞，震驚之後轉頭怒罵道：「阿良！這就是你說的驛路，大驪朝廷特建的官馬大道？雞腸子一樣細的破路，也算官道？」

驛路，俗稱官馬大道，將一個王朝疆土的全部郡縣相互銜接，驛路就像是人體經脈，一旦阻塞，就會氣血不通，放在國家身上，就是政令不行。

阿良坐在路旁一塊朽木墩子上，仰頭喝過酒後，笑哈哈道：「驛路也分等級，大驪南部邊境的野夫關，有三條驛路通往北方，棋墩山驛路屬於最小的一條，多用來運送瓷器、茶葉和精鹽。以前人來人往很熱鬧，如今一座驪珠洞天這麼往地上一摔，阻斷了原本的南北通道，這條驛路就暫時棄而不用了，斷了好些人的財路，許多貨物都停滯在棋墩山山脈南麓的一座水運碼頭那邊，那裡叫紅燭鎮。嗯，那裡的花船，大多是兩、三人的小船，一到晚上，燈火通明，船上的姐兒俏得很，坐在船頭或是船尾，一條條白花花大腿，就那麼故意露給你看，在兩岸酒鋪子點一壺酒、一碟花生米，不花錢就能白看一宿。」

婢女朱鹿趕緊彎腰摀住自家小姐的耳朵，以免被這個登徒子的浪蕩言語汙了耳朵，她怒道：「我們不在那紅燭鎮過夜！」

阿良用酒葫蘆指了指一旁的陳平安，笑嘻嘻道：「過不過夜，得問他，他才是管咱們錢袋子的財神爺。」

朱鹿眼神淩厲，殺機重重，像是陳平安敢點頭她就敢殺人。

陳平安想了想，臉色認真道：「肯定要在小鎮停留，添置、補充一些必需物品。至於要不要在那邊過夜，得看那邊客棧旅舍收錢貴不貴。我們人多，如果價格不公道，就只能算了。」

朱鹿臉色陰沉，咄咄逼人：「如果便宜，咱們就要住在那種煙花脂粉的骯髒地方？陳平安！你有沒有想過，我家小姐和林守一都算是半個儒家子弟，還是山崖書院的學子，怎麼可以與那些傷風敗俗的女人毗鄰而居，哪怕看不到那些作嘔畫面，總會聽到一些不堪入耳的靡靡之音！」

陳平安硬著頭皮答道：「到了小鎮再說。」

朱鹿火冒三丈，朱河攔住女兒：「就按照平安說的，不要妄下定論，到了那邊再看，我們又不是一定要在紅燭鎮過夜。」

朱鹿伸手指著陳平安，猶然氣咻咻道：「幸好你不是讀書人，要不然那些聖賢書真是因你蒙羞！」

陳平安雖說這一路上跟李寶瓶和朱河識字、認字，但看著大義凜然的朱鹿，他頓時有些敗下陣來。

罪魁禍首阿良在一旁幸災樂禍。

朱鹿最後斜瞥一眼陳平安頭上的碧玉簪子，覺得真是礙眼，譏笑道：「沐猴而冠！」

朱河輕喝道：「朱鹿！」

李寶瓶和林守一同時皺了皺眉頭。

阿良懶洋洋喝了口酒，再好的酒，一直喝下去也沒什麼滋味，轉念想到紅燭鎮的新釀杏花春，就有些期待，想著怎麼從陳平安那邊騙點銀子來過過嘴癮。

陳平安欲言又止，默默帶著他們登山。

只是入山之前，陳平安依舊像以往那般，拜了三拜。

這是姚老頭傳下來的老規矩，但是從不跟陳平安解釋緣由，陳平安這些年始終照做不誤。

阿良對此嗤之以鼻，就連陳平安不要他隨便坐樹墩子也從不理會，累了就一屁股坐下，就像現在這樣大大咧咧。

陳平安不是那種喜歡把自己的喜好強加於人的人，勸過兩次後，看阿良一直我行我素，也就不再勸阻，而且一路行來也無不妥，陳平安就更不會多嘴。

接下來這一段漫長山路，雖是青石鋪就的驛路，卻頗為難行。

暮春時節，山野草木卻毫無遲暮之氣，草木深深，花樹怒放，生機勃勃，好像今年的春天尤為漫長，遲遲不願散場。

山路彎曲，盤旋而上，一行人不管大小，腿上都裹了棉布行纏，用以增長腳力，人手持有一根木杖，當然還穿著陳平安親手編織的草鞋，就連行囊備有好幾雙結實靴子的朱河、朱鹿父女，也不例外。

朱鹿一開始死活不肯，嫌棄草鞋太過醜陋寒酸，後來入山遇上雨天，山路泥濘不堪，經常腳底打滑，朱鹿是登堂入室的武人，雖然不至於險象環生，卻也踉蹌難堪，最後不得不從她爹手中拿過草鞋，默默換上。

李槐偷著樂呵，被惱羞成怒的朱鹿一腳使勁踩在爛泥裡，二境巔峰的武人，有意為之的一腳踩踏，自然勢大力沉，當場濺得李槐半身泥漿。

李槐家境貧寒，本就沒帶幾身換洗衣物，立即戳中了傷心處，哭得稀裡嘩啦。氣喘吁吁的林守一不願摻和這攤子爛事，只是停步在旁翻白眼。

朱河是性子純樸的人，哪怕已是五境武人，依然耐著性子跟李槐賠禮道歉，答應出了山，進了市鎮，一定給他買一整套嶄新衣物。可李槐在意之事，本就是自家窮苦、自己可憐，一看到那婢女朱鹿脾氣這麼壞，偏偏身邊還跟著一個有錢的爹，他只覺得自己被傷口撒鹽，哭得更加撕心裂肺，雙腳使勁踩著泥濘地面，很快就跟一隻小泥猴似的。陳平安上去勸說，李槐不願聽，陳平安很快就被連累得一身黃泥，所幸陳平安受過的苦頭災殃夠多，倒是沒急眼，只是有點無奈。

朱鹿趁機煽風點火：「看吧，好心沒好報，陳平安，你趕緊把這種沒心沒肺的東西丟下得了。」

李槐哭得更加厲害，李寶瓶大聲呵斥也不管用。

陳平安思來想去，最後只得試探性問道：「李槐，我回頭幫你做一只小竹箱，咋樣？」

李槐立馬止住哭聲，胡亂抹去眼淚鼻涕，認真問道：「多大的？」

陳平安回答道：「不能太大，你個子小，背起來不能覺著重才行。要是不答應，就當我沒說，你繼續哭，然後我們繼續趕路，跟不跟上隨你。」

李槐咧嘴笑道：「小沒事，但一定要做得漂亮點！至少也要跟李寶瓶那只書箱一樣好看！」

朱鹿嘖嘖道：「上梁不正下梁歪，小小年紀，就學會坑蒙拐騙了，爹娘品行如何，不看便知。真是好正的家風！」

竹箱即將到手的李槐擠眉弄眼，差點把朱鹿氣得七竅生煙。

陳平安轉頭對林守一說道：「給你也做一只書箱？」陳平安笑了笑：「反正也是隨手順便的事。」

林守一剛要搖頭拒絕，聽到後邊那句話後，猶豫了一下，點點頭。

棋墩山的山巔景象極其奇異，像是一個小鎮常見的巨大曬穀場，地面平整，如仙人以刀劍削去高聳山頭一般。

孩子們雀躍不已，就連朱河放眼遠眺北方也感覺頗為心曠神怡，恨不得長嘯幾聲。

陳平安是見慣山頭的人，尤其是最後那趟進山，一座座山頭，一步步走過，此刻反而顯得神色從容。

今夜要在山頂過夜，朱河和朱鹿開始搭帳篷，李槐和林守一跑去拾取易燃的柴火，陳平安和李寶瓶則用石子搭灶煮飯。如今幾個行囊裡的米糧和乾菜都已吃得差不多，確實是要尋一處鬧市補給，為此陳平安一路上見到藥材，就摘下放入背簍，如今已經攢下小半背簍曬乾的珍稀草藥，爭取能夠少花一點，多積蓄一點。

就著幾碟子醃漬鹹菜吃完米飯，阿良起頭造反，帶著李槐一起用筷子敲著空碗，嚷著要吃肉要吃肉。

陳平安點點頭，說今夜去做幾個陷阱套子，看明早能不能逮幾隻山跳野雞來開開葷。蛇有蛇道、鼠有鼠路，山上走獸皆是如此，陳平安對此並不陌生，只要仔細觀察，很容易就能發現一些山林野獸覓食喝水的線路，而且以樹木、石塊做成的小巧陷阱，並不複雜。

黃昏時，彩霞滿天，陳平安獨自離開山頂大坪去碰運氣後沒多久，只見山巔四周彩雲聚散不定，速度極快，如頑劣孩童的變臉，與此同時，原本堂堂正正、清清爽爽的山河景象，給有心人帶來一種蒙上霧霾的陰森感覺。

朱河看見此景心情沉重起來，他盡量不驚擾三個聚頭背誦書籍的求學蒙童，也不去跟獨自坐在崖畔發呆的女兒打招呼，想了想，來到無人處，從懷中掏出一本泛黃古籍，翻到中間「開山」一頁，手指停在「撮壤訣」附近，仔細瀏覽那些細微如蠅頭的鮮紅文字，翻過一頁，則是兩幅圖案，一幅繪有小山模樣，只是底部山根如竹筍盤結，旁邊空白處注解為「太山符」，一幅為雙手結印之玄奇手勢。

朱河神情凝重，斷斷續續默念，不斷加深印象：「取山之東、南之土各一抔，撚岳字最佳，撚山字亦可」，「焚禮敬山神符一張，腳踏魁罡二字，呵氣一口，可向山神、土地借取一山，氣與地連……」

合上古籍，小心翼翼放回懷中，朱河又從袖中一摞黃色符籙當中，抽出一張黃紙，開始依循書上記載去石坪東方和南方各抓取一把土壤，撚出一個古「嶽」字——上「山」下「獄」。

朱河正要搓燃手中那張李氏老祖贈送的黃符，突然嚇了一大跳，原來阿良不知何時蹲在了他旁邊，後者提著酒葫蘆，笑呵呵道：「你手上那張尋常材質的入山籙，下筆之人的畫符手法，還是不錯的，但是符籙一道，一步差不得，紙張材質如人之根骨一般重要，所以它可承受不起古『嶽』字的重量，所以我勸你寫個『岳』字就可以了，省得請神沒成，還惹惱了山神。」

朱河畢竟是第一次接觸到傳說中的山精神怪，有些緊張，輕聲道：「阿良前輩，這棋墩山真有那土地或是山神盤踞？那為何還有這麼重的陰煞氣息？」

阿良悠悠然喝了口酒，嗤笑道：「誰跟你說山神土地，一定是性情良善之輩？」

朱河滿臉錯愕：「不然？」

阿良嘿嘿道：「我就是隨口一說，天曉得這裡的主人家，待客的脾氣是好是壞。」

朱河猛然驚醒道：「不好，陳平安一個人不在山頂！」

阿良點了點頭。

朱河火急火燎道：「阿良前輩，你去找陳平安，我繼續完成這道撮壤成山訣，如何？我朱河只是五境武人，自信對付世俗高手還有一搏之力，可是對付那些古怪東西，真是心裡沒底啊。」

阿良笑著起身，大搖大擺離去，輕飄飄撂下一句話：「那你自己小心啊。」

朱河按部就班完成那道撮壤成山訣，撚出岳字，燒掉黃符，踏魁罡二字呵氣，最後雙指併攏，對著地面上的土符輕聲念道：「奉三山九侯先生律令，敕！」

朱河始終保持這個手指朝地的姿勢，神色越來越尷尬，因為地面上的那個岳字紋絲不動，朱河額頭沁出汗水。幾個保證符籙靈驗的緊要處，例如燒符之時，從自身何處氣府注入黃符多少真氣等等，朱河自問都沒有紕漏，照理來說應該大功告成才對。

按照泛黃古籍所記載的解釋，《開山篇》中所謂的撚土造山，並非實實在在出現一座山峰，這與《走水篇》中名副其實的吐唾橫江符，大不相同。撮壤之後，這個岳字將會成為一地山神、土地走出棲息洞府的橋梁，只要不是太蠻橫的非分之想，那麼被邀請出山的神祇，多半會答應燒符之人的要求，因為那張黃紙符籙本身，就類似一份登門禮，坐鎮一方山水的神靈只要出現，就意味著他們願意開門迎客。

可是朱河覺得自己這次臨時抱佛腳的請神儀式，多半是黃了。

這時，一陣巨大的聲響從山脊傳來，樹木依次轟然倒塌，明顯是有龐然大物在飛快登山，以排山倒海之勢迅猛向上，矛頭直指山頂石坪眾人。

響徹山脈的驚人動靜使得朱鹿和李寶瓶他們迅速向朱河靠攏。

朱河轉頭沉聲道：「退回去！你們站在石坪中間，不要輕舉妄動，接下來不管發生什麼，都不要隨意靠近我這邊。」

年紀最小的李槐臉色蒼白，扯了扯身旁李寶瓶的袖子：「不會是吃人的妖怪吧？要不然就是山神作祟?之前陳平安告訴阿良別隨便亂坐樹墩子，說那是山神老爺的交椅，坐不得……」

李寶瓶雙臂環胸，胸有成竹道：「我們不要自亂陣腳，就算朱叔叔擋不住那東西，小師叔和阿良很快就會趕來幫忙。」

只是李寶瓶的白皙雙手，手背青筋綻起，顯然她並沒有表面那麼鎮定自若。

林守一反而是最鎮靜的一個，眼神中隱藏著期待。

朱鹿望向父親的背影，她其實比李槐更加擔心。

朱河突然低下頭，看到一個身高不及自己腰部的矮小老頭，邋裡邋遢，白髮白鬚，手持一根幽綠竹鞭拐杖，正在狠狠打著他的小腿，像是撒潑洩憤的無賴。

等到朱河低頭後，老翁與他對視片刻，悻悻然收回手，退後數步，沙啞開口：「曉不曉得東寶瓶洲大雅言?」

朱河怔怔點頭。

老翁又問：「那麼大驪官話呢?」

朱河再次點頭，尚未從震驚之中回過神來。

老翁手持綠竹杖跳起身就給了朱河肩頭一拐杖，老翁落地後，朱河沒什麼感覺，老翁自己一個踉蹌，差點摔倒，趕緊一手扶住老腰，氣急敗壞地用大驪官話痛罵道：「屁大本事沒有，害人的能耐算你最厲害。老子像縮頭老鼠一樣，可憐兮兮躲了這些畜生幾百年，本以為好不容易等到這一次千載難逢的翻身機會，大驪朝廷大肆敕封山水正神，老子就能媳婦熬成婆，總算可以從土地升為山神，以後再也不用受這些畜生的窩囊氣，哪怕依然鬥不過牠們，好歹能勉強果腹不是……」

老翁一邊罵罵咧咧，一邊抬臂擦拭眼淚，悲憤欲絕，最後用竹杖使勁敲打地面：「有本事自己去跟那些畜生廝殺啊！用一張破符，非要把老子揪出來，老子想躲都沒法躲，結果要跟你們這幫挨千刀的傢伙一起葬身蛇腹，殉情啊？老子是二八嬌娘，還是徐娘半老咋的，你難道就好我這一口啊？啊？大聲告訴我……」

突然，綠竹老翁像是被人掐住了脖子，一個字都說不出口。

朱河轉頭望去，毛骨悚然。

一顆碩大如水缸的漆黑頭顱，從山脊那邊緩緩抬起，最後完整出現在山巔石坪眾人視野當中。

一雙銀色眼眸，一條猩紅舌頭長如大木，飛快搖動，滋滋作響。

這條大到驚世駭俗的黑蛇，半截身軀緩緩挪到石坪上，其頭背皆有對稱大鱗，通體漆黑如墨，在夕陽映照下熠熠生輝。

雖是畜生，牠的眼神卻極其似人，促狹玩味地望著鬚髮打結亂如麻的老翁，好像在說貓抓耗子這麼多年，總算逮著你了。

老翁彷彿認命了，一屁股坐在地上，丟了那根相依為命的竹杖，捶胸蹬腿，號啕大哭道：「造孽啊，堂堂一山土地老爺，到頭來被畜生欺負到這般田地，這日子沒法子過了啊……」

黑蛇緩緩直起腰身，抬升頭顱，腹部露出一雙小爪，如世俗王朝藩王蟒服上所繡圖案的四趾，而非帝王龍袍上的那種五趾。可這一趾之差，對山巔眾人和自稱土地的矮小老翁而言，實在可以忽略不計。

土地眼珠子突然滴溜溜亂轉，猛然站起身，揚起腦袋望向那條黑蛇，驚喜道：「這武人莽夫的皮肉肯定糙得很，你是為了身後那些皮滑肉嫩的小娃娃們來的，因為他們一個比一個靈氣足，對不對？」

土地越說越興奮，唾沫四濺，大笑道：「吃吃吃，儘管吃，吃飽了，你就終於能夠成就墨蛟真身，再也不用惦記我這點臭皮囊。到時候小老兒我當我的大驪棋墩山山神，你爭取做你的走江龍。在走江之前，這兒你依舊是山大王，一樣能夠在小老兒頭頂上拉屎、撒尿，所以你現在吃我沒意義嘛，吃了雖然是能增長丁點兒修為，可小老兒我畢竟是土地神祇之一，對你將來走江入海為龍，也是一個大坎，因為那些江河湖水的正神們，一定會同仇敵愾，一路上不斷給你下絆子的……」

黑蛇那張大嘴輕輕裂出一條縫隙，如人譏諷而笑，牠的頭顱往土地身後點了點。

土地再次呆若木雞，一屁股頹然坐地，這次沒有老淚縱橫，只是乾號道：「一公一母，皆要證道，你吃了那幫靈丹妙藥似的儒家小娃兒，為走江化龍奠定基礎，你那婆娘吃了我，以便順利篡位成為下任山神，好算計好算計，我認栽，小老兒認栽了……」衣衫襤褸的白髮土地眼神癡呆，呢喃道：「大道難料，不過如此。」

極其久遠的歲月裡，曾有兩位得道仙人連袂騰雲駕霧，興致偶起，降落此山，弈棋於山巔，一人拂袖即削去山頭，手指作劍，劃出縱橫十九道，一人捏土靈為黑棋，抓雲根為白棋。

雙方手談月餘，每落一子，棋子即生根化為天地生靈，黑棋為黑蛇，白棋為白蟒，盤踞於山巔棋盤之上紋絲不動，白子被吃，便被附近黑蛇吞食入腹，反之亦然。

那盤棋局勢均力敵，兩位術法通天的仙人，不等勝負水落石出，便盡興離去，離山之時，山頂還剩下一百多條黑白蛇蟒，在之後漫長的歲月裡，黑蛇白蟒相互廝殺，瘋狂吞噬對方，最終只存活下來一條有望蛻皮為墨蛟的黑蛇，和一條腰間生出飛翅的靈性白蟒，不知為何，這雙黑白蛇蟒，竟然不再捉對廝殺，而是成了一雙伴侶。

牠們極其狡猾奸詐，一開始對於能夠造成威脅的修士，輕易不去招惹，只揀選那些落單的旅人、商賈下手，而且次數絕不頻繁，多在暴雨大雪天氣裡出洞殺人。數百年來，憑藉著自身天生長壽，一點點積攢肉身實力，耐心等待證道機緣的到來。一次次精準捕殺目標之後，牠們開始有意挑選那些入流的武人和鍊氣士下嘴，這使得牠們的實力攀升，越來越快，以至於連一山土地都成了牠們夢寐以求的盤中餐。早期雙方其實相安無事，土地奈何不得蛇蟒為禍一方，蛇蟒也抓不住泥鰍一般滑溜的土地。

李槐實在忍不住了，大罵道：「就你這種貨色，也配做土地山神？老天爺又沒瞎眼！」

土地背對著那撥孩子，用竹杖使勁砸了一下石坪，懶得跟他們一般見識，只是沒好氣地小聲嘀咕道：「大概是真瞎了。」

朱鹿其實是最氣惱、憤怒的人，可是當她看到那條黑蛇之後，她渾身不由自主地顫抖起來。二境巔峰的她，發現自己根本就沒有與那種怪物對峙的勇氣，哪怕一步，只是一步，她也沒有膽量踏出去。

朱河到底是五境武人，膽氣十足，再者身後就是自家小姐，更有自己女兒，也容不得他退縮半步。朱河不敢擅自轉身，竭力怒吼提醒道：「朱鹿！小心身後崖畔，還有一條畜生躲在暗處！」

朱鹿只能嘴唇微動，似乎是想告訴她爹不用擔心，可嗓音之小細弱蚊蠅。

石崖峭壁外的空中，一陣嗡嗡聲響刺耳響起。

朱鹿和李槐他們駭然轉頭。

一條身軀略顯纖細的雪白蟒蛇，懸停在懸崖外不遠處的高空，牠並未生出四爪，但是一雙近乎透明的翅膀正在飛快振動。牠用一雙陰沉眼眸死死盯住少女朱鹿，一次次吐芯，不斷有白色濃稠蛇涎墜落，簡直就是老饕在垂涎一道美味。

牠打量著清秀少女的身段，最後視線凝固在朱鹿的那張臉龐上。

被這頭畜生凝視的朱鹿，只覺得雙腿一軟，全身無力，雖然沒有跌倒，但是呼吸困難起來。朱鹿心知肚明，別說出拳退敵，就是動一下手指頭，都已是奢望。她甚至不知道，自己那張平時頗為自傲的臉蛋，早已滿是淚水。

自習武第一天起就對江湖充滿憧憬的朱鹿，這一刻充滿痛苦和悔恨。

她不該死在這裡，她怎麼可以死在這裡。

朱鹿那雙淚水盈眶的秋水眼眸，充滿祈求。

白蟒對於朱鹿的可憐眼神，根本無動於衷，牠只是使勁盯著少女那張楚楚可憐的臉龐越發垂涎三尺，好像下一刻這張臉頰就會變成牠的容顏。

土地看似垂頭喪氣、耷拉著腦袋，其實眼珠子就沒停過，眼角餘光一直瞥向那個撚土而成的岳字，覆著那張黃符燒出的灰燼，如果有用的話，他恨不得趴在地上，鼓起腮幫將那些灰燼從岳字上吹走。只可惜，這只會是徒勞無功。

林守一開始有些焦急，左右張望。

反倒是李槐扯了扯嘴角，想哭卻沒哭出來，蹲下身，背靠著李寶瓶腳邊的綠色小竹箱，雙手抱住膝蓋，背後傳來陣陣清涼。這個孩子有些想念娘親一天到晚的罵聲，爹每天晚上的打雷鼾聲。

唯有李寶瓶眼神越來越堅定，小姑娘雖然滿頭汗水，可仍是高高抬起下巴，毫無懼意。

黑蛇驟然用頭顱撞向朱河，一直屏氣凝神小心蓄力的朱河一腳後撤，一腳前踏，以正面一拳，硬扛黑蛇的巨大頭顱。

朱河拳罡剛猛，一拳之後，竟是打得那顆頭顱轟然巨響。劇烈衝擊之下，黑蛇腦袋往後一個晃蕩，上半身直起的龐大身軀也隨之後仰幾分。

手臂酥麻的朱河一咬牙，下陷半尺的雙腳，迅速從石坪當中拔起，身形不退反進，大步前衝，每一步都在山頂石板上重重踏出凹陷腳印。

方才硬碰硬一撞，朱河不認為自己沒有一戰之力！

黑蛇再次蠻橫地以頭直撞而來，朱河體內氣機流轉如江河決堤，血氣驀然雄壯，手臂肌肉鼓脹，幾乎要撐破袖子，怒喝一聲，一拳凶狠砸在那條孽畜頭顱正中。

勢大力沉的傾力一擊，爆發出鐵鎚砸巨鐘的雄渾聲勢。水缸大小的蛇頭被一拳砸得摔在石坪上，揚起無數塵土。

占據上風的朱河正要乘勝追擊，身後不遠處的土地輕輕嘆息。

有一物攔腰橫掃而至，速度之快，遠勝於黑蛇的兩次出頭衝撞，瞬間砸在朱河身側，朱河整個人被掃出去十數丈，雖未被一擊致命，卻也是皮開肉綻，滿臉是血，顯然受傷不輕。

朱河在地面上打了幾個滾，堪堪止住後退勢頭，強提一口氣，咽下湧至喉嚨的那口鮮血，顧不得傷及肺腑，就要繼續前衝與那孽畜拚命。

原來黑蛇先前兩次故意示弱，只是為這一次快若閃電的掃尾做鋪墊。

朱河瞪大眼睛，肝膽欲裂。

眼角餘光之中，白蟒身軀一拱，驟然發力，對他女兒朱鹿發起攻擊，那張血盆大嘴，觸目驚心。

就在此刻，一道消瘦身形沿著黑蛇背脊一路飛奔，最後踩在頭顱之上，縱身一躍。

陳平安手持柴刀，撲向那條白蟒。

千鈞一髮之際，陳平安一刀剛好砍斷白蟒左邊翅膀！但是他也一樣被身軀傾斜的白蟒狠狠撞得倒飛出去。

石坪下的山脊某處，阿良坐在一棵老松橫出懸崖外的枝幹上，小口喝著酒，面無表情。

他扶了扶斗笠，呵呵一笑。

體態如女子纖細的白蟒，那對翅膀不算大到誇張，透明晶瑩，若非細看，幾乎很難察覺。很難想像，扇動這對翅膀，就能讓牠從石坪懸崖外升空而起，難免讓人猜測，牠是否掌握了類似鍊氣士某種懸空浮游的術法神通。

只是如今這一切都意義不大了。之前白蟒拱背之後迅猛俯衝，張開血盆大嘴，試圖吞食掉擁有清秀容顏的婢女朱鹿，不承想竟然被一名橫空出世的持刀少年，用黑蛇背脊和頭顱作為階梯和跳板，一躍而至，手持柴刀恰好砍在飛翅與身軀接連之處。

白蟒需要那對翅膀來升空以及掌控方向，被一刀砍掉飛翅之後，身軀憑藉慣性繼續前衝，但是立即歪斜橫移了丈餘距離，白蟒那張血盆大嘴剛好從朱鹿身邊擦肩而過，整個身軀重重摔在石坪上，朱鹿以及她身後的三個學塾蒙童，因此逃過一劫。

趁著白蟒撞地後暈頭轉向的間隙，李寶瓶趕緊背起書箱喊著「快跑」，林守一默默拿起行囊尾隨其後，李槐早就嚇得牙齒打架，跑出去一段距離後，無意間發現沒有看到討厭鬼朱鹿的身影。

轉頭一看，那傢伙傻乎乎站在原地，這不是束手待斃是什麼？

李槐忍不住高聲喊道：「朱鹿，還不跑？」

朱鹿終於打了個激靈，略微還魂，只是依然有些六神無主，轉過頭，眼神恍惚地望向李槐，只見李槐邊跑邊吼道：「跑啊！等死啊！」

朱鹿回過神，立即就展現出二境巔峰武人的矯健身姿，四、五步便掠到李槐身邊，跟他們一起退到遠離白蟒的石坪地帶。果不其然，朱鹿剛剛離開原地，那條飛翅斷折處鮮血噴湧的白蟒，便開始因為疼痛而劇烈掙扎，尾巴瘋狂甩動，砸得石坪碎石飛濺，若是朱鹿晚上片刻，恐怕就要被白蟒粗如水桶的大尾砸成一攤肉泥了。

白蟒失去一只飛翅後，似乎元氣大傷，胡亂撲騰，濺起無數飛沙走石，久久沒有平靜下來，不過陳平安也好不到哪裡去，握著柴刀的左手虎口迸裂，滿手鮮血。

陳平安單膝跪地，抬起手臂抹去額頭汗水，以免模糊視線。

柴刀已經斷去半截，雪亮刀刃反彈之際，若非陳平安反應得快，趕緊側過腦袋，臉上即便不被戳入半截柴刀，至少臉頰也會被刮去一大塊血肉。

陳平安現在所處位置，與黑蛇、白蟒形成掎角之勢。那條黑蛇行為詭譎，看到白蟒遭受重創後，並未急匆匆丟下朱河跑來跟陳平安廝殺，反而比先前更加悠閒鎮靜，好整以暇地慢悠悠晃動上半截身軀，始終與朱河保持對峙狀態。

黑蛇那雙銀白色眼眸陰氣森森，視線偶爾落在白蟒身上，與白蟒之前看待少女朱鹿如盤中美味的眼神，並無不同。

石坪正中位置，土地手捧綠色竹杖，瑟瑟發抖，那半截柴刀剛好插在他腳邊的地面不遠處。土地躡手躡腳走近，蹲下身，用手指肚小心翼翼地抹了抹刀刃，手指頭瞬間流淌出夾雜有一絲金色的土黃色鮮血，嚇得他趕緊縮回手，又彎曲手指，輕輕彈指敲擊刀身，滿臉疑惑，嘀咕道：「鋒利無匹，當得起鋒利無匹的美譽，卻竟然只是尋常柴刀，連武人百鍊刀也稱不上，所以刀身極脆，遠遠不夠堅韌，若是刀身與刀刃品相匹配，再交給那有一身武藝的憨直漢子作為兵器，未必沒有一絲勝算。現在嘛，萬事皆休嘍。」

土地仔細打量著那把刀刃上那條清亮鮮明的漂亮鋒線，唏噓感慨道：「至於這把柴刀的玄機……就只能是在那少年的磨刀石上了？可問題在於，得是多好的一塊磨刀石，才能將一把材質粗劣的廉價柴刀，磨出此等鋒芒啊。」

土地視線之中有些貪婪炙熱，偷偷望向朱鹿、李寶瓶那邊的籮筐行囊，不出意外，那塊磨刀石就藏在其中。

土地隨即重重嘆息，東西再好，哪怕能夠拿到手，他如今好像也沒命去享用了。千恨萬恨，只恨那個五境武人鬼使神差使出的撮壤成山訣，那本是一門失傳無數年的開山術，土地當時躲在地底下，還報以一種看人鬼畫符的笑話心態，到最後自己偏偏就栽在了這個大跟頭上。

其實這門撚土撮壤的開山神通，算不得如何上乘高明，只是此類神通沉寂太久了，在他擔任棋墩山土地的年月裡，只有一次被人以此術請出山腹府邸，便是那兩位來此山頂弈棋的仙人，當然那兩位是術法通天的陸地真仙，一個小小五境武人，給那兩人提鞋也不配。當年他之所以被喊到山頂，不過是兩位真仙不願壞了某些老規矩，照顧的可不是他這位棋墩山小土地的顏面。

陳平安不是不想藉機解決白蟒，實在是五臟六腑在翻江倒海，讓他根本無力多做什麼。汗水被抹掉之後，很快就會重新布滿臉龐，陳平安乾脆就不再去浪費力氣，只是不斷調整呼吸，盡量讓體內紊亂的氣息趨於平靜。這種調整，就像在對大雨天四面漏風的窗戶，盡力進行修修補補。

擂鼓之聲，再度從心口響起，聲響漸漸變大，不是從耳傳入，反而有點像是玄之又玄的心聲，在清清楚楚傳達身軀體魄的顫抖哀鳴。

陳平安這種近乎本能的直覺，最早源於年幼時在泥瓶巷的那次絞痛，之後在山上還經歷過一次。

這次之所以沒有滿地打滾，是陳平安察覺到體內那股勢若火龍的古怪氣息，開始由腹部逆流而上，所經之地，無論是從宋集薪家那具木人上認識到的一個個氣府竅穴，還是人體關隘城池之間相連接通的經脈，都很大程度減緩了疼痛感，如武將帶兵平定叛亂一般，或是宋集薪所謂演義小說上的御駕親征，效果顯著，雖然無法從根本上解決問題，但是至少能夠讓那些叛軍避其鋒芒。

朱河雖然受傷不輕，但是氣勢不降反升，一身雄渾戰意昂揚奮發，兩袖鼓蕩獵獵作響，頗有幾分不容輕侮的宗師風範。

腹部緩緩在石坪邊緣游走的黑蛇瞇起眼眸，即便朱河展現出不俗的戰力，牠始終不急不躁，左右大幅度搖晃頭顱，像是在蹩腳地尋找漏洞，如此一來，無形中送給了朱河壓下傷勢的大好良機。

土地看在眼中，猶豫了一下，仍是有氣無力地出聲提醒道：「別垂死掙扎了，這條孽畜之所以不急著吃掉你，無非是希望你完全激發氣血。莫要以為牠拿你沒轍，牠只是在等一顆青澀果子的成熟罷了，否則，哪怕牠吞下你的這副身軀，仍是消化不掉你的精氣神，要曉得那才是真正的大補之物。」

土地哀嘆一聲，開始捯飭雜亂的鬚髮和破敗的衣衫，自嘲道：「好歹是一方土地，死之前總得有個山嶽神祇該有的樣子。」

土地坐在地上，一邊收拾一邊冷笑：「對了，孽畜可不只是肉身強橫，動作敏銳，牠在百餘年前吞吃了一位中五境修為的道家鍊氣士，如今估摸著怎麼也該修成了一、兩種入門道法，雖說粗淺不堪，可是由這條孽畜用出，恐怕任你是五境體魄也扛不住。說到底，算你們點子背，好死不死，是一個五境武人擔任領頭羊率隊入山。若是六境，兩條孽畜雖然也吃得下，可未必願意出洞，怕兩敗俱傷嘛。若是七境，嘿，牠們早就主動避讓幾十里路了，恨不得你們趕緊滾出棋墩山的地界。」

少女朱鹿悚然，聞言後萬念俱灰。

林守一喃喃自語道：「阿良，阿良前輩呢？」

李槐突然發現李寶瓶在悄悄翻動書箱，摸出一只小瓷瓶後，緊緊攥在手心。

順著她的視線，遠處陳平安不動聲色地朝他們點了點頭。

李槐突然有些羨慕李寶瓶和她那位小師叔的這種默契。

書上說，這叫心有靈犀。

朱河聽到土地洩露的天機後，臉上並無半點驚懼神色，轉了轉手腕，灑然笑道：「束手束腳窩囊是死，放開手腳痛快一戰，也是死，既然都是死，還管什麼死後會不會成為那條孽畜化龍的墊腳石？」

五境武人，已經有資格被譽為武道小宗師，魂意壯大，神魄堅固，只差凝聚出一顆武膽而已。朱河身陷必死之地，全無退意，其實契合武道宗旨「向死而生塑武膽」的真意，只是仍需繼續錘鍊打磨而已。

朱河一身武人氣勢早已攀升到頂點，蓄勢待發。

黑蛇瞬間一改先前悠閒懶散的模樣，彷彿是真正確定了朱河再沒保留餘力，一身魂魄皆已於氣府沸騰，隨著氣血急速流轉全身，那麼牠就可以下嘴品嘗這道美味了。

黑蛇抬高頭顱，同時張了張嘴巴，逐漸露出兩顆象牙色的毒牙，粗如青壯手臂，相比白蟒一張嘴就會蛇涎流淌的汙穢模樣，有望成為神物墨蛟的這條黑蛇相對要乾淨許多，大嘴之內雪白一片，一陣陣寒氣向外流瀉，反差鮮明的黑白兩色，襯托得這條成精畜生威嚴十足，反而比那邋遢老翁更像是貨真價實的土地山神。

黑蛇驟然發起攻勢，這一次不再是示敵以弱的頭顱直撞，牠瞬間將嘴巴張開到極致，看似朝石坪地面上的朱河腦袋一咬而下，實則在半途就噴出一口腥臭至極的雪白瘴氣，瘴氣凝如實質，好似一支床弩箭矢直射地面。

朱河是小鎮土生土長的李家家生子，實戰經驗並不豐富，習武生涯當中，多是與家族老祖宗一場場點到即止的切磋，生死之戰更是頭一遭，可是吃過一次孽畜聲東擊西的大虧之後，朱河這次身形隨之而動，決不再與其正面硬碰硬。

果不其然，那道如箭矢般鋒銳的冰凍瘴氣剛剛落空，石坪地面便被激盪得粉碎。

朱河橫移數步後，立馬就感受到側面一股勁風橫掃而來，又如之前的明暗兩板斧，可這次朱河早有防備，腳尖一點，不退反進，筆直向前，直撲黑蛇腹部。

不承想那條黑蛇身軀後仰，嘴中瘴氣一口口頻繁吐出，用意不在貫穿朱河身軀，只為阻滯他的前衝，同時尾部不斷延伸，直到盤踞山頭，形成一個大圈牢籠，將朱河瞬間圍困其中，迫使朱河做那困獸之鬥。

黑蛇漫長的身軀，在圍出足足兩圈「城牆」後，竟然還能高高翹起尾部，如巡城士卒，防止朱河飛躍出去。朱河應對已經足夠迅速，在蛇身第二圈形成之前就要拔地而起，只是身形剛剛騰空，就被那條尾巴迅猛砸下。

朱河雙臂護住頭顱，被猛然拍落回石坪，雖未傷及內臟，但是氣海如沸水蒸騰，使得他一張臉龐漲得通紅，流轉全身的魂魄神意出於好意，為了庇護主人不受創傷，不得不離開既定的經脈道路，轉而滲透進入更外圍的血肉肌膚。

黑蛇冰冷銀眸流露出一絲得意。如果說之前這個武人是七分熟的美味，那麼現在就有九分熟了。所以牠不再繼續消耗元氣，而是張開大嘴，一次次低下頭顱撲向朱河。

朱河出拳如虹，在這座鬥獸場內靈活地輾轉騰挪，兩條手臂綻放出青濛濛的罡氣，每次出拳皆可裂空，風聲大震。

雖然處於絕對下風，朱河卻沒有半點頹勢，眼眸熠熠，精氣神更是前所未有的充沛。

土地豎起耳朵，嘖嘖稱奇，雖未親眼見到大戰光景，卻猜出個大概，心想真是個不錯的武道宗師胚子，半路夭折，惜哉惜哉。

他猛然火燒屁股般地驚醒起身，撿起那根黯淡無光的綠色竹杖，對那個武人的同行之人喊道：「快來一個人，隨便誰都行，只要是童男童女皆可，將你們長輩捏出的岳字用腳踩平，我就能脫身，不受此符拘束，到時候我可以助他一臂之力，不敢說斬殺孽畜，脫困總是不難，快！」

土地焦急的視線在那幾人臉上遊移。

林守一嘴角泛起冷笑。

李槐剛要鼓起膽氣去冒死涉險一趟，卻被李寶瓶一把扯住胳膊。

土地愣然，痛心疾首地跳腳罵道：「不知好歹的蠢貨，難道要眼睜睜看著你們長輩力竭戰死？你們這幫小崽子的良心都被狗吃了不成？」

朱鹿身形一閃，向那位棋墩山土地狂奔而去。

遠處陳平安突然厲色喊道：「朱鹿妳別去！妳如果不幫他，他無路可退，說不定只能跟我們並肩作戰，如果幫了他，以他膽小怕事的心性，肯定就跑了！再者我們還不確定他跟這兩條畜生到底是不是一夥的，妳別衝動！他從頭到尾，看似一直在幫我們，但妳有沒有發現，他其實一點都不曾幫到朱叔叔！」

朱鹿哪裡願意聽陳平安的言語，只管埋頭前衝。

陳平安在開口說話的瞬間，其實就已經開始向土地衝去，速度絲毫不比朱鹿遜色。如果沒有意外，陳平安有希望攔下朱鹿的腳步。

土地臉色陰晴不定，手持綠杖站在原地。

斷去一翅的白蟒，在翻騰之後，很快就躺在石坪上不再動彈，奄奄一息，像是再也無法參加這場搏殺。但是當陳平安衝向土地，身形出現在離牠頭顱十數步距離時，白蟒毫無徵兆地向前一躍，大嘴狠狠咬向陳平安，哪裡還有之前那副半死不活的瀕死架勢。

陳平安猛然停下腳步，向後倒退而去，躲掉了白蟒的凶險撲殺，怒喊道：「朱鹿！看到沒！這條孽畜同樣希望妳毀掉朱叔叔的那個岳字！那老頭跟這兩條畜生說不定早就達成了祕密約定！」

陳平安被白蟒身軀阻隔了視線，看不到土地那邊的景象，但是那條白蟒的頭顱，先是略顯慌張地望向朱鹿那方，繼而緩緩扭向陳平安，眼眸充滿譏諷之色。

那一刻，陳平安滿懷憤懣和失望，以至於連體內那條火龍，在經過高處三個氣府竅穴的時候，莫名其妙從勢如破竹的氣勢，變成小心翼翼的卑微姿勢，他也不曾注意留心。

腦子裡一團糨糊的朱鹿跑到那個岳字附近，滿臉淚水，伸出腳一通亂踩，她哽咽道：「我要救我爹！我要救他！我知道，因為他是我爹，所以你們才會這麼無所謂他的生死！」

岳字上邊的黃符灰燼，被踩得混入泥土，最終消散不見，岳字也在朱鹿的踩踏下，終於模糊不見。

土地呆呆低頭看著朱鹿的雙腳，從喉嚨深處發出一陣壓抑至極的笑聲：「嘿嘿……」

然後土地抬起頭，玩味地凝視著這個倉皇失措的少女，手腕隨意擰轉，綠色竹杖在空中帶出一片翠綠流螢，蒼老臉龐，如枯木逢春。

土地笑顏逐開，點頭道：「呵呵，救父心切，理解理解。」

土地的身形開始迅速增高，容顏變得越來越年輕，筋骨伸展，發出一連串黃豆崩裂似的刺耳聲響，已是中年男子模樣的他仰天大笑，似哭似笑，快意至極：「哈哈哈！」

變得容顏俊美的綠杖男子，笑著望向那條白蟒：「按照約定，我幫你們對付那個藏頭藏尾的斗笠漢子，至於這些傢伙嘛，隨便你們處置。當然了，以後咱們雙方相處，可就不能再是之前數百年的樣子了。放心，我被敕封為山神後，會將妳提拔為此處的土地，至於妳那漢子走江一事，我也會扶持一二。說到底，大家互利互惠，共襄盛舉。」

綠杖男子說完這些，已是俊逸瀟灑的弱冠男子，笑咪咪地望向目瞪口呆的朱鹿：「妳爹與我有緣啊，本來大驪這次封賞版圖上的各路山河神祇，我撐死就是藉機恢復土地正身，可他竟然能夠喊出那位『先生』的名諱，實在是震撼人心，等於幫我重新欽定了原本被仙人摘去的土地之身。實不相瞞，若是他當時撚土撮壤寫出那部《開山篇》的『嶽』字，說不定我此時根本無須大驪敕封，就已是棋墩山的正統山神了。」

年輕土地神色無比歡愉，慢慢踱步，自顧自擺擺手，笑道：「沒關係、沒關係，我很知足了。妳爹是好人啊，妳也是。你們是我的貴人，只可惜滴水之恩，才要湧泉相報，結果你們這麼大的敕封之恩，我實在是無以回報啊。」

朱鹿面無人色，嘴唇顫抖，反復呢喃道：「你騙人，你騙人……」

玉樹臨風的年輕土地瞥了眼白蟒：「飛翅被斬斷一事，咱們可都意料不到，別奢望我會額外補償什麼。如今我窮酸得很，棋墩山方圓數百里，這麼多年早被你們搜刮殆盡了，我這堂堂土地老爺只剩下一層地皮，很不像話啊。」

白蟒溫順點頭，透露出一絲罕見的諂媚，然後輕輕晃了晃頭顱。

年輕土地大手一揮綠杖，豪邁道：「你們那點破爛家底，我可不稀罕，所有以往過節就讓它隨風而逝好了。」他環顧四周，笑嘻嘻道：「那個被你們稱為阿良的兄弟呢？他不拜山頭也就罷了，還敢坐我的交椅，最後更是讓『嶽』字降為『岳』字……」

這個意氣風發的年輕土地突然眼神茫然地低頭望去，一臉痛苦欲絕和匪夷所思。

一把普普通通的竹刀從他心口穿過。

阿良與他並肩而站，只是面朝相反方向。

阿良鬆開刀柄，然後拍了拍這個年輕土地的肩膀，笑咪咪問道：「你找我？」

當阿良鬆開那柄竹刀刀柄，換作肩頭一拍後，在鬼門關打了個轉的年輕土地，非但沒有如釋重負，反而越發戰戰兢兢。他臉上再無先前指點江山的暢快笑意，身形一動不動，嗓音乾澀道：「前輩，今日誤會，是我唐突了。」

事實上，來歷不明的阿良，既然能夠神不知、鬼不覺地出現在他身側，輕而易舉以尋常竹刀捅穿他的心竅，那麼他就確定無疑，自己絕非此人的對手，興許唯有等到自己成為棋墩山正神，才有與其掰手腕的底氣。那麼一個棘手問題就擺在了他眼前，是老老實實站直了挨打，還是硬氣地搏上一搏？

其實當那人手心離開刀柄的瞬間，普通材質的竹刀就已經失去了震懾力。作為神祇，哪怕僅是不入流的土地公，擱在世俗王朝的官場，他就是沒有官身的胥吏罷了，可神祇到底是神祇，比如他當下這副經受無數香火薰陶的金身，足可媲美七境武人的體魄，尤其是沒有死穴一說，所以哪怕被竹刀捅穿後背心口，仍是不礙事，可名叫阿良的斗笠漢子越是如此漫不經心，他就越是忐忑不安。

猶記得當初被那兩位蒞臨此山的陸地真仙以無上神通銷毀他的神位金身，當時那兩人的氣態姿容，亦是如此輕描淡寫，甚至遠遠不如他們對弈手談的任意一次落子。

阿良出刀之後，此時又恢復了玩世不恭的德行，摘下腰間小葫蘆，輕輕晃動，酒香四散。阿良灌了一口烈酒，繞著這個年輕俊美的土地公轉圈散步，嘖嘖道：「你這傢伙演戲的本事挺好，當然那條白蟒也不差，加上暴戾的黑蛇，配合得堪稱天衣無縫。不過你自認為大功告成後的真情流露更符合我的胃口，三次笑聲，很精彩，我喜歡。」

那雙黑蛇、白蟒早已開竅，通曉人性，在阿良笑咪咪地跟土地打招呼的同時，就已急急退去。黑蛇迅速散開身軀長牆，退回山巔石坪一側邊緣，失去一翅的白蟒扭曲後撤，乖乖盤踞在懸崖畔，牠們皆頭顱低垂，溫馴異常。

這一次，絕不是假裝，蛇蟒雙方那覆蓋龐大身軀的鱗片，微微顫抖，發乎本心。

牠們甚至不敢正眼打量那名斗笠漢子。

阿良一記竹刀，就讓一切塵埃落定。

年輕土地聽到阿良的打趣後，滿臉尷尬：「阿良前輩說笑了。」

阿良收斂笑意：「說笑？」

俊美風流的年輕土地好像察覺到不妙，大概以為眼前這位斗笠漢子，是那種翻臉無情的性格，是要對自己痛下殺手了，一急之下，便使出一方山水神祇的神通，身軀如黃泥軟化流淌，立身之處的地面泥漿翻湧，幾乎一個眨眼的工夫，就不見了蹤跡，爛泥塘似的地面也瞬間恢復如常。

縮地成寸，其實道門兵家都有類似術法。

沒了身軀支撐，綠色竹刀開始下墜。

阿良伸手握住竹刀，發現李寶瓶三人瞪大眼睛望向自己。

阿良趕緊抬頭挺胸，沒有將竹刀放回刀鞘，而是以刀尖拄地，擺出一副抬頭望天的瀟灑姿態。

阿良偷偷碎碎念：「誇我，使勁誇我。我阿良最大的兩個優點，一是喜歡接受批評，你批評我，我就打死你。再就是經得住別人的稱讚褒獎，再沒譜、再肉麻，都接得住。」

李槐率先開口，他一路小跑到阿良身邊，上下打量了一番，說道：「阿良，你來這麼晚，是不是拉屎去了？真是懶人屎尿多，你知不知道再晚來一點，以後就沒人陪你嘮叨，陪你一起撒尿了？那麼到時候你會不會想我？」

假裝高人風範很是辛苦的阿良頓時破功，惱羞成怒道：「我想你娘、想你姐，就是不想你這個沒良心的兔崽子。」

李槐破天荒沒反罵回去，低下頭，臉色有些黯然。

阿良嘆了一口氣，摸了摸李槐的腦袋，道：「你這不是沒死翹翹嘛，愁眉苦臉做啥，行了行了……」

李槐立馬笑嘻嘻抬起頭：「阿良，你教我絕世武功吧。」

阿良笑問道：「你能吃苦？」

李槐一本正經搖頭道：「當然吃不住苦，你就沒有讓我不用吃苦，也能練成天下無敵的厲害功夫？」

阿良嘴角抽搐：「你覺得呢？」

李槐撇撇嘴，斜了他一眼：「阿良，你讓我很失望啊。」

李寶瓶背著小書箱，朝阿良笑了笑，然後跑去看陳平安。

林守一來到阿良身前，有些疑惑，卻沒有開口詢問什麼。

阿良對林守一點了點頭，示意私下聊。

渾身浴血的朱河盤膝而坐，他只是看著嚇人而已，並未傷及魂魄和元氣根本。朱河抹了把臉上的血跡，滿臉笑意，只覺得痛快，真是痛快，這輩子不曾如此酣暢淋漓，好像心胸間的所有積鬱都因為這場大戰，一掃而空，腦海清明，筋骨舒張。

朱鹿飛奔到朱河身邊，蹲下身，還帶著滿臉淚痕。

朱河擺手大笑道：「閨女，大難不死、必有後福，好事，天大的好事！爹感覺像是抓住了一絲破境的契機，原本死氣沉沉的幾個關鍵竅穴，都有了新氣抽芽的跡象。別小看這點苗頭，對於爹這種原本武道前途斷絕的人來說，是莫大幸事！」

朱鹿將信將疑，憂心忡忡道：「爹，您別急著說話，小心扯到傷口。」

朱河笑意更濃，雙手撐在膝蓋上，容光煥發，整個人顯得精神格外飽滿：「這點小傷算什麼，若是再熬上一刻鐘、一炷香的工夫，爹說不准就能一隻腳跨入第六境的門檻了。當然，前提是爹沒死在那條畜生的嘴下。」

朱河說到這裡，望向阿良那邊，伸出大拇指：「阿良前輩，到了紅燭鎮，請你喝那新釀的杏花春！」

背對朱河的阿良抬起手臂擺擺手，說了句很煞風景的話：「老朱啊，大恩不言謝，記在心裡就好，說出來顯得多沒誠意。」

陳平安接過李寶瓶遞過來的小瓷瓶，正是楊家鋪子的祖傳獨家祕方，用處很簡單，就是扛痛，之前在小鎮神仙墳，與馬苦玄那番差點分出生死的慘烈搏殺後，陳平安便用過一次。如果阿良沒有及時出現，那麼這只小瓷瓶就一定會派上用場，現在就不需要了。陳平安此刻雖然滿身絞痛，但是還不至於用上它，楊老頭說得很清楚，是藥三分毒，能不用就別用，尤其是習武之後，如果濫用所謂的靈丹妙藥，長遠來看，就是在挖自己的牆腳。

李寶瓶看著臉色蒼白的小師叔，心思細膩的她敏銳發現，小師叔握著柴刀的左手，一直在克制不住地顫抖。

陳平安輕聲安慰道：「不打緊，只是身子骨暫時被打回了原形，但不是沒有好處，如果我的感覺沒有出錯的話，將來好處要更多一些。」

李寶瓶使勁點頭，一點也不懷疑，因為小師叔說過不會騙她。

阿良環顧四周，分別看過了黑蛇和白蟒，想了想，悄然加重力道，拄地刀尖不易察覺地往地面釘入一寸距離。

一個失魂落魄逃回山腹洞府的土地，腦袋上就像被一記天雷砸中，鮮血爆濺，他嚇得屁滾尿流，躲遠幾步後抬頭望去，僅是空中露出一小截綠色刀尖而已，再無其他。

這個風度翩翩如豪閥俊彥的貌美青年，咬咬牙一跺腳。下一刻，他的身形便如雨後春筍般從棋墩山石坪破土而出。他一隻手掌按住傷口，哭喪著臉望向高深莫測的阿良，恨不得跪地求饒，苦苦哀求道：「懇請大仙不要再戲耍小的了。」

年輕土地的去而復還把少女朱鹿嚇了一大跳，她不知為何瞬間就情緒爆發，站起身對著阿良喊道：「殺了他們！」

阿良笑著轉身，看著臉色猙獰的朱鹿問道：「為什麼要殺掉他們？跟我無冤無仇的。」

朱鹿清秀可人的臉龐越發扭曲，伸出手指，遙遙指著阿良：「無冤無仇？那兩條畜生方才要吃了我們！這個棋墩山土地更是幕後的罪魁禍首！」

阿良恍然，看了眼滿臉焦急的年輕土地，然後各看了黑蛇白蟒一眼：「你要吃我？你？還是妳？」

棋墩山土地和兩條尚未化形的蛇蟒，自然一起死命搖頭。

朱鹿氣得渾身顫抖，哭腔道：「我爹差點就死了，我們都差點死了！」她淚眼朦朧，望著那個陌生至極的阿良：「你明明有這份能耐，為民除害，為何不做？兩條孽畜、一個假公濟私的土地，不庇護旅人，反而合夥害人，你阿良怎麼就殺不得？」

阿良默然片刻，突然大笑起來：「哈哈哈，妳這口氣，像是我未過門的媳婦啊。不行、不行，我其實喜歡年紀稍大一些，身段完全長開了的姑娘……」說到這裡，阿良從地面抽出竹刀，放回刀鞘，雙手做了一個渾圓飽滿的手勢，賊兮兮道：「我喜歡這樣的。」

朱鹿愣了愣，尖聲道：「你不可理喻！」

朱河掙扎著起身，拍了拍自己女兒的肩頭，沉聲道：「不可無禮，更不可意氣用事，一切就交由阿良前輩自行處置好了。」

朱鹿猛然轉過頭，望向遠處，滿臉委屈憤懣。

阿良望向陳平安，陳平安點頭道：「阿良你作決定。」

阿良懶洋洋道：「行吧，那就我說了算！老話說得好，做人留一線，日後好相見。身為江湖兒女，咱們要大度些……」

年輕土地使勁點頭，石坪崖畔那兩條小山似的蛇蟒也微微低垂頭顱。

阿良突然轉變口風：「可害我受了這麼大驚嚇，沒有一點補償就不合情理了。」

年輕土地欲哭無淚。這位阿良大仙，真正差點被嚇破膽子的人，現在就站在你面前啊。

阿良想了想，一把摟過棋墩山土地的肩膀，尷尬的是一人身材不高，另一個卻是玉樹臨風的修長身材，幸好後者識趣，連忙低頭彎腰，才讓阿良不用踮起腳與自己勾肩搭背。

阿良拉著他竊竊私語，他小雞啄米般不斷點頭，絕不敢說半個不字。到最後，似乎是被阿良的簡單要求震驚到了，起先唯恐要掉一層皮的年輕土地，既驚喜又狐疑。

阿良不耐煩地揮揮手：「趁我改變主意之前，趕緊消失。」

之後年輕土地與蛇蟒以類似唇語的偏門術法溝通，然後他很快就遁地而走。白蟒小心翼翼搖擺游弋，用嘴巴叼起那只摔落在石坪上的斷翅，盡量繞開眾人，與那條黑蛇一起離開山巔。離去之前，面朝某個瞬間讓牠們幾乎蛇膽炸裂的阿良，兩顆碩大頭顱緩緩落下，最終觸及地面，向他擺出臣服示弱之態。

暮色裡，一場突如其來的驚險大戰之後，朱河喊上陳平安一起，去靠近石坪的一處溪澗清洗傷口，少女朱鹿默默跟上。

一大一小蹲在水邊，各自清洗掉臉龐、衣衫上的血跡，朱河欲言又止，陳平安眼見朱鹿一個人遠遠坐在溪澗石頭上，就跟朱河說先回去了，朱河點點頭，沒有挽留。

在陳平安離開後，朱河站起身，來到女兒身邊坐下，柔聲道：「怎麼連一聲對不起也不說？」

朱鹿脫掉靴子長襪，露出白白嫩嫩的腳丫，聽到父親略帶責問的言語後，她驀然睜大眼眸，委屈道：「爹，您什麼意思？」

朱河看著女兒的眼睛，那是一雙像極了她娘親的漂亮眼眸，使得這個正直漢子一些到了嘴邊的生硬話語，稍稍打了個轉。他嘆了口氣，語氣平緩道：「先前陳平安阻止妳不要毀掉岳字，事後證明他是對的。」

朱鹿雙手抱住膝蓋，望向溪澗流水，冷哼道：「您又不是他爹，他陳平安當然不擔心，我當時哪裡顧得上這些，萬一他錯了呢，難道我就看著您死在那裡？」

朱河默不作聲。

朱鹿扭過頭，紅著眼睛：「爹，如果我那個時候不做點什麼，還是您的女兒嗎？」

朱河忍住一些傷人的話，硬生生一個字、一個字憋回肚子。

朱河本想說妳身為二境巔峰的武人，不該面對強敵輕易失去鬥志的。

這些話，如果只是面對武道的同道中人，朱河可以說。但他還是她的父親，至少在這個時候不能說，只能等到以後找個合適的機會。朱河在內心深處，始終覺得哪裡不對勁，可具體是什麼，他又說不上來。

剛剛在武道之上重新看到一線曙光的朱河，沒來由有些愧疚傷感，心想她娘如果還活著就好了。

在通往石坪的山路上，陳平安緩緩獨行，夕陽將他的瘦弱身影拉得很長。

山巔，李寶瓶在收拾小書箱裡的家當，李槐湊熱鬧地蹲在一邊，莫名其妙蹦出一句：「李寶瓶，小書箱我馬上也會有了哦。」

李寶瓶狠狠剮了他一眼：「有就有，但是你不可以喊我的小師叔為小師叔！」

李槐問道：「憑啥？」

李寶瓶殺氣騰騰地揚起一顆拳頭，瞇眼問道：「夠了嗎？」

李槐咽了咽口水，嘀咕道：「小師叔算什麼，我還不稀罕呢，白白降了一個輩分。」

李槐拍拍屁股站起身，走遠了後，才轉頭笑道：「李寶瓶，以後萬一我跟陳平安稱兄道弟，妳咋辦？應該喊我啥？」

李寶瓶呵呵笑著，站起身後，轉了轉手腕。

李槐慌張道：「李寶瓶，妳能不能不要總是這樣用拳頭講道理啊，我們好好說話不成嗎？我們是讀書人，讀書人要……」

不等李槐說完，李寶瓶快步上前，就要揍他。

李槐急中生智，硬著頭皮一步不退，苦口婆心道：「李寶瓶，妳就不怕你家小師叔覺得妳是蠻橫不講理的千金小姐？到時候他不喜歡妳了，妳找誰哭去？可別怪我沒提醒妳，這叫勿謂言之不預！」

李寶瓶停下身形，皺緊眉頭。

李槐拍胸脯道：「放心放心，咱們三個裡頭，陳平安最喜歡妳了，只要妳以後別像那個朱鹿就行。」

李寶瓶笑著返回原位蹲下，繼續收拾小書箱。

李槐大搖大擺地離開，滿臉得意道：「山人有妙計，治國平天下。以後再也不用怕李寶瓶嘍。」

李槐高興得很，就忍不住想要跟他那位阿良兄弟眾樂樂一下，怒吼道：「阿良，阿良，死出來！」

李槐舉目望去，結果看到阿良和林守一不知道什麼時候湊在了一起。李槐剛要跑去，又猛然停步，因為那一處石坪崖畔，正是先前白蟒出現的地方。李槐一陣後怕，猶豫一下，還是轉身跑去蹲在李寶瓶身邊，然後尋找陳平安的身影。

一想到那傢伙毅然決然飛撲向白蟒的身影，李槐怔怔出神。這個鬼靈精的頑劣孩子，下意識覺得李寶瓶的那個小師叔，挺可靠，至少比那個朱鹿好太多了。

崖畔，阿良和少年林守一坐望遠方山河。

林守一仰頭喝了一口烈酒後，將酒葫蘆遞還給阿良。

林守一坐姿端正，相比阿良的歪七扭八，大不相同。他輕聲問道：「阿良，這葫蘆裡的酒是不是很不簡單？」

阿良「嗯」了一聲。

林守一又好奇問道：「怎麼個不簡單法？我只知道喝過酒後，我的身體變好了很多。」

阿良晃了晃酒葫蘆，一語道破天機：「僅是故意搖晃出一點點酒氣，就能嚇退鐵符河上那些成了人形的妖物，你說厲害不厲害？當然了，如果像平時這樣只拔出酒塞，鼻子再好，也只能聞到酒香。」

林守一越發好奇，問道：「那你為何要放過此山土地和兩條蛇蟒？」

阿良扶了扶斗笠，笑道：「一山土地，有護身符的存在，殺了不難，但是之後會很麻煩，而我現在最怕的就是麻煩。再說了，他們跟你們有生死大仇，跟我阿良可是無冤無仇，現在你們什麼都沒有少，朱河還得了天大裨益，為什麼還要趕盡殺絕？」

阿良停頓片刻：「有人倒是少了些東西，不過我估計他不會太在乎就是了。沒辦法，這傢伙對於得失的計算方法，跟別人不太一樣。」

林守一說道：「你是說陳平安吧？他受的傷顯然比朱河要重一些，不過他掩飾得比較好。」

阿良對此不作評論。

林守一自顧自說道：「那朱鹿救父心切，自然沒有錯，但是她錯在……」

阿良擺擺手，打斷林守一的蓋棺論定，笑道：「背後不說人是非，公道自在人心。」

林守一「嗯」了一聲，果然不再說話。

清風拂面，阿良慢悠悠喝著酒，緩緩道：「林守一，你很聰明，你是第一個意識到我是值得結交示好的聰明人。別急啊，我可沒有貶低你的意思，恰恰相反，修行路上，有人有慧根，如李寶瓶；有人有福緣，如李槐；而有人有悟性，就像你，全都是好事。齊靜春的眼光，一向很好的，要不然……」

林守一豎起耳朵。

阿良咧嘴一笑：「他能認識我這樣的朋友？」

林守一會心一笑，這個男人從來不放棄自我吹捧的機會，早就習慣了。可是心智成熟的林守一，越來越確定一件事。那就是阿良的吹噓，聽上去很不著邊，可那是因為連同自己在內，沒有誰真正知道這個傢伙的厲害。

「對酒當歌，人生幾何？譬如朝露，去日苦多。」

阿良狠狠灌了一口酒，仰起頭望向夜幕降臨的天空，輕聲念道：「還有那青青子衿，悠悠我心……世上怎麼會有如此動人的言語？」

阿良晃晃腦袋，散去那點愁緒，自嘲一笑，伸手指向那連綿山脈：「在有些人眼中，人間就像一條倒掛的銀河。」

林守一問了一個極有深意的問題：「阿良，『有些人』之中，有你嗎？」

阿良搖搖頭：「暫時還沒有，我不太喜歡做那樣的人。」

阿良輕輕呼出一口氣，不再喝酒，單手托起腮幫，歪著腦袋眺望遠方：「昔年有一位脾氣死強的老先生，桃李滿天下，得意弟子之中，齊靜春的字最好，崔瀺的棋術最高，還有一人的劍術最強。」

林守一忍住笑，轉頭望著阿良的側臉，道：「劍術最強的弟子，是叫阿良嗎？」

阿良哈哈大笑：「那個人當然不是我，怎麼可能是我。」

沒有猜對答案的林守一有些錯愕。

只聽那傢伙笑著說道：「不過那個人的劍術，是我教的。」

林守一雖然被震撼得無以復加，可對此深信不疑。

阿良轉過頭，問道：「如果我說齊靜春的字，也是我教的，你信不信？」

正襟危坐的林守一毫不猶豫，斬釘截鐵道：「打死我也不信！」

阿良拍了拍林守一的肩膀，語重心長道：「林守一，你果然很聰明，所以明天你沒酒喝了。」

一向古板冷漠的林守一咧嘴而笑，不過依舊含蓄無聲。

阿良感慨道：「天地者，萬物之逆旅。讀書人說話，就是有學問。」

林守一突然問了一個莫名其妙的問題：「阿良，陳平安讓你失望了嗎？」

阿良臉色如常：「拭目以待吧。」

夜幕深沉，後半夜的篝火旁，陳平安像往常那樣跟朱河負責輪流守夜，他同時編織著草鞋。

朱河不知為何起身來到他身邊，陳平安有些訝異。

朱河伸手烤火，火光映照著他粗獷的臉龐，接著他轉頭笑問道：「你應該找到那股氣了吧？氣若游龍，而且它不斷下沉，四處遊走，對不對？」

陳平安點點頭，坐正身體，這正是他最疑惑不解的地方。

朱河沒有藏藏掖掖賣關子，慢慢解釋道：「這等於說你躋身了泥坯境，千萬別小看這第一道坎，能否習武，就看你生不生得出、找不找得到、管不管得住這一口氣。俗話說『人爭一口氣，佛受一炷香』，差不多就是這個意思。身體依然是不成氣候的泥塑菩薩，但只要有了這口氣，就能登堂入室，之後一切皆有希望，否則武道之巔的風光再好，沒有這關鍵的一小步，就全是空談。」

朱河打量了一下陳平安，讚賞道：「你的身子骨打熬得不錯，嗯，是很不錯才對，一點不輸給那些藥罐子裡浸泡長大的豪閥子弟。我不知道你經歷過什麼，但是大致可以確定，你如今已是泥坯境之後的武夫第二境，木胎境了。雖然不太說得通，為何你尚未真正讓那股氣機找到棲息、修養的氣府竅穴，但你的體魄經脈，的的確確屬於第二境的成就，不過遠未二境大成而已。」

陳平安屏氣凝神，認真聆聽著這些千金難買的武學門道。

被李家老祖宗譽為「明師」的男人，繼續說道：「木胎境，這一層很有趣，成就高低不靠天賦，不管根骨，就兩個字，吃苦。之前阿良跟你們解釋過大驪驛路，對吧？」

陳平安點頭問道：「這跟習武也有關係？」

朱河給篝火添了一把柴火，盡量用通俗易懂的言語，解釋那些原本雲遮霧繞、晦澀難明的習武關竅，笑道：「我們的人體經脈，其實就像驛路，想要車馬通行，就只能一點點逢山開路，遇水搭橋。有些人憊懶，吃不住苦，修出了羊腸小徑，搭建了獨木橋，其實也能走，繼續往武道高處走，但是越往後，局限會越大。很簡單的道理，高手過招，如同兩國之爭，就看誰的兵馬馳援更快，哪怕你有千軍萬馬，但是道路狹窄難行，你如何順利調兵遣將？」

陳平安恍然大悟：「是這個道理！」

「所以這一層又叫開山境，最考驗水磨功夫，習武必須下死力氣，下苦功夫，以至於被眼高於頂的鍊氣士，視為下等人的末流活計，就跟這一層有很大關係。因為武人在這一級臺階上，實在是容不得半點懈怠偷懶，就跟莊稼漢差不多，想要收成，就只能埋頭苦做。」

陳平安笑道：「我吃苦還行，不比別人差多少。」

朱河啞然，心想你陳平安如果才是「還行」的話，那我朱河該置身何地？

朱河臉色肅穆起來：「但是切記，在這一層境界，勤勤懇懇是好事，卻也不能滯留太久。道家為何推崇『返璞歸真』四個字？就在於先天一口真氣，隨著歲數增長，會逐漸流失，或是被天地之間的汙穢之氣、陰煞之氣在內的諸多雜氣給混淆得渾濁不堪，這就像文人喜飲茶，他們種植茶樹，最忌雜木叢生，即是此理。

一般而言，在十六歲之前，最多十八歲之前，就要嘗試著突破進入第三境，水銀境讓自己的氣血更加雄壯，如水銀凝稠，與此同時，你的身軀會越發輕盈，骨骼卻越發堅韌。人之氣血，如沙場武將麾下的士卒，需要一支虎狼之師，而不是那種草臺班子、繡花枕頭，這麼說能理解嗎？」

腳上穿著草鞋的陳平安，低頭看了眼手中正在編織的草鞋，赧顏道：「能理解。」

朱河忍俊不禁，低聲笑道：「第二境的大成之境，能夠讓你肌膚紋理精密，就像鍊氣士的法寶，篆刻上了符文寶籙，再加上經脈開拓之後，武道的路子就越走越寬。至於第三境水銀鏡的巔峰，至關重要，需要渡過一劫，武學祕笈上往往稱之為『泥菩薩過江』，具體細節，本就玄之又玄，我不好多說，個人有個人的緣法，說不定我的經驗之談，反而會害你誤入歧途。」

陳平安一字不漏地默默記下。

朱河沉聲道：「前三境為鍊體，相對務實，之後三境則有些務虛，魂魄膽三事，循序漸進。」之後朱河就陷入了沉思。

今日一戰，受益匪淺，朱河需要將那些靈光乍現的思緒沉澱下來。陳平安不敢打攪他，便開始消化朱河那些深入淺出的金玉良言。

朱河良久之後，才回過神，笑道：「鍊氣三境，講求一個水到渠成，你只要走到那個關口，自然而然就會有所明悟，外人指點已經很難起到作用，而且真正的指點，從來不在大道理上，只在你自己真正走到門口之後，遠處的旁人才能出聲為你解釋緣由。武人鍊氣，與養鍊兼備的鍊氣士，道路幾乎截然相反，以後你會明白的。」

朱河最後神采奕奕道：「雖然有揠苗助長的嫌疑，但是我還是有些忍不住，想著要將武人傳說中最後三境的山頂風光說給你聽一聽，省得以後遇上了鍊氣士胡亂嚼舌，都不知道如何反駁。鍊神第七境金身境，是名副其實的小宗師高手了，此境佼佼者，甚至可以修鍊出佛家所謂的金剛不敗之軀，或是道教所謂的無垢琉璃，金仙之體。更有一些手段，可以讓武人以驅使、聘請、祈求三種方式，加持自身體魄，堅不可摧。

第八境，羽化境！武人已經能夠虛空懸停，御風而飛。故而又稱『遠遊境』。遠遊，遠遊境！誰說我們武人便粗鄙不堪了，我就覺得遠遊這個說法，極有餘味！

最後一重境界，便是第九境，山巔境，如你我二人身處這棋墩山的最高處，會當凌絕頂，一覽眾山小。這個境界的武人，又被尊稱為『止境宗師』，用以形容腳下的武道，已經走到盡頭！」

朱河說到這裡，乾脆站起身，繞著篝火緩緩而行，神色激動，雙手握拳，朗聲道：

「雖不至於搬山倒海那麼誇張，亦是能夠拳裂城牆、掌劈大江，一身雄渾罡氣，百邪不侵，千軍辟易。肉體強橫至極，猶勝佛家羅漢之身。鍊氣士一旦被近身，十丈之內，除非有上品或者更高的護身法寶，否則必死無疑！」

朱河眼神炙熱，滿腔熱血，低頭凝視著陳平安：「試想一下，一旦躋身止境，一眼望去，萬里河山都在你腳底下，傲視仙人輕王侯，大丈夫當如此！」

陳平安有些尷尬，一時間不知如何作答，因為他此刻滿腦子都是以後要多練習走樁，多練習劍爐，說不定這輩子就能躋身第三境了，哪裡會想得那麼遠，畢竟僅是答應寧姑娘的出拳百萬次，就已讓他覺得很是艱難了。

朱河離去之時，還心情激盪，留下一個繼續編織草鞋的少年。

拂曉時分，當阿良打著哈欠起身，看到陳平安還是位於崖畔，還是那枯燥乏味的六步走樁，迎著山風，揮汗如雨。

突然，一道身影呼啦一下從阿良身側衝過去，很快就站在了陳平安身邊，陪著她的小師叔，一起打拳。

阿良喝了口酒，別好小葫蘆後，屁顛屁顛跑過去一起湊熱鬧。

很快身邊就響起李寶瓶的教訓聲。

「阿良，你姿勢不對，這一拳你手臂歪啦。」

「阿良，你這步子太大了些，收一收，真的，我不騙你，不信你瞧瞧我小師叔，人家多穩。」

「阿良，你再這樣心不在焉，我可真生氣了啊！」

阿良終於憋屈壞了，忍不住幽怨道：「寶瓶啊，難道昨天那蕩氣迴腸的巔峰一戰，妳沒有發現我才是真正的絕世劍客嗎？」

李寶瓶認認真真練習六步走樁，點頭道：「知道啊，可是你練拳真不咋的。齊先生說術業有專攻，阿良，你不用覺得丟臉，慢慢來，我保證不說你便是。」

阿良大步離開，賭氣地嚷嚷道：「不練拳、不練拳了。」

阿良驀然轉身，剛好看到李寶瓶投來狡黠可愛的目光。

阿良朝她做了個大大的鬼臉。李寶瓶不搭理他。

陳平安嘴角翹起。

阿良遠遠看著打拳的陳平安和李寶瓶，有些開心，也笑了。

山風和煦，旭日東昇。

第八章　坐鎮山頭

一行人吃過早餐即將動身，阿良牽著毛驢，突然讓所有人稍等片刻，然後喊了句「出來吧」。很快，年輕俊美猶勝女子的棋墩山土地爺便從山巔石坪鑽了出來，手裡捧著一只長條木匣，彎下腰，對阿良滿臉諂媚道：「大仙，小的已經備好了車駕，餘下兩百里山路保管暢通無阻，如履平地。」

阿良與昨天那個一刀制敵的傢伙判若兩人，和顏悅色道：「辛苦了、辛苦了，東西勞煩你先拿著，等到快要離開棋墩山轄境再交給我。」

年輕土地受寵若驚：「大仙如此客氣，折煞小的了。」

阿良上前一步，拍了拍這位一地神靈的肩膀，將白色驢子的韁繩交給他：「那就不跟你客氣了。還有那匹馬，一併由你帶去邊界。」

年輕土地大義凜然道：「應該的，為大仙擔任馬前卒，實乃小人的榮幸。」

阿良轉頭看著李槐。小兔崽子方才吃飯的時候，為了跟他爭搶一塊醬牛肉，一哭二鬧三上吊，無所不用其極，賣了他娘、他姐不說，如果阿良願意收下的話，小兔崽子指不定連他爹都能賣。當然了，阿良沒有心慈手軟，最後氣得李槐張牙舞爪就要跟阿良決鬥，到現在一大一小還是劍拔弩張的敵對關係。

阿良伸出拇指，指向自己身後溜鬚拍馬的年輕土地，意思是：你小子瞧見沒，大爺我在江湖上是很混得開的，以後放尊重點。

李槐翻了個白眼，扭頭往地上吐了一口唾沫。

阿良沒好氣道：「動身動身。」

言語落地片刻之後，就有三隻背甲大如圓桌、色如火焰的山龜依次登頂，當手持綠竹杖的年輕土地望向牠們時，牠們同時縮了縮脖子。一物降一物，作為棋墩山名義上的山大王，年輕土地之前礙於修為束縛，數百年間一直無法收拾兩條蛇蟒，但是其餘氣候未成的飛禽走獸在他跟前，無異於市井百姓圈養的牛羊雞犬。

每隻山龜背甲皆可容納三人落座，年輕土地心細如髮，在背甲邊緣用堅固硬木釘了一圈低矮欄杆充當扶手，以防那些貴客顛簸摔落。

李寶瓶、李槐和林守一陸續爬上背甲，陳平安被李寶瓶喊到她挑中的山龜背甲上，阿良陪著李槐、林守一，朱河、朱鹿這對父女自有一塊清淨地。

山龜動身時，眾人的身形僅是微微搖晃，絲毫不顯顛簸，竟是比那牛車、馬車還要舒適許多，雖然看似笨拙，可是山龜下山的速度並不慢。

李槐大樂，使勁地捶打著阿良的膝蓋：「我的親娘咧！這輩子頭一回坐在這麼大的烏龜背上。阿良，你這個缺德鬼總算做了件善事啦！」

阿良用憐憫的眼神看著李槐：「你能長到這麼大，看來小鎮民風很淳樸啊。」

李槐轉頭望向林守一：「阿良是不是說我壞話了？」

林守一正在閉目養神，好像在默默感受暮春時節徐徐而來的山風，對李槐的問話置若罔聞，李槐便賊兮兮望向阿良，試圖從他的眼神當中找到蛛絲馬跡。

阿良板著臉正色道：「是好話。」

李槐瞥了一眼阿良橫在腿上的綠鞘長刀，又看了一眼他腰間的銀白色小葫蘆，問道：「阿良，竹刀給我耍耍？」

阿良搖頭道：「你不適合用刀。」

李槐皺眉道：「那我適合啥兵器？」

阿良臉色嚴肅：「你可以跟人講道理啊，以理服人，以德服人。」

李槐嘆息一聲，垂頭喪氣道：「不行的。」

本來只是逗孩子玩的阿良真正有些奇怪了：「為何？」

李槐抬起頭望向別處，輕聲道：「我嗓門太小。我娘說過，吵架的時候誰的嗓門大誰就有道理。可是在家裡，我爹不愛說話，一棍子打不出個屁來，我姐也是扭扭捏捏的軟綿脾氣，悶葫蘆得很，所以家裡出了事情的時候，只要我娘不在，爹和姐兩個人就只會大眼瞪小眼，能把人急死。其實我也不喜歡跟人吵架，可是有些時候，坐在牆頭看著娘親跟人粗脖子紅臉，就很怕哪天我娘老了，吵不動架了，咋辦？我們家本來就窮，連屋子破了個洞也沒錢修，我爹沒出息，我姐長大後又是註定要嫁人的，到時候如果連個吵架的人都沒了，我們家豈不是要被外人欺負死？」

林守一神意微動。

阿良打趣道：「嘖嘖，屁大年紀，就想這麼遠？」

李槐無奈道：「沒辦法啊，我娘總說家裡就只有我是帶把的。齊先生也教過我們，人無遠慮、必有近憂啊，所以我必須未雨……那個啥了。」

阿良笑著幫忙說出那兩個字：「綢繆。」

李槐搖頭：「林守一，齊先生說過君子是要如何的？」

林守一睜開眼睛，緩緩道：「藏器於身，待時而動。」

李槐指了指阿良：「阿良你啊，就是半桶水瞎晃蕩。」

林守一有點想要坐到陳平安、李寶瓶那邊去，至少耳根清淨。

阿良摘下酒葫蘆喝了口酒，笑呵呵道：「我呢，昨天就跟那個棋墩山土地爺談好了，分別之時，作為補償，他和那兩頭孽畜會拿出一份臨別贈禮。之前看到那只長條木匣了吧，江湖人稱橫寶閣，跟豎立起來的百寶架有異曲同工之妙，裡頭裝著的全是值錢寶貝。本來說好給你們人手一件，你李槐當然也不例外，不過現在嘛，沒了。」

李槐不為所動，只是一板一眼說道：「阿良，我知道你肚子裡有一百條大船！」

阿良愣了愣：「什麼亂七八糟的。」

林守一看似隨意道：「宰相肚裡能撐船。」

阿良一巴掌拍在李槐腦袋上，爽朗大笑。

山龜一路揀選僻靜山道跋山涉水，輕鬆愜意，使得一行人優哉游哉。到了一些風景秀美的地方，阿良便讓陳平安略作休憩。在此期間，陳平安路過一片竹竿碧綠如玉的小小竹林，就提著那把剩半截的柴刀去砍了兩棵竹子，分成一截截長短不一的竹筒裝入背簍。李槐知道緣由，高興得亂蹦亂跳，嚷著「要背書箱嘍」，而趴在遠處的三隻山龜，拳頭大小的黃色眼珠子裡充滿了欽佩。

阿良在旁邊喝著酒，看著手腳利索的忙碌少年，樂呵道：「眼光倒是不錯，只可惜狗屎運……還是沒有。」

再次啟程之前，李寶瓶跟朱河提出要跟朱鹿單獨坐在一起。朱河自然不會拒絕，只是叮囑女兒一定要照看好小姐，見朱鹿點頭，他便去和陳平安坐在同一塊龜背上。

陳平安將一節節翠綠欲滴的竹筒劈剖削成竹片、竹篾，如今欠缺麻繩，所以讓竹箱真正成形，最早也要等到了那座紅燭鎮之後了。

朱河拈起一片竹子，發現入手極輕，卻頗為堅韌，想起棋墩山年輕土地手中的那根綠竹杖，頓時心中了然。方才那片不過一、兩畝大的竹林裡頭，長的肯定不是尋常竹子，說不定正是棋墩山靈氣所聚的泉眼地帶之一。

朱河是打心眼裡喜歡自家小姐的，忍不住提醒道：「這些竹子大有來頭，如果是一般的柴刀，早就崩出缺口或是砍到卷刃了。所以等到這兩只書箱做成之後，我家小姐說不定會鬱悶的，因為到頭來反而是她的小竹箱最普通。」

陳平安愕然，轉頭望向身後坐在另一隻山龜背上的阿良，試探性問道：「那片竹林是不是跟棋墩山土地有關係？」

阿良點頭道：「算是他的老底子，汲取山地靈氣，百年才能生出這種翠綠沁色，再過四、五百年才有希望凝聚出一點點青木精華。不過沒事，你砍掉的兩棵竹子只有兩百來歲，還不至於讓那傢伙心頭滴血，最多一陣肉疼而已，屁事沒有。」

陳平安嘆了口氣，打消了返回再砍一棵綠竹的念頭。

阿良問道：「怎麼，嫌兩棵少了？要不要幫你挑幾棵好點的竹子？」

陳平安搖頭道：「算了。」

朱河好奇問道：「來回一趟不到半個時辰，又不麻煩。」

陳平安看了眼腳邊的背簍，裡面簇擁著一根根竹片、一條條竹篾，猶有挺大的餘地。不過他仍是搖頭道：「趕路要緊。」

朱河對此不以為意，笑道：「習武一途，重在『磨礪』二字，不跟人過招，沒有人餵拳，練不出大名堂，所以有空的時候，我們切磋切磋。醜話說在前頭，說是切磋，可我除了保證不會打傷你之外，出手絕不含糊，所以你要做好鼻青臉腫的心理準備。」

陳平安滿臉驚喜，咧嘴笑道：「朱叔叔您只管使勁揍。」

不到正午，山龜就已經走了小半程山路，眾人在一條瀑布下的水潭旁停下，熟門熟路地燒火煮飯。

等吃過了飯，阿良把陳平安喊到幽綠深潭的水畔，兩人並肩前行。

阿良猶豫了一下，問道：「按照你之前的說法，你如今在龍泉縣西山一帶擁有落魄山、寶籙山、彩雲峰、仙草山和真珠山總計五座大小山頭？」

陳平安疑惑點頭，沒有任何隱瞞，緩緩道：「其中落魄山最值錢，寶籙山也不錯，其餘三座很一般，尤其是真珠山，就是個不起眼的小山包。」

阿良手心輕輕拍打刀柄，思考片刻後，說道：「如今這些山頭的真正價值在於靈氣蘊藉遠勝外方天地，所以我們這一路行來，不單單是那五個化形妖物循著鐵符河試圖進入你們家鄉近水樓臺汲取靈氣，其實還有許多剛剛懵懂開竅的山魈精怪正向那邊飛奔而去，不過最終有哪些幸運兒能夠成功占據一隅，得看它們各自的造化了。」阿良說著喝了口酒，「別以為有了精怪入山就是家裡遭賊，就像這座氣勢不俗的棋墩山，那土地為何任由兩條蛇蟒在他眼皮子底下一點點成長壯大？原因很簡單，他被摘去正統身分後，棋墩山想要留住靈氣，就需要有人站出來幫著他坐鎮山頭、壓勝陰煞和吸納氣數。」

陳平安問道：「阿良，你的意思是要我邀請那位棋墩山土地爺或是兩條蛇蟒去往我的山頭？有點像是……幫我看家護院？」

阿良蹲下身，隨意撿起一顆石子丟入水潭，笑著搖頭：「你只說對了一半。敕封山水正神是近期大驪朝廷的重中之重，涉及王朝氣數，絕對不容外人染指，所以你家鄉那些山頭的山神必然是大驪皇帝御筆欽點的某些死人，準確說來是英靈。棋墩山的土地去你的山頭，名不正、言不順的，算怎麼回事？再說了，即便你的落魄山或是寶籙山運氣很好，得到朝廷敕封的山神落戶，建立山神廟，豎立起泥塑金身，有資格享受香火，但這裡的一方土地未經欽天監嚴密審查，他無論如何也做不成落魄山的山神，只有留在棋墩山還有幾分希望，畢竟這幾百年來，他沒有功勞也有苦勞，更沒有闖下什麼禍事，說不定大驪皇帝會對他網開一面，在將棋墩山升格的同時，也順理成章地將他一併提拔為山神，所以就算你求他去，他也不會答應的。香火、神位一事，對於這些山水神靈而言，就像是凡夫俗子的性命，甚至更重要，因為這條道，只要走出一步，就沒有回頭路了。」

陳平安蹲在阿良身邊，試探性問道：「是要我拉攏那兩條蛇蟒？」

阿良丟著石子，笑道：「是有些難以抉擇。那兩條畜生雖然出身不差，但是這些年來作孽不少，傳出去名聲也不好聽……」

陳平安問道：「如果我准許牠們去落魄山或是寶籙山，牠們能夠保證不吃人嗎？」

阿良愣了愣，揉了揉下巴說道：「吃人？一般情況下，有那麼充沛的靈氣，修行還來不及。不過蛇蟒終究屬於蛟龍之屬，生性冷血，偶爾吃飽了撐的，吃人嘗嘗鮮也說不定。比如什麼山野樵夫之類的，運氣不好的話，遇上出洞覓食的牠們，就難說了。」

陳平安又問：「那能不能一開始就跟牠們說好，在我的山頭修行可以，但是不准吃人。阿良，這樣行不行？」

阿良反問道：「你就不怕牠們嘴上答應，回頭進了山，見著了人，一口就是一條人命？反正你近期又不在山上。」

陳平安神采奕奕，緩緩說道：「阿良你不是說紅燭鎮有驛站嘛，驛站可以傳遞書信，我可以寫一封信給阮師傅，將寶籙山在內三座山頭多租借給他五十年，萬一阮師傅嫌少，我可以再加五十年，然後讓阮師傅幫我盯著那兩條畜生，只要牠們敢傷人，就一拳打死算了，省得留在這棋墩山害人。當然，這是最壞的情況。

到時候我讓那條有望成為墨蛟的黑蛇去落魄山待著，年復一年幫我積攢家底。阿良你說過，如果一條蛇蟒成功走江化龍，那麼牠最早走江的發源地冥冥之中也會得到很大的福運，對吧？我甚至還可以厚著臉皮懇求阮師傅答應我，讓牠借住在寶籙山。你想想看，萬一連白蟒也能走江的話，那我可不就是賺大了？正好我買了山頭之後心裡一直沒底，如果有了黑蛇、白蟒入駐，估計就會覺得這些山峰沒白買，每天都像是有大把銅錢落進自己的口袋，嘩啦啦的……」

阿良一臉呆滯地看著滔滔不絕的少年，有些哭笑不得，心情複雜地問道：「陳平安，你就這麼喜歡賺錢啊？」

陳平安滿臉震驚，反問道：「天底下難道有不喜歡掙錢的人？」

阿良扶了扶斗笠，不想說話，省得對牛彈琴。而後嘆了口氣，笑道：「本來還以為你小子會義正詞嚴拒絕的。」

陳平安一頭霧水：「為什麼會這麼覺得？」

阿良掬水洗了把臉，轉頭笑道：「比如會說『那兩條孽畜殺都來不及，我陳平安雖然窮，但是我老陳家的家風很正，怎麼可能願意讓牠們進自己家門……』劈裡啪啦一大通。

我原本已經做好挨訓的打算了。」

陳平安神色安靜下來，撿起一顆石子輕輕拋入水潭，沉默片刻，突然轉頭拍了拍阿良肩膀：「阿良，你還是太年輕啊。」

阿良挑了挑眉頭：「喲，看來心情真是不錯，都會開玩笑了。」

陳平安也學他挑了挑眉頭，竟然給人感覺也挺賤兮兮的。

阿良哈哈大笑，站起身。

陳平安跟著起身，突然想起一事，憂心問道：「阿良，關鍵是那兩條蛇蟒真的願意挪窩嗎？」

阿良笑呵呵，就是不說話，陳平安看到他的手心抵住了刀柄。

阿良拍了拍刀柄，玩笑道：「所以你也趕緊習武練拳，以後再學劍。因為你喜歡講道理，可是別人不講道理的時候，就得用這個了。」

陳平安不置可否。

兩人一起走回原地，阿良好奇問道：「之前為什麼不多砍幾棵竹子？這樣的好東西，過了這村就沒這店了，以後你有錢也買不著。」

陳平安隨口答道：「以前有人說過，人要知足，見好就收。」

阿良哭笑不得：「就這麼句屁話，你還真聽進去了？」

陳平安雙手抱住後腦勺，腦袋搖搖晃晃，如山林修竹隨清風微晃，難得這麼懶散、閒適。少年輕聲道：「因為我從小到大就沒聽過什麼大道理啊，所以好不容易聽到一、兩句，想忘記都難。」

遠處朱河突然喊道：「陳平安，咱們找個空地搭搭手？」

少年撒腿飛奔而去：「好嘞！」

竹子一旦抱團成勢，只要不經受太多的天災人禍，很容易成為竹海。

可棋墩山這片不為人知的小竹林，千百年來始終長勢緩慢，哪怕一代代山君和土地小心呵護，始終無法迎來豐年景象。

此時棋墩山年輕貌美的土地爺將那根綠竹杖插入腳邊的地面，蹲在那兩棵被砍斷的綠竹旁邊，欲哭無淚，悲哀顫聲道：「沒這麼欺負人的，再大的客人那也是客人啊，哪有這麼欺負主人家的，一刀破開陣法，露出這方風水寶地，這跟你們登門做客，眼見那主人家的小閨女長得亭亭玉立、容顏秀美，便剝去她的衣裳有何兩樣，有何兩樣啊？」

黑蛇白蟒盤踞在竹林周邊，兩雙陰森眼眸之中浮現出一些通人性的幸災樂禍。

一個嗓音在不遠處響起：「那你家的閨女也太多了，以後嫁妝都要賠死。」

年輕土地悚然起身，哪裡還有半點悲苦憤恨神色，跟那斗笠漢子作揖賠罪道：「讓大仙見笑了。小的是在這一畝三分地窮苦慣了的，眼窩子淺，比不得大仙遊歷天下，飽覽山河。以大仙的眼力，一定看得出這片竹林對小人而言，實在是壓箱底的可憐家當了，所以哪怕只是少了兩棵青竹，仍是情難自禁，悲從中來，想來也是人之常情，還望大仙恕罪，原諒小人的無心冒犯。」

去而復還的阿良斜靠一棵翠綠修竹，抬頭看了眼茂盛竹林，收回視線，問道：「這片竹林最早的那棵老祖宗，是不是從那座竹海洞天移植而來，然後被你做成了這根綠竹杖，因此惹惱了某位仙人，一氣之下，摘掉了你原本身為棋墩山土地的金身神位？」

年輕土地這次是當真震驚了，臉上的諂媚討好之意不濃反淡，悄悄站直腰杆，堂堂正正作揖行禮道：「棋墩山土地魏檗，被前朝神水國末代皇帝敕封為山神，負責棋墩山周圍千里地界。後來大驪宋氏崛起，吞併了神水國，在下因為某事惹惱了宋氏開國皇帝，從山神之位被貶為一山土地，統轄之地減少到三百餘里，如今仍算是戴罪之身。」他提了提手中靈氣盎然的綠色竹杖，苦笑，「福無雙至，禍不單行。那樁風波之中，我被迫砍伐出自竹海洞天的綠竹做了這根山杖，不承想沒過多久，又惹惱了種竹之人的仙家朋友，談笑之間，就把我這個從土裡來的小小土地重新打回土裡去。」

阿良斜靠綠竹，換了個自認為更瀟灑的姿勢，嘖嘖道：「聽上去有點慘。」

魏檗悻悻然。

先不理會這位身世悲慘的土地爺，阿良轉頭望向竹林外邊，視野當中，隨他一起回來的陳平安站在山坡上。蛇蟒識趣地遠遠避開，尤其是那條心有餘悸的白蟒，眼神極為警惕。

阿良笑道：「我這個朋友要跟你們談筆買賣，你們自己商量價格，談妥了以後就是朋友，談不妥也沒關係，買賣不成仁義在……」說到這裡，他扶住了腰間竹刀，而後又從兩條龐然大物的身軀上收回視線，有些好奇，「那兩條畜生終究不是真正的蛟龍之屬，尤其是黑蛇，怎麼就成就了墨蛟雛形，生出四趾龍爪？牠們是不是有奇遇？」

魏檗小心翼翼回答道：「確有奇遇無誤，只是具體為何，小的並不清楚，只猜測與那座驪珠洞天有些關係。牠們定是無意間吞食了什麼古怪東西，而這種東西對蛇蟒、鯉魚之流肯定大有裨益。棋墩山邊境臨近的紅燭鎮是水路接通三江匯流之地，其中有條大江叫沖澹江，江中有一條鯉魚生出了兩縷貨真價實的金色龍鬚，讓人豔羨不已，而這條錦鯉在百年之前曾經順著河流、溪澗和山泉一路逆流而上來到棋墩山，我親眼見過牠。照理來說，便是再給牠四、五百年光陰，也絕無可能生出如此品相驚人的龍鬚。」

阿良點點頭，恍然道：「這麼說的話，那我有點頭緒了。」

魏檗瞥了眼阿良的腰刀，試探性問道：「大仙是如何曉得這根綠竹杖的根腳的？」

阿良臉色古怪，打了個哈哈，顧左右而言他：「我年輕的時候，遊覽過一趟竹海洞天，與那竹夫人有些許交情……」

聽到竹夫人的名號，魏檗露出滿臉神往之色。須知這位夫人是竹海洞天唯一一位山地神靈，極少露面，外界傳言她體態修長，猶勝男子。諸子百家當中小說家的祖師爺曾經立志要走遍四個天下，記錄全天下的風土人情，其中專門就點名寫到了這位竹夫人「美姿容，喜赤足，鬢髮絕青」。

雖說同樣是作為山神地靈這一脈的神祇，可魏檗與竹夫人相比，無論身分還是修為都相差太遠，讓他連自慚形穢的心思都生不出來，內心深處唯有敬仰。

十大洞天之下，有三十六小洞天，之前懸浮在大驪王朝上空的驪珠洞天便是其中之一，它雖擁有千里山河的遼闊版圖，卻只是所有小洞天中最小的一個。

小洞天往往被鍊氣士俗稱為「祕境」，用以區分大洞天。祕境內往往靈氣充沛，但是相比十大洞天，其轄境地界殘缺不全，前身可能是由舊址廢墟或是龍宮古戰場等地構成，來歷駁雜。甚至還有名為島嶼洞天的祕境，擁有許多在歷史上神祕消失的上古仙島，竟是在一條遠古巨獸吞島鯨的腹內。

而竹海洞天，在三十六小洞天當中名列前茅，盛產各種妙不可言的竹子，為歷朝歷代的仙家修士所器重，以此製成的種種法器風靡天下。

洞天之內，只存在一個地位超然的仙家勢力，便是歷史悠久的青神山。相傳開山老祖曾經向儒家那位至聖先師請教學問，攜帶有一棵年幼的功德竹作為贈禮。之後它在儒家聖地「道德林」茁壯生長，反而是竹海洞天日漸消亡。又相傳，此竹能夠記載君子的功德、過失，是市井俗語「功德簿」的來源之一。

在阿良和魏檗閒聊的時候，陳平安坐在一塊山石上，手裡拿著那把半截柴刀，不遠處是兩顆驚悚恐怖的巨大頭顱。在與少年對視的頭顱後面，蛇蟒的身軀如兩條山路彎曲蔓延出去，最終消失在山野樹林之中，時不時傳來樹木被尾巴掃中崩裂的聲響。

陳平安一路行來，除了跟著李寶瓶讀書認字，還學了大驪官話，進展不錯，咬字發音雖然還帶著濃重的小鎮鄉音，可尋常交流，大致意思還是能說個五、六分明白的。他就把自己在大驪龍泉縣擁有五座山頭的情形跟原本如臨大敵的蛇蟒說了一遍，希望牠們能夠搬家去往落魄山。當然，他沒有忘記把聖人阮師傅跟自己借山三座一事也跟牠們交代清楚。

很明顯，蛇蟒對驪珠洞天坐鎮聖人這個身分的輕重遠比陳平安有概念，就連始終漠然的黑蛇在那一刻也變了變眼神。一開始白蟒僅是在聽聞大驪龍泉縣這個縣名後微微有所意動，之後又聽說大驪朝廷已經派遣了欽天監青烏先生和禮部官員共同勘察六十餘座山頭，大驪皇帝準備敕封不止一位正統山神，白蟒雙眼終於流露出無法掩飾的興奮激動，忍不住狂吐蛇芯，被黑蛇用頭顱狠狠撞了一下才安靜。

陳平安看蛇蟒並未當場拒絕提議，鬆了口氣，繼續說道：「我雖然對於修行一事瞭解很少，但是無比確定棋墩山的靈氣比起我家的那些山頭肯定遠遠不如，你們在我家地盤上修練一百年，說不定比得上這裡的好幾百年。而且阿良在來的路上跟我說了些蛇蟒、鯉魚走江化龍的內幕，這條水路會走得很艱險，許多山神、江神會故意刁難、攔阻你們，所以我相信，如果你們能夠早早跟阮師傅還有大驪當官的人搞好關係，以後那條路說不定能順暢許多。」這些話，前半段是陳平安自己琢磨出來的，後半段則是阿良自詡為洩露天機的錦囊妙計。

陳平安沉聲道：「有個教我燒瓷的老人曾經說過，山精鬼魅、山河妖怪，未必就能比人更壞。我看到你們之後，覺得這句話好像沒什麼道理。但你們是阿良降伏的，跟我關係不大，那麼阿良願意放過你們，我不好說什麼。如果我有阿良那本事，你們敢惹上我，敢當著我的面胡亂吃人……」陳平安提了提手中半截柴刀，死死盯住那條白蟒，「那妳就不是只少一半飛翅了，昨天晚上我們的夜宵就是一大罐子燉蛇肉。」

白蟒失去了飛翅，修為折損嚴重，本就心疼至極，此時被少年傷口上撒鹽，勃然大怒，高高抬起頭顱，驟然間繃緊身軀，就要向前撲殺這個礙眼可恨的少年。

陳平安無動於衷。

黑蛇隨之而動，不是幫著白蟒對付陳平安，而是對著白蟒張開大嘴，迅猛咬住對方的脖頸往後一甩，將牠狠狠摔了個七葷八素。

魏檗嚇了一大跳，正要出手讓白蟒、黑蛇安靜下來，以免陳平安被誤傷，自己也被殃及，卻聽阿良搖頭輕聲道：「別插手。」

魏檗有些疑惑，忍不住看了他一眼，只見他依然斜靠著綠竹，一隻腳尖點地，站姿慵懶，雙手環胸，神色平靜。

本是同類的蛇蟒展開凶狠對峙。陳平安站起身，緊握柴刀。

不知是相互交流了什麼，白蟒終於逐漸安靜下來，但是望向陳平安的眼神依然凶悍異常。陳平安就這麼跟白蟒直直對視：「如今有成千上萬的人在山裡開山修路，你們進入山頭修行後，不可為了飽腹而殺人。當然，如果是出於自保，比如有修行之人進山捕殺你們，另當別論。如果你們得了好處卻壞了規矩，那麼阮師傅就會出手。你們之前做了什麼跟我無關，但是如果答應進山，那麼你們之後做了什麼就跟我有關。所以我先把醜話說在前頭。」

白蟒以腹部緩緩摩擦著地面，渾身散發出急躁暴戾的氣息。

遠處竹林內，阿良不知何時坐在了一棵竹子上，韌性極好的綠竹硬生生被他壓成了拱橋模樣。

恨不得用雙手托起綠竹的魏檗瞥了眼陳平安與蛇蟒的暗流湧動，解釋道：「黑蛇雖然生性更加殘忍凶狠，但是開竅更多，甚至已經學會懂得看形勢，知道進退。那白蟒平時看起來傷人的念頭不重，但是交流起來反而比較麻煩，因為更順從本心。這跟牠們當時在棋盤上的位置形勢有關。白蟒只是一顆閒子，黑蛇卻是屠大龍的關鍵所在，所以牠們在棋墩山占山為王這麼多年，白蟒喜好四處逛蕩遊走，許多風波多是牠的出行動靜惹起，倒是黑蛇更專注於修行，每天勤懇吸納日精月華，因為志向遠大，野心勃勃。」

阿良「嗯」了一聲。

魏檗猶豫了一下，說道：「這少年的話是不錯的，都是實實在在的道理，只不過仍是不夠瞭解那對蛇蟒的習性。對於踏上修行之路的牠們而言，本心、本性是大道基石，除此之外，開竅的蛇蟒大抵上知道顏面一事了，在棋墩山作威作福慣了，會覺得去了那少年的山頭就是寄人籬下。尤其是少年搬出一位聖人來，揚言敢吃人就要打殺了牠們，更會讓蛇蟒覺得少年氣勢凌人，不好相與，難免憤懣，畢竟一旦點頭答應，就是動輒數百年的『街坊鄰居』了，會擔心自己遇人不淑⋯⋯」

阿良打斷他的絮絮叨叨：「你不用變著法子幫你鄰居求情，我既然說過不會插手，那你還怕什麼？歸根結底，蛇蟒不願早早低頭，是覺得那武道二境的少年根本沒資格跟牠們平起平坐罷了，所以哪怕少年提出的要求都很合情理，牠們也會難以容忍。如果換成我，你覺得蛇蟒會怎樣？」

魏檗訕笑道：「大仙看人看事，洞若燭火。」

阿良淡然道：「回答我的問題。」

魏檗一瞬間噤若寒蟬，醞釀一番措辭，認認真真回答道：「牠們會二話不說直接搬家，連心懷怨恨也不敢！」

阿良臉色如常望向那邊，點了點頭：「很好，你保住了半片竹林。」

兩人四周的竹林突然一陣陣劈啪作響，竟是約莫半數綠竹好像被人一刀攔腰斬斷，悉數摔落在地面。

魏檗跪拜在地上，戰戰兢兢顫聲道：「大仙息怒。」

阿良根本懶得理睬這個傢伙，臉色冷漠，緩緩道：「看吧，哪怕出過手、嚇過人了，就只是因為太好說話，都會被一個小小土地當傻子糊弄。所以說啊，當個好人，很難的。」

魏檗大氣也不敢喘。

阿良突然笑呵呵道：「起來說話，跪著不像話。我跟你打個賭，賭那財迷少年願不願意做一筆虧到姥姥家的買賣，你賭他願意，我賭他不願意。你賭贏了的話，就可以保住剩下一半的竹林；賭輸了的話，你不是剛剛恢復土地之身嗎？我把你打回原形好了。」

魏檗此刻想死的心都有了，喃喃問道：「敢問大仙，小人的贏面有多少？」

阿良伸出一根手指，魏檗面無人色——只有十分之一的勝算。

卻見阿良咧嘴笑道：「是百分之一。」然後他望向少年，大聲喊道：「陳平安，只管獅子大開口，條件怎麼過分怎麼開，有我阿良盯著呢，別怕惹火了那兩條畜生。放心，我會幫你看著局勢的，適當的時候肯定會出手。先前你不是跟五境高手朱河切磋過嗎？交手之後，你小子分明是有所領悟了，乾脆趁熱打鐵，說不定就能百尺竿頭、更進一步了。」

魏檗呆若木雞。

阿良笑道：「不好意思，你現在連那一點勝算也沒了。」

魏檗心死如灰，反而生出了一些額外的膽識氣魄，轉頭苦笑道：「阿良前輩，你的賭品真的不太好。」

阿良說了一句古怪言語：「折騰來、折騰去，就為了一個必贏的局面？你覺得我阿良有這麼無聊嗎？」

魏檗細細咀嚼這句話，再次看向名叫陳平安的少年，既有羨慕，也有憐憫。

片刻之後，一道足以撼動山嶽的劍氣白虹沖天而起，魏檗嚇得一屁股摔坐在地上。

阿良的身影瞬間從拱橋形狀的綠竹上消失，來到棋墩山高空，腰間綠鞘竹刀迅猛拔出，將白虹一刀劈斷，不讓其繼續升空而去。

又片刻之後，阿良坐回到那棵尚未繃直的綠竹上，隨手丟掉那柄普通材質的竹刀。竹刀雖未折斷，但整把刀的刀身卻已破爛不堪。

黑蛇往棋墩山密林深處瘋狂逃竄。陳平安身前不遠處，那條毫無徵兆撲殺向他的白蟒此時此刻已經失去了整顆頭顱，露出血肉模糊的殘斷脖頸，觸目驚心，慘絕人寰。而他卻臉色平靜，甚至咧了咧嘴，眼神跟當初在小巷擊殺雲霞山蔡金簡時如出一轍。

阿良忍住笑意，摘下腰間小葫蘆，狠狠灌了口酒，低聲笑道：「有點意思了。」

那棵綠竹猛然繃直，原來是阿良跳落地面，伸手將魏檗拉起，嘖嘖笑道：「我的賭品不好，可是你的賭運很好。」

魏檗臉色雪白，愁眉不展。雖說劫後餘生，總算保住了僅剩的半片竹林，可當他看到遠處那條頭顱被斬掉的白蟒就不由得百感交集。數百年來，蛇蟒與他毗鄰而居，雖是惡鄰，摩擦不斷，但大體上還算相安無事，至少從未有過生死搏殺。今天白蟒本該即將踏上修行的陽關大道，偏偏被人以凌厲劍氣炸碎頭顱，這帶給他的震撼，可想而知。

他嘆息一聲，頹然作揖，輕聲道：「就如前輩所認為的，我這般市儈小人是三天不打上房揭瓦的低賤性子，不過如今委實是挨一頓揍就飽了，還望阿良前輩可憐可憐小人，實在是嚇破膽子了，再無半點心氣，接下來阿良前輩只管發話，小人一定照辦。」

阿良沒有故弄玄虛，低頭看了眼空落落的綠竹刀鞘，點頭道：「你揀選一根好一點的老竹，我要換一把竹刀，就當是你的贈禮了。再就是這麼多莫名其妙掉在地上的竹子老大一堆，浪費了總歸不好。」

魏檗嘴角抽搐，只敢在心中腹誹：『阿良前輩你這是喪盡天良的良啊。』

阿良揉了揉下巴：「我那朋友做了筆虧本買賣，間接幫你贏下了半片竹林。做人要厚道，有恩就報恩，你意下如何？」

魏檗苦笑道：「理當如此，天經地義。」

陳平安拿著半截柴刀跑去白蟒屍體旁，砍下了剩下的一只飛翅。飛翅晶瑩剔透，與人手臂等長，摸在手裡冰涼如雪，日光照耀下不斷閃現出一陣陣流光溢彩。阿良之前閒聊說過，這條白蟒身上最值錢的物件除了蛇膽便是飛翅，價值連城，且有價無市，其餘蟒皮、筋骨等物，雖然也稀罕值錢，但比起前兩者的珍貴程度，有天壤之別。

陳平安將柴刀繫掛在腰間，一路小跑向竹林，結果看到魏檗正在彎腰半蹲，雙手將一棵綠竹倒拔而出。地底下碧青色的竹鞭盤根交錯，牽一髮而動全身，隨著綠竹被拔出泥地，附近土壤紛紛被竹鞭牽帶著濺射而起。

看到「殺人越貨金腰帶」的陳平安後，滿頭大汗的魏檗下意識咽了咽口水，然後將懷中的綠竹輕輕放回土中，低頭四處張望，最後選中了一段粗如稚童手臂的幽綠竹鞭，嘆了口氣，抬起頭望向陳平安，笑容牽強問道：「能不能把柴刀借我一用？」

陳平安走近，將半截柴刀遞給他。

魏檗手握柴刀，深吸一口氣，砍下那截竹鞭遞給阿良。

阿良搖頭笑道：「你照我之前竹刀的樣式做一把，回頭離開棋墩山邊界的時候，連同那頭白驢一起給我就是了。」

魏檗自然不敢不答應，把柴刀還給陳平安的時候由衷感慨道：「好鋒利的刀刃。」

陳平安接過柴刀，想了想，說道：「你想要的話，我可以送你，反正這半截柴刀不適合開山帶路，我拿著也沒什麼大用處。」

魏檗乾笑道：「君子不奪人所好。」

阿良笑呵呵道：「想要又不好意思白要，那可以買嘛，童叟無欺，公平買賣，對不對？」

魏檗一臉「恍然大悟」，站起身後搓掉手上泥土，對陳平安笑著說道：「若是經常進山的山民樵夫就會知道，如果一片竹林過於茂密，反而不利於竹子的生長，疏密得當，竹林才能壯大，所以必須砍掉一些。這片竹林真正值錢的部分是在地下與山根相連的竹鞭，而不是在地上的竹竿，方才便趁此機會跟阿良前輩借了竹刀一用，砍下一些多餘竹竿，原本想著是搭建一座小竹樓，作為閒暇時分的休憩賞景之用。」他越說越順暢，「現在阿良前輩的竹刀被我砍壞了……要不然我竹刀也做，竹樓依舊搭建，回頭竹刀可以早早交給阿良前輩，只是小竹樓恐怕會晚一些才能落成。黑蛇前往龍泉縣落魄山的時候我會一併隨行，既是避免牠一路北去惹出什麼麻煩，同時可以讓牠馱著這些竹子。我到了落魄山後，便找一處山清水秀、風景宜人的地方，為你搭建竹樓。」

陳平安望向阿良，阿良笑著解釋道：「竹海洞天有十棵最重要的仙竹，竹有十德，仙竹與之對應。這片竹林的老祖宗是其中『奮勇竹』的子嗣，此處竹林裡的這些徒子徒孫也沾了光，若是搭建成一棟竹樓，常年身處其中修行打坐，對於純粹武夫或是兵家修士都大有益處。」

魏檗連忙附和：「對，此處竹林皆是那棵奮勇仙竹的子嗣，史書記載『兵威已振，譬如破竹，數節之後，迎刃而解』，暗合此意。故而在竹樓之內修行，必然極其滋養魂魄。」

陳平安正要說話，阿良快步上前，摟住少年肩膀就往竹林外走去：「盛情難卻，客隨主便，走了走了。」

陳平安小聲道：「柴刀還沒給人家。」

阿良大大咧咧道：「回頭連背簍裡的那半截刀刃一併給他。」之後還不忘回頭提醒魏檗：「那顆尚未成形的白蟒之膽就不要了，鮮血淋漓的，太嚇人，連同蟒肉一併交給黑蛇吞食便是，如此一來，哪怕沒了一對飛翅，依然能夠讓牠增長兩、三百年的修為，就當是我們的誠意了。記得讓牠到了落魄山落腳後，老老實實修行。」阿良伸手凌空虛點，指了指失魂落魄的魏檗，「好自為之。」

魏檗站在竹林邊緣，望著兩人的背影。

林間山風穿過一棵棵綠樹、一叢叢紅花，帶著沁人心脾的花木清香。貌美如尤物的年輕男子手持象徵身分的山君綠竹杖，白衣飄飄，大袖飄搖，先前的震驚、畏懼、焦躁和彷徨隨著清風一掃而空，取而代之的是與一地神靈身分相符的莊重肅穆。

魏檗環顧四周，輕聲感慨道：「福禍相依，不過如此了。感謝阿良前輩的無心提點，幫我解開心結，破去魔障。」

他閉上眼睛，嘴角含著溫煦笑意，呢喃道：「自古名山待聖人，聖人不來又何妨，我自可潛心成聖。」等到睜眼之時，他的耳畔多出了一枚淡金色耳環。

精緻圓環隨著山風微微搖晃，將他襯托得恍如山嶽正神。

阿良和陳平安兩人按原路返回水潭。不同於來時的飛快奔走，此時兩人默契地選擇散步閒聊。

「阿良，黑蛇真的會吃掉白蟒殘餘屍體？牠們不是相依為命幾百年的夥伴嗎？」

「那志在成蛟化龍的黑蛇當然下得了嘴。不光是蛟龍之屬，其實一切山精鬼怪、魑魅魍魎皆以食為天，只不過棲息在山林大澤的蛟龍蛇蟒尤為同類相殘，這跟一山不容二虎是差不多的道理。黑蛇之所以留著白蟒，是開了竅，靈智增長，未嘗沒有等牠結丹再飽餐一頓的想法。對了，你要是想看黑蛇吞吃白蟒的景象，咱們可以回頭。」

「這就算了吧。」

「話說回來，別怪我替你擅作主張，答應讓黑蛇吃掉那顆蟒膽。既然牠接下來要去落魄山幫你坐鎮氣運，那麼無論你將那顆蟒膽賣得多貴，也不如黑蛇早點成為墨蛟來得划算。我其實很好奇你為何要殺掉白蟒，為何不等我出手阻攔？馴服了白蟒，隨便讓牠去寶籙山或是彩雲峰都是不錯的買賣。難道你是怕我阿良見死不救？」

「怎麼可能，阿良，我信得過你。」

「那你……」

「阿良，回答你的問題之前，我也想知道，你是不是在我和朱河切磋的時候就看出我當時找到了……那三座竅穴，以及竅穴之內的真相？」

「說實話，我一開始就知道那三座竅穴內大有玄機，但說出來比較丟人，就連我也看不真切，只能猜出是蘊藉有三種道意的絲縷劍氣，至於具體為哪三種則不敢確定。當然，我如果想要強行觀看氣府裡邊的景象，不惜傷害你的體魄氣機，絲毫不難，只是那麼一來就很下作了，我阿良身為絕世高手，自有高手的風範氣度。」

「明白了。阿良，你知不知道我們小鎮有座牌坊，上面有四塊匾額？」

「知道有這回事，齊靜春當年跟我提起過，但是我沒記住內容，早忘了。」

「其中有一塊匾額上寫著四個字『莫向外求』。我隔壁有個同齡人，讀書很多，他說這是佛家的禪機，意思是告誡所有人要專修佛法，不要去跟那些佛法之外的旁門外道求什麼。我一開始覺得很有道理，但是後來我在山上燒炭，沒事的時候，反正就是一個人無聊了瞎琢磨，覺得對我來說，燒香拜佛也好，禮敬菩薩也罷，都要自己先做到力所能及的事情，如果仍是達成不了心願，實在沒辦法了，再去求，菩薩才會點頭答應，要不然人家菩薩憑啥幫你啊。對吧，阿良？」

「求佛先求己。」

「對對對，我就是這麼個意思！」

「嗯，這麼解釋的話，勉強說得通。但是我得跟你說明白一件事，我阿良從指甲縫裡摳出一點來，也比你的家底厚實。所以你覺得很麻煩我，便寧願損失一道劍氣？事實上對我阿良來說，只是一次隨隨便便拔刀出鞘的小事情。這個帳，你得這麼算。」

「不能這麼算！」

「嗯？」

「教我燒瓷的姚老頭很少願意跟我說話，但是有兩次把話說得特別重，我記得很清楚。第一次是我當窯工學徒，他說跟他學燒瓷可以，但我只要敢偷一次懶，就要滾出龍窯。第二次是我頭回跟他進山，他說跟他進山找土可以，但不管是摔斷腿了還是怎麼著，我只要敢當著他的面哭一次，以後就別再進山。」

「這是哪跟哪啊，陳平安你啥意思？」

「那我換個說法。阿良，你喜不喜歡睡懶覺？」

「廢話，你不喜歡？」

「我也喜歡啊，但是說出來你可能不信，我從當窯工學徒的第一天起，直到今天，就沒有睡過一次懶覺。該什麼時候起床，我睜眼就起床，所以一次懶覺也沒有睡過。」

「繞這麼大圈子，你到底想說啥？欺負我阿良不是讀書人？」

「我的意思是，任何自己覺得不好的事情，就乾脆不要有第一次，一小步也不能走出去，要不然回頭來看，吃虧、吃苦的還是自己。就像我，如果偷懶一次，肯定就做不成窯工學徒，更進不了大山，那麼哪裡能有今天的光景？說不定我現在跟那小鎮幾千青壯差不多，進山開路、伐木搭橋，每天領一些銅錢，就這樣了，怎麼可能有五座山頭？五座山頭有多值錢，阿良你知道嗎？阿良，以後有機會你一定要去我的山頭看看……」

「打住打住！陳平安，你跟我兜這麼大個圈子，就為了顯擺自己闊綽有錢啊？」

「阿良，你果然沒讀過書。」

「……」

「阿良，以後我的落魄山如果真的多出一棟竹樓，你幫忙取個名字吧？」

「『阿良很猛樓』如何？氣勢夠不夠？怎麼，嫌棄喧賓奪主，壓過你這位山大王的風頭？行吧，那我換個含蓄些的，就叫『猛字樓』。我阿良犧牲很大的，還不滿意？」

「阿良，我突然覺得竹樓沒有名字也挺好的。」

阿良翻了個白眼，陳平安哈哈大笑：「放心，就叫猛字樓好了。」

阿良突然轉頭問道：「你想不想學劍？」

陳平安搖頭道：「暫時不想。」

阿良會心笑道：「是怕分心，耽誤了練拳？」

陳平安嘆了口氣，點點頭。

阿良知道少年為何嘆息。當初在棋墩山山巔，少年為了阻攔白蟒撲殺朱鹿，將原本一路走樁練拳辛苦積攢下來的本錢全部揮霍一空了。打個比方，原本像是手頭有點餘錢的小門小戶了，結果一下被打回原形，再度家徒四壁，從屋門到窗戶都是破敗漏風的慘澹光景。所幸走樁是健壯身軀體魄，是迫在眉睫的活命之舉，而立樁劍爐則能夠滋養魂魄，在那石坪一役當中有所突破，為之後跟朱河切磋武學的時候少年能夠順勢精準找到三座劍氣所藏的竅穴做了鋪墊。

阿良打趣道：「少了一縷這麼厲害的保命劍氣，心疼不心疼？」

陳平安毫不猶豫道：「不心疼，我之前積攢在心裡頭的一口氣總算出了，現在痛快得很。」

阿良笑道：「說說看。」

陳平安望向前方：「我願意跟人講道理，又能夠讓別人聽我講道理，這感覺，很好！

以前我練武是為了強身健體，或者說就是為了活命，但現在我覺得目標可以再遠一點，再高一點！」

在棋墩山土生土長的靈物山龜自然熟悉山道捷徑，加上翻山越嶺的腳力遠勝驢騾，馱著一行人很快就來到棋墩山邊界地帶，再往南走上二十數里下山的驛路，就能夠進入紅燭鎮。雖說如今這條北上的驛路因為驪珠洞天突然下墜而阻塞斷絕，但是陳平安一夥人仍是小心起見，不希望三隻巨大山龜驚擾到樵夫獵戶或是行腳商賈。

他們在小山之巔小坐休憩。李槐翹首以盼，他對魏檗厭惡至極，但是阿良說那橫寶閣裡藏著寶貝人手一份，他對此很是期待，心想著以後見到姐姐，一定要眼饞死她。

魏檗很快如約而至，身後還跟著阿良的白驢和李家馬匹。也不知道這位土地爺施了什麼法術，不但跟上了大隊伍，驢子、馬匹竟然看不出半點疲憊。

魏檗橫抱長條木匣，先向阿良作揖行禮，後者點頭還禮。城府深沉的一地神靈、玩世不恭的奇怪劍客，在這一刻給人的感覺竟然如出一轍。

大道同行。

魏檗將不知什麼材質的鮮紅木匣遞給阿良，李槐趕緊過去摸了一下，手心滿是暖意，像是騎龍巷一家布店作為鎮店之寶的上好綢緞。去年年關跟隨娘親、姐姐一起去買布料裁剪新衣，他只不過是偷偷摸了一下那塊繡有花鳥的漂亮錦緞，就被氣急敗壞的店家轟了出去，於是他抬頭問道：「阿良，跟你商量個事，分過了盒子裡的寶貝，最後這盒子能不能送給我？」

阿良反問道：「你算哪根蔥？」

李槐認真道：「你娶了我姐，我是你姐夫啊。」

阿良一巴掌甩過去：「那叫小舅子！」

李槐卻突然道：「我不要做小舅子，我喜歡當姐夫，天底下最壞的人就是小舅子。」

阿良望向魏檗，問道：「盒子值錢嗎？」

魏檗訕訕笑道：「還好，是嬌黃陰沉木打造的物件，在土裡埋了有些年頭，不腐反香，色澤也由黃變紅。東西不算值錢，就是不常見而已。」

阿良低頭看著滿臉希冀的李槐：「既然東西不值錢，就送你了。」

李槐火急火燎就要拿走木匣，又被阿良一巴掌打得暈頭轉向：「想獨吞？」

阿良環顧四周，伸手招了招，然後蹲在地上，打開名為「嬌黃」的長條木匣，高聲喊道：「陳平安、小寶瓶、林守一、朱河、朱鹿，都過來都過來，坐地分贓了！先到先得，過時不候！沒其他規矩，就一條，每人只能拿走一件，拿到哪樣是哪樣，不許反悔。」

陳平安望向魏檗，後者察覺到他的視線，有些疑惑：「你不去爭奪機緣嗎？」

陳平安笑道：「讓他們先拿就是了。」

他正好有事情要跟魏檗商量，是關於黑蛇在落魄山的定居事宜，以及魏檗離開此處地界前往龍泉縣轄境的情況。回來的路上，阿良大致說過關於山水正神的講究，不可輕易離開朝廷在山河譜牒上敕封的版圖，這有點類似許多王朝訂立的「藩王之間不可相見」的規矩，一旦有誰犯了忌諱，那些神靈輕則被朝廷申飭、減少香火供奉，重則被降低神位、在多少年間徹底斷絕民間香火。歷史上還有許多逾矩的山水神祇下場更加淒涼，金身神像被朝廷拉出神龕、拽下神臺，衙役以威武棒棒打以儆效尤，或是地方官員親自鞭打，甚至直接派遣民夫掄錘打爛。

所以魏檗說要親自帶著黑蛇往落魄山，還會用那些奮勇竹在山上搭建出一棟竹樓，陳平安當然不會拒絕這份好意，但也不希望魏檗因此而遭受重罰。其實少年對於神道香火、山川風水和王朝氣運一事，之前始終無法深刻理解，這跟阿良沒讀過書也有關係，這傢伙踩著西瓜皮說到哪裡是哪裡，說得十分雲遮霧繞，為了顯擺還喜歡賣關子，本來沒什麼古怪玄機的粗淺事情也能被他說得玄之又玄。後來是李寶瓶舉了個例子，陳平安才豁然開朗。

小姑娘說那些香火氣數什麼的就像是小鎮外的龍鬚溪，水源就這麼一條，百姓為了各自莊稼地的收成就會爭水，幾乎每年都會出現大規模鬥毆。

李寶瓶跑到陳平安身邊，著急道：「小師叔，你怎麼不去拿寶貝？你看連林守一那種性子的人都跑得飛快，李槐更是恨不得把腦袋塞進去。」

陳平安隨口說道：「沒事，我最後一個選好了。」

李寶瓶轉身就跑：「沒關係，小師叔，我幫你選一件。」

陳平安正要說話，李寶瓶已經殺到阿良身邊，一手抓住李槐腦袋向外一拽，一手推開林守一肩膀。

李槐委屈道：「李寶瓶，妳欺負人！」

李寶瓶轉頭理直氣壯道：「我給小師叔挑東西！」

李槐想著尚未到手的小竹箱，嘆了口氣道：「那妳挑吧。」

林守一被推開也不惱，伸手指了指橫寶閣內一本捲起的泛黃古籍。它被一根金黃色絲線捆綁，剛好露出雲篆寫就的書名：「我挑中了這本道家書籍，叫《雲上琅琅書》，我只要它，不跟你們搶其他的東西。」

李槐身體前傾伸長脖子，微微繞過李寶瓶，問道：「守一，你怎麼不挑那把刀，多漂亮啊，要是我就選它。」

林守一費了很大的勁才將眼睛從占據橫寶閣最大地盤的一把狹刀上挪開，輕聲道：「我又不是習武的料，自己也不喜歡練刀學劍。」

李槐見林守一不願意更改初衷，就開始勸說李寶瓶：「這把刀，一看就是天下無雙的神兵利器，吹毛斷髮算什麼，我估計它連咱們小鎮鐵鎖井的鐵鍊也能一刀砍斷。李寶瓶，這麼好的東西，妳真的不要？再說了，妳的小師叔，如今不是沒有稱手的兵器嗎？我看這刀給他用挺好。退一步說，拿它來進山開路，多威風，總比拿著一把破柴刀好吧？」

那把狹刀，如大家閨秀藏身繡樓，安安靜靜地躺在白色刀鞘內，弧度漂亮到讓人驚豔的地步。

阿良笑著彎腰抽出狹刀。鋒芒畢露，刀身就像一抹滯留人間的白虹，其上並無銘文，卻有一縷縷天然紋路，如道家仙人用心篆刻的祥雲符籙。

阿良微微訝異，屈指一彈，並非渾濁的嗡嗡作響，反而顫音清越悠揚。他側耳聆聽片刻，點頭道：「不錯，應當是那把墊底的『祥符』。」而後收刀入鞘，把它遞給李寶瓶，笑道：「收下吧，這把刀適合妳。以後再尋一只養劍葫，與這祥符刀一左一右懸掛腰間，找一匹高頭大馬，穿一襲紅衣，獨自策馬行走江湖，縱馬飲酒，誰見到誰喜歡。」阿良開懷大笑，「誰會不喜歡這樣的姑娘呢？」

李寶瓶怔怔拿著入手沉重的狹刀。

朱河也蹲在附近，朱鹿原本不想過來，還撂下一句賭氣話，說她不稀罕這份嗟來之食，但被父親一個嚴厲眼神瞪住，之後便被他強行拉來。這是朱鹿第一次見到她爹生氣，她有些害怕，可始終不願像朱河一樣蹲下身，而是倔強地站在那裡，臉色清冷。

李槐趁著李寶瓶不注意，一把抓起一只手掌長短的彩繪木偶，做工精美絕倫，栩栩如生，這才是他一見鍾情的物件。

林守一輕輕拿起那本捲起的道家古籍，握在手心後，性情內斂的少年破天荒流露出滿是歡喜的神色。

朱河挑中一本武學祕笈《紫氣書》和一顆泥封丹藥，然後滿臉震撼地抬頭望向阿良，後者笑呵呵道：「怎麼，剛好是你和你家閨女用得著的東西？別謝我，要謝就謝魏檗和那蛇蟒千百年來辛苦積攢下來的家底夠雄厚，拿得出一部仙家祕笈和一顆出自真武山的獨門丹藥。」

朱河掌心托著那顆丹藥，顫聲道：「阿良前輩，真是傳說中的『英雄膽』？」他此時就如一個久旱逢甘霖的幸運兒，笑得怎麼也合不攏嘴。

英雄膽能夠幫助服藥之人凝聚四散於竅穴氣府的魂魄，最後結出一顆方便陰神棲息的「宅子」。朱河不是鍊氣士更不是兵家修士，但英雄膽的昂貴珍稀恰恰在於它同樣適用於純粹武夫，尤其是在第五境巔峰停滯不前的武夫，取得一顆英雄膽，簡直等於多出半條命。

朱鹿雖然不情不願，仍是收下了那本《紫氣書》。

阿良不再理會欣喜若狂的朱河，抬頭望去，陳平安和魏檗並肩走來。看到橫寶閣內僅剩的一粒淡金色種子以及李寶瓶手中的狹刀，魏檗神色平靜。然而當他看到其餘人手中的書籍、丹藥時卻愣了愣，不由得望向阿良。後者視而不見，對陳平安笑道：「就剩下這麼一粒玩意兒了，不過估計你小子早到晚到都一樣，只會拿這麼顆蓮子。」

看到那顆孤零零的淡金色蓮子，陳平安蹲下身，笑著拿起來收入袖中口袋。

李寶瓶輕聲道：「小師叔，我跟你換。阿良說這把刀可好了……」說到這裡，小姑娘趕緊閉上嘴巴，滿臉後悔。顯而易見，她覺得後半句話是不該說的。

果不其然，陳平安摸了摸她的腦袋：「好就收下啊，小師叔又不練刀，進山開路用柴刀就足夠了。」

阿良打趣道：「對嘛，陳平安是一名劍客，佩刀不合適。」

陳平安沒好氣道：「那你還用竹刀？」

阿良耍無賴：「你管我？」

李槐輕聲道：「阿良，這匣子歸我了，對吧？」

阿良問道：「你要這盒子幹啥，你有那麼多寶貝家當放嗎？」

李槐還以顏色：「你管我？」

阿良輕聲問陳平安：「跟土地爺聊得如何？」

陳平安笑道：「挺好，那袋子東西也送出去了。」

阿良嘖嘖道：「你倒是不含糊，說送就送，我之前不過是隨口一說。再者，如果在商言商的話，你其實應該當一筆生意來做的，相信以那黑蛇、白蟒的家底，再吝嗇、小氣都會心甘情願送你一件真正的好東西。」

陳平安道：「肥水不流外人田以及春種秋收的道理，我還是懂的。」

阿良點了點頭，扶了扶斗笠：「很快就要到紅燭鎮了。」然後這個男人抹了抹口水，「新釀杏花春，胭脂小畫舫，我阿良又回來啦！」

對於阿良心心念念的紅燭鎮，陳平安突然有種不祥的預感。

魏檗望著那一行人下山的背影嘆了口氣，腳尖一點，掠向一隻山龜的背甲頂部，盤腿而坐。行出數十里後，與山龜遙遙結伴而行的黑蛇腹部鼓鼓，雖然體態臃腫不堪，可是氣勢暴漲，凶悍異常。

魏檗忽然一笑，丟出一只袋子，湊巧落在黑蛇的行進路線上。黑蛇小心翼翼地垂下頭顱，嗅了嗅，並無異樣，又轉過頭顱望向山龜上的那位神仙中人。

魏檗笑道：「算是那少年送你的喬遷之禮。」

黑蛇略作猶豫，最終用牙齒扯破袋子，袋子裡滾出十數顆陳平安從龍鬚溪中拾取的蛇膽石。這些石頭在小溪之中浸泡過，色澤皆已褪去，乍一看與普通的鵝卵石沒什麼兩樣。

黑蛇近距離凝視一番後，眼神灼熱，同時充滿了忐忑，生怕自己下一刻就要迎來失望。牠緩緩吐出蛇芯，試探性捲起一顆石子放入嘴中。

魏檗看著這一幕，駕馭山龜繼續前行，自言自語道：「一樁善緣善始，就是不知道能否善終。」

片刻之後，身後黑蛇四爪抓地，仰頭望天，嘶吼聲響徹山峰，驚起無數飛鳥振翅遠去，讓魏檗都有些羨慕：「聽說如今除了驪珠洞天，此物在東寶瓶洲幾乎已經絕跡，蛟龍之屬，食之可生出真龍之筋骨鬚鱗。」

臨近紅燭鎮，白色毛驢在青石板驛路上踩踏出清脆聲響。

阿良在依稀聽到那聲嘶吼後笑道：「看來還真有用。」

陳平安小聲道：「我留下了最值錢的一顆蛇膽石，沒捨得送出去。」

阿良哈哈大笑：「倒是雞賊。」

隊伍最後邊，與李槐、林守一拉開距離後，朱河一邊牽馬，一邊低聲對女兒說道：「千萬千萬要收好那本《紫氣書》，如果順利的話，這本書能夠讓妳一路走到第五境！到時候再配合那顆英雄膽，妳就能穩穩躋身第六境了！」

朱鹿愕然：「爹，丹藥給了我，那您怎麼辦？」

朱河輕聲笑道：「爹還年輕，心氣也回來了，說不定就能夠自己破境，向前走出一大步，便是第七境的高處風光……如今爹也敢想一想了。」

原本一直心情鬱鬱的朱鹿笑顏逐開，道：「還年輕？那爹您要不要在紅燭鎮找個小媳婦、美嬌娘啊？爹，您放心，我可不攔著。」

朱河臉色尷尬，瞪了閨女一眼：「胡說八道！」

朱鹿想了想：「爹，那顆丹藥您還是自己留著吧，我如今才二境巔峰，距離第五境還早呢。」

朱河爽朗地笑道：「留著也行，就當是妳將來壓箱底的嫁妝了。」

清秀少女似乎想起了某人，滿臉漲紅。

朱河心情大好，豪氣縱橫道：「以後到了咱們大驪京城，看看哪位有福氣的世家俊彥能夠娶到我女兒。」

朱鹿跺腳嬌羞道：「爹！」

朱河趕緊擺手道：「不說了，爹不說了。」

黃昏裡的驛路上，阿良踮起腳尖，不斷搓著手，望著那座紅燭鎮的柔和輪廓，急匆匆道：「陳平安，事先說好了，你要借我一顆金錠的。」

陳平安點了點頭，不過有些疑惑：「阿良你會缺錢？」

阿良咧嘴笑道：「你不懂了吧，行走江湖，借錢的是孫子，還錢的是祖宗。我這一路被李槐、朱鹿這些小屁孩給寒磣得太慘了，一定要過過祖宗的癮，補償補償自己。」

陳平安無奈道：「那我送你一顆金錠，我不借，只送。」

阿良一巴掌拍在少年肩頭，大笑道：「就這麼說好了，金錠白送我！」他目視前方，抬臂握了握拳，「能夠從你這財迷手裡白白拿到一顆金錠，我阿良果然猛啊！」

陳平安安靜地望向越來越近的紅燭鎮，熟悉的市井氣息撲面而來。他轉頭對身邊的李寶瓶道：「到了鎮上，等到購置完路上一切吃用的，我們就去找找看有沒有糖葫蘆賣。」

李寶瓶高興地蹦蹦跳跳前行，輕輕顛著背後那只碧綠小書箱：「小師叔，咱們買兩串小糖葫蘆就行！小的好吃！」

可沒想到發生了意外。

紅燭鎮圍有高牆，牆北門處有披甲執銳的士卒戍守，所有人需要遞交戶牒關文才可進入，這讓陳平安呆滯當場，他連戶牒關文是什麼都不曉得。

然而早早到手一顆金錠的阿良笑嘻嘻地從懷裡掏出一張皺巴巴的公文，通過勘驗後，這傢伙連毛驢也不要了，大搖大擺獨自入城，到了牆門洞那邊，還不忘跟這邊面面相覷的眾人揮手告別，惹來李槐的破口大罵，揚言要將白驢宰了。

阿良大笑而去。

朱河同樣束手無策，離開小鎮之前，老祖宗並沒有專門交代此事。雖然年紀擺在那裡，但朱河對於外邊世界的瞭解絲毫不比陳平安多多少，至於跋山涉水、風餐露宿一事，更是遠遠不如窯工出身的貧寒少年。

朱河靈機一動，想著有錢能使鬼推磨，就要偷偷給一名戍守士卒塞銀子，卻竟然被那士卒直接拿矛頭抵住胸口厲聲訓斥，這讓饒是好脾氣的朱河也有些火氣：說起來我也是個五境武夫，若是投軍入伍，說不得聯手握數千精銳的中層武將也做了。

他正要跟那人理論，朱鹿輕輕拉住他的胳膊，輕聲提醒道：「爹，咱們大驪軍法賞罰分明，而且有個特點，要麼極輕，要麼極重，所以不要跟這些當兵的傢伙起衝突，咱們老百姓占不到便宜的。」

朱河皺了皺眉頭，冷哼一聲，終究還是選擇民不與官鬥。

朱鹿小聲安慰道：「爹，以後讓老祖宗幫你尋個官家身分，有了護身符後，再加上你的身手，相信很快就可以嶄露頭角，哪裡還需要受這氣。」

朱河點點頭，大步離開，又回頭瞥了眼那守門士卒，嗤笑道：「真是應了那句老話，閻王好見，小鬼難纏。」

所有人下意識地望向陳平安。陳平安想了想，緩緩道：「實在沒辦法，只能繞過紅燭鎮了，今夜在外邊露宿，我們可以雇人幫我們購置一切所需物品。真正的大麻煩，是我們去不了小鎮內的水運碼頭，既定的行程就要修改。原先是想走兩百多里水路，沿著繡花江乘船南下，會比我們步行要輕鬆很多，還不用繞路。」

就在此時，一名身穿青色官服的中年男子快步走出城門，仔細打量陳平安一行人，最後望向朱河，抱拳問道：「在下程昇，如今忝為紅燭鎮枕頭驛的驛丞，敢問閣下可是來自龍泉縣城的朱河朱先生？」

朱河默不作聲，神色戒備。

程昇爽朗笑道：「你們家主曾經一封書信直接寄到了我們縣令大人手上，大略說過了你們的行程安排，讓我們縣令大人盡地主之誼。除此之外，你們各有書信家書，已經送到了我們枕頭驛。我在一旬前便為各位專門騰出了屋子，絕不敢說有多好，只能說還算乾淨素潔，還望各位貴客包涵，莫要在縣令大人那邊告狀，要不然縣令大人一個不高興，恐怕我明天就要丟了飯碗嘍。若是朱先生不信，我可以馬上去驛館喊來一人，此人就來自龍泉縣福祿街。他自稱是督造官衙署的老衙役，有一封來自大驪京城的家書正是他親自幫衙署上司帶來，說是要親手交給一位叫林守一的公子。」

林守一向前走出數步，臉上充滿世家子弟的自負倨傲，問道：「我便是龍泉縣林守一，敢問程驛丞，那人名叫什麼？」

朱鹿有些發愣，此時的林守一，與印象中那個沉默寡言的冷峻少年不太一樣。

李寶瓶和李槐視線交匯了一下，各自輕輕點頭。

程昇言語沒有絲毫凝滯：「如果我沒有記錯的話，應該名叫唐樹頭，四十來歲，說咱們大驪官話說得不是很順暢。嗯，此人尤其喜歡喝酒，就是酒品……」

林守一點了點頭，隨口問道：「程驛丞這些日子就一直候在這北門等我們？」

程昇笑道：「雖然很想點頭，但委實是沒這臉皮。一來枕頭驛在紅燭鎮北邊，離這兒不遠；二來小鎮附近的山頭高處建有烽燧，我與燧長關係不錯，便讓他幫忙盯著北邊的下山驛路，只要一看到林公子、朱先生的身影，就讓手底下的烽子入城通知我。」

林守一恍然，不再說話，轉頭望向陳平安，後者點點頭。

朱河笑著感謝道：「程大人費心了。」

程昇連忙擺手道：「可當不起大人的稱呼，不過就是個鞍前馬後的小人，整天做著伺候貴人的活計，實在難登大雅之堂。先不聊，我去跟戍守士卒知會一聲，相信很快咱們就可以進入小鎮。」

驛丞隸屬於大驪朝廷，只不過稱不上朝廷命官，這類胥吏不入流，不屬於品官。

程昇帶領眾人走向城牆門道，守城士卒雖然放行，但臉色依然不太好看。過城牆門洞時，程昇轉頭壓低嗓音跟朱河解釋：「都是邊境戰場上退下來的老兵痞，本事不大，脾氣倒是死強，有些時候連咱們縣令大人都拿他們沒轍，朱先生不要跟他們一般見識。」

朱河再沒有江湖經驗，可交淺言深的道理還是懂的，就沒有答話。

他們路過一間寒氣森森的鋪子，不斷有青壯男子出入，鋪子內時不時亮起一抹白光。

李槐看得挪不開腳步，朱河也忍不住多看了兩眼，但很快就失去了興趣。

程昇說道：「那是一間刀劍鋪子，其餘兵器也偶有兜售。」

林守一好奇問道：「官府不管嗎？就不怕市井百姓持械鬥毆？」

程昇笑道：「官府不太管這些，但只要出了事情就會管得很嚴，若是縣衙人手不夠，縣令大人能夠調動轄境內所有江湖門派幫著解決糾紛。」

大驪尚武成風，有很多仗劍、佩刀遊歷四方的游俠兒，其中既有眼高手低的市井無賴，也有為氣任俠的世家子弟。大驪朝廷雖然禁止一切兵器售賣，但是對於鑄造工藝平平的尋常刀劍，大多睜一隻眼、閉一隻眼，主要看地方官的態度。若地方官是純正讀書種子出身，多半要嚴令禁止；如果是沙場武人出身，十之八九會網開一面。當然，強弓硬弩、精良甲冑等國之重器，肯定任何地方都不許販賣。

紅燭鎮大街上行人如織，比起陳平安他們家鄉小鎮要繁華喧囂太多，街道兩邊各色鋪子讓人眼花繚亂，吆喝聲此起彼伏。

眾人一路閒聊，一炷香後就來到枕頭驛，很快就有雜役牽走白驢和馬匹。

程昇果然給他們安排了驛舍，甲、乙兩等皆有，他沒有擅作主張，而是把五間驛舍丟給朱河，讓他們自己安排。

在陳平安的安排下，李寶瓶和朱鹿住一間甲等驛舍，朱河住一間甲等，他自己和李槐、林守一各住一間乙等驛舍，如果阿良回來，可以隨便選一間驛舍合住。當然，以阿良的脾氣，肯定會問能不能選朱鹿那間，估計到時候少不了朱鹿一頓白眼剮。

暮色裡，所有人各自放好行囊、包裹後，聚集在朱河那間寬敞的甲等驛舍。程昇很快送來一疊書信，之後便笑著告辭，說有事只要喊一聲就可以，還說紅燭鎮的夜市在大驪南邊小有名氣，有機會一定要見識見識。

這疊家書有一封是寫給林守一的，李寶瓶最多，有三封，就連陳平安也有一封。

李槐兩手空空，最後找到差不多光景的朱鹿，笑道：「還好咱倆同病相憐。」

朱鹿置若罔聞，走到窗口附近獨自遠望。

小小枕頭驛曲徑通幽，竟然營造出幾分庭院深深的世家園林意味。靠近窗戶有一片給人感覺不過巴掌大小的湖，養著一條條臃腫肥胖的紅黃錦鯉。

林守一的家書只有一張信紙，沒有幾個字。少年深吸一口氣，將所謂的家書放回信封，臉色陰沉地離開驛舍。他用五指死死攥緊那信封，除了三十餘個字跡潦草、敷衍的行書，信封內還有一張三百兩銀子面額的大驪最大錢莊的銀票。

陳平安挑了個僻靜位置坐下，見李寶瓶跑過來，一副欲言又止的模樣，笑道：「我如果有不認識的字，會問妳的。」

李寶瓶這才返回桌子那邊開始拆信。三封家書，分別來自父親、大哥和二哥。

李寶瓶一封封拆過去，父親李虹在信上說著噓寒問暖的言語，一如既往，毫無嚴父的架子，都是叮囑一些雞毛蒜皮的小事，比如天冷多穿衣、出門在外別怕花錢，再就是每次經過驛站一定要給爹娘寄家書，絮絮叨叨，五、六張信紙就這麼翻沒了。

李寶瓶嘆息一聲，望向坐在桌對面喝茶的朱河，憂愁道：「爹娘什麼時候才能不把我當小孩子啊？」

朱河忍俊不禁。

李寶瓶瀏覽第二封信，是大哥寫的，說他如今正在家裡研讀經籍，準備明年參加科舉。信上端端正正的楷體字彷彿充滿了先生夫子正襟危坐的韻味，每個筆劃都透露出濃重的謹小慎微。內容簡明扼要，滿篇說的都是聖賢大道理，要她不可怠慢了朱河、朱鹿這對父女，不可以家生子視之，要她多聽陳平安的話，要能吃苦耐勞，少給別人添麻煩。只是在信的最後，自幼恪守禮儀規矩的大哥告訴她，她小時候從溪裡抓回家的那隻螃蟹，如今已經被他養出了心得，要她只管放心。

李寶瓶揚起手中的信紙，跟朱河告狀道：「大哥最不心疼我。」

朱河忍住笑意，心想：『小姐妳就得了吧，誰不知道李家上上下下就屬大公子最心疼妳。』那麼一個說起道理來連老祖宗都頭疼的書呆子，第一次喝酒，竟然是因為妹妹偷偷把他的茶水換成了自家釀的桃花春燒，這下把大公子給氣得差點崩潰，就連老爺、夫人見到之後都犯怵，根本不敢勸說什麼，只敢跟在跑去找妹妹興師問罪的兒子身後，生怕這個略顯迂腐的兒子一氣之下會動手教訓小女兒。

不承想，當大公子看見妹妹站在院門外，雙手叉腰，一副視死如歸的樣子，又被自己不捨得罵她一聲給結結實實氣到了，轉頭就走，生了好幾天的悶氣。那年他便在院子裡埋下了一罈桃花春燒，等到妹妹問起，就說要把她嫁出去，嚇得小女孩偷偷離家出走，一個人在龍鬚溪邊逛蕩了一整天，還差點躲到山裡頭去了。等到李家察覺，老祖宗勃然大怒，才出動所有人去找尋。最後還是這位大公子將功補過，在溪對岸的一座小廟裡找到了睡在長木凳上的可憐孩子，背著她回了家。

李寶瓶突然笑道：「不過我還是最喜歡大哥。」

最後一封信，厚厚一大摞，是李家二公子寄給妹妹的，講述了他去往大驪京城的經歷，或是親眼所見或是道聽塗說的奇聞逸事，措辭優美如散文，極富功底，宛如文采天授的詩詞大家。

這位二公子在福祿街李家遠比大公子更受歡迎，英俊儒雅卻言談風趣，喜讀兵書，自幼就愛讓府上丫鬟僕役結陣「廝殺」。逢年過節，二公子見人就會隨手丟出一只小繡袋的賞錢，沉甸甸的，若是誰的吉利話說得好，他就會多給一繡袋。相比古板沉悶的大公子，府上下人更喜歡與性情開朗的二公子打交道。

李寶瓶翻得飛快，看到倒數第二張信紙的時候，抬頭望向朱鹿：「我二哥說到妳了，說他有次夜宿山巔，親眼見到了之前跟妳說過的大驪烽燧的太平火。這種邊境向京城報平安的烽燧信號，極目遠眺，像是一條火焰長龍，很是壯觀。」

朱鹿快步走回桌旁坐下，問道：「小姐，還說了什麼？」

李寶瓶乾脆就將這摞信紙全部遞給朱鹿。反正二哥都是在講風土人情、山鬼志怪，沒什麼不可告人的事情。

朱鹿接過了信，問道：「可以拿回去慢慢看嗎？」

李寶瓶點頭道：「別丟了就行。」

朱鹿滿臉喜悅，笑著離去。

程昇敲門而入，端來一盆新鮮瓜果，後頭還跟著一個斗笠漢子。

李槐火冒三丈，跑過去，就要把這個沒良心的王八蛋推出屋子。

阿良一邊跟李槐較勁，一邊一屁股坐在桌邊凳子上，一臉壞笑問道：「朱鹿咋回事，滿臉春風的嬌俏模樣，好像比平時還要漂亮幾分。」

朱河黑著臉不說話。林守一重新返回，坐在陳平安附近。

阿良將銀白色小葫蘆拋給林守一，少年拔出酒塞，喝了一口酒。

阿良轉頭問程昇：「紅燭鎮是不是有個敷水灣，離著水運碼頭不算太遠？」

程昇臉色古怪，點頭道：「有的。」

阿良嘖嘖道：「銷金窟，銷金窟啊。」

紅燭鎮有一座月牙狀河灣，漂著一種紅燭鎮獨有的精緻畫舫，長不過兩、三丈，四周垂掛名貴紫竹或是尋常綠竹，裡邊裝飾的豪奢程度，以畫舫主人的財力而定。每艘畫舫一般有兩到三名女子，琴棋書畫茶酒至少精通一、兩種。畫舫中除了觀景雅座，還有一間臥室，其功用不言而喻。

那些船家女是世世代代的大驪賤戶，相傳曾是前朝神水國的亡國遺民。大驪皇帝下過一道聖旨，讓他們永世不得上岸，生生世世子子孫孫做那無根浮萍。

紅燭鎮的百姓則代代相傳，不遠處的那位棋墩山土地爺忠義無雙，偷偷庇護這些姓氏的先祖，因此讓大驪皇帝龍顏大怒，將他從山神貶為土地。皇帝還下令讓那幾個姓氏的後裔親手打碎土地金身，沉入江底。

程昇小心醞釀措辭，挑選了一些無傷大雅的小鎮典故說給這些貴客聽。

紅燭鎮談不上大驪的南北樞紐，卻也是一座舟船如梭的繁忙水運碼頭，各地物產彙集。它是沖澹江、繡花江和玉液江三條江水匯合之地，但是只有繡花江和玉液江畔皆建有江神祠和泥塑金身神像，兩位江神都是戰死於那場水戰的大驪功勳水軍統領。唯獨沖澹江不立江神、不設祠廟，江畔曾短暫出現過一座香火鼎盛的娘娘廟，供奉一名為證清白投江自盡的小鎮烈女，結果很快就被大驪朝廷定為淫祠，如今只剩下一堆廢墟，殘磚碎瓦，唯有蛇鼠亂竄。

居然聽到了魏檗的事蹟，李槐小聲唏噓道：「沒有想到，那麼一個大壞蛋，在紅燭鎮的口碑這麼好。」

林守一臉色淡漠：「家家有本難念的經。」

陳平安收起那封阮秀寄來的書信。信上說落魄山成功獲封一位大驪新晉山神幫助坐鎮山頭、聚攏靈氣，僅次於不參與售賣的披雲山和她爹手握的點燈山。

——劍來　第一部（三）忽爲遠行客　完

高寶書版集團
gobooks.com.tw

DN 289
劍來【第一部】（三）忽為遠行客

作　　者　烽火戲諸侯
責任編輯　高如玫
封面設計　張新御
內頁排版　彭立瑋
企　　劃　鍾惠鈞

發 行 人　朱凱蕾
出　　版　英屬維京群島商高寶國際有限公司台灣分公司
　　　　　GlobalGroupHoldings,Ltd.
地　　址　台北市內湖區洲子街 88 號 3 樓
網　　址　gobooks.com.tw
電　　話　(02)27992788
電　　郵　readers@gobooks.com.tw（讀者服務部）
傳　　真　出版部 (02)27990909　行銷部 (02)27993088
郵政劃撥　19394552
戶　　名　英屬維京群島商高寶國際有限公司台灣分公司
發　　行　英屬維京群島商高寶國際有限公司台灣分公司
初版日期　2023 年 07 月

本書中文繁體字版由浙江文藝出版社有限公司授權出版。

國家圖書館出版品預行編目 (CIP) 資料

劍來第一部（三）忽為遠行客 / 烽火戲諸侯著 .
-- 初版 . -- 臺北市：英屬維京群島商高寶國際有
限公司臺灣分公司 , 2023.07
　面；　公分 .--

ISBN 978-986-506-739-7（平裝）

857.9　　112007770